AF383555

Du même auteur :

'Tu sais pourquoi...' Mai 2013, Ed. Humanis

'Les yeux fermés' Mai 2014

Les aventuriers de la cinquième ère

1 - Découvrir

Franck Grupeli

éditeur : BoD - Books on Demand,
12/14 rond-point des Champs-Elysées, 75008 Paris
Impression : Bod - Books on Demand, Allemagne

ISBN : 978-2-3220-7738-0
Dépôt Légal : Mai 2016

Prologue :

11 mars 2026,

Les chefs d'État des vingt pays les plus puissants du monde se réunissent en catastrophe au Kremlin, à Moscou, en terre d'USSR (United States of Soviet Republics).

Tous ces personnages importants, accompagnés de leurs délégations, sont soucieux, et cette réunion du G20 est tout sauf de la diplomatie ordinaire et ne concerne pas des calculs géopoliticiens nombrilistes.

La situation est mondialement grave. Certes, tous savent qu'elle a une origine bien précise et qu'ils auraient pu y faire face bien avant par des décisions drastiques, définitives et communes. Ce ne fut pas le cas, pour des raisons allant d'envie de réélection à des querelles politiques ou religieuses entre nations ou simplement entre communautés.

Pourtant, ils auraient dû, ils le savaient, prendre les bonnes décisions, celles qui s'imposaient, bien avant, en 2019, lors de ce fameux mois de septembre noir qui vit l'effondrement de l'économie américaine, suite à une crise financière sans précédent, et par effet domino, la chute des pays économiquement liés à eux, et ceux qui étaient en relation avec ces derniers.

Pourtant, une dizaine d'années avant 2019, il y avait déjà eu une crise économique grave, qui, partie de Londres, avait contaminé le monde entier, faisant vaciller, dans ses fondements, l'économie libérale mondiale. Nulle leçon n'avait été retenue depuis. Bien entendu, il y eut des discours, fermes et convaincants, mais les actes ne furent pas à la hauteur de la situation. Tout rentra, à peu de choses près, dans l'ordre, alors, pourquoi s'en faire. Mais le mal était bien plus profond et ancré qu'il n'y paraissait. Après avoir spéculé sur l'endettement des personnes, puis des villes et des états, sans presque aucune inquiétude, les financiers ne pouvaient pas s'arrêter là. Ils se mirent à imaginer un modèle financier virtuel, à base de serveurs informatiques de confiance,

1

générant des tickets de différentes valeurs non basés sur des produits marchands, dans une économie parallèle aux cours des bourses habituels. Ces tickets étaient régis sur la loi de l'offre et de la demande, et leur rendement était sans commune mesure avec les actions habituelles, mais également avec les dettes diverses. Quelques sociétés se firent un pactole virtuel, puis vinrent les villes, les régions, puis les états. C'était une aubaine, car chaque investissement rapportait et le faisait vite. C'est ainsi que certains grands responsables financiers décidèrent de financer la dette ainsi. À première vue, c'était un risque modéré, vu que la valeur de ces tickets ne cessait d'augmenter. Et puis, alors que les sommes investies étaient devenues astronomiques, un petit virus informatique vint détruire avec gourmandise, les serveurs de confiance et leurs bases de données, les unes après les autres, pour ne laisser qu'un vide économique bien réel.

Les plus touchés furent les Américains. Mais chaque acteur de l'économie mondiale étant lié à l'autre, le résultat fut catastrophique. Les États-Unis se retrouvèrent dans l'incapacité de rembourser leur dette, en partie détenue par les Chinois, mais pas seulement, ce qui provoqua un cataclysme économique mondial.

Certes, chaque pays travailla à se refaire la cerise. Se succédèrent des plans de relance, des plans de relance et des plans de relance, toujours voués à l'échec, les pays les plus puissants ergotant toujours à agir de consorts. À un problème mondial, il n'y eut que des réponses nationales, locales. Et dans ce cas, lorsque les politiques ne forcent pas les décisions nécessaires, ce sont les populations qui trinquent. Les sociétés fermant les unes après les autres, le chômage se mit à grimper en flèche. Les chômeurs se multipliant, la consommation chuta. Tous les secteurs économiques furent détruits pour ne laisser que des ruines, sans matelas social. La pauvreté s'installa, pour tous, et partout. Après la grogne vint la violence.

Certains gouvernements, extrêmes, voulurent déclarer la guerre aux pays voisins. Faute de moyens et de nourritures, les armées désertèrent.

Tous les pays étaient exsangues et il fallait trouver des réponses politiques et économiques. Les élites n'avaient rien à proposer.

Des guerres civiles s'ensuivirent, mais pas pour une religion, ou pour des partis politiques, mais pour de la nourriture. La rue était devenue un lieu de bataille, et le moindre objet de valeur était synonyme de nourriture. La loi du plus fort s'installa partout.

L'insécurité était omniprésente, et les lois étaient devenues du passé, les états n'étant plus capables de financer leur justice et encore moins de la faire respecter.

Il n'existait plus aucun endroit où l'on puisse se sentir à l'abri.

Malgré cette décrépitude générale, les gouvernements ne prirent aucune décision à la hauteur de ce qui se passait. Les peuples étaient aux abois, mais les gouvernants et les élites, le crime profitant toujours à quelqu'un, s'enrichissaient en ramassant les miettes de possession des citoyens. Ces miettes devinrent vite des amas énormes, et dans ce cas, nul besoin d'arranger les choses, la division de la population suffisait amplement.

Les peuples étaient en perdition sans réaction des politiques, jusqu'à une série d'événements qui commença à inquiéter les populations nanties. En effet, les dernières semaines avant ce sommet urgent, une vague de meurtre d'hommes politiques et d'hommes d'affaires se développait partout. La population, poussée par le désespoir absolu, n'avait plus peur de franchir les forteresses de ces élites, afin de glaner de quoi faire du troc et un peu de nourriture.

Le moment était grave, car les puissants n'étaient plus à l'abri, et ceci, partout dans le monde.

Il fallait donc trouver des solutions au plus vite pour que tout ceci cesse et que l'économie redémarre.

Ce 11 mars 2026 devint, par la force des choses, un jour historique, fêté par tous et partout.

Ce jour-là, à ce sommet, fut décidé l'inimaginable : la remise à plat de l'économie mondiale ainsi que la mise en place d'un grand projet de coopération internationale. Ce grand projet, directement dérivé du New Deal, cher à Franklin Delano

Roosevelt, fut appelé 'la cinquième ère', en référence aux ères géologiques.

Une monnaie d'échange, unique et mondiale, fut créée pour l'occasion, annulant les déficits abyssaux des pouvoirs financiers.

Afin de relancer l'emploi, un grand projet mondial fut adopté et mis en action aussitôt : la conquête de l'espace. Mais cette conquête devait avoir un but précis : trouver une planète où l'homme pourrait s'installer, où nos cultures, nos élevages seraient biologiquement acceptés et dotée des ressources primordiales pour y déployer des industries.

Comme le voyage durerait sûrement des dizaines d'années, l'état des connaissances astrologiques étant limité aux galaxies proches, il fallait donc construire des villes spatiales, capables d'une complète autarcie pendant un laps de temps important.

Comme l'univers était empli de galaxies, avec le temps et le trajet, une galaxie finirait bien par posséder des caractéristiques proches de la Terre. Cinq zones de prospection furent définies, avec l'aide d'astronomes de renom, chacune dans des directions différentes, afin d'optimiser les recherches. Il fallait donc construire cinq villes spatiales, autonomes, et cela pour des décennies.

Au-delà des industries qui devaient être créées, des compétences à faire émerger et à développer, un peu partout dans le monde, il fallait assurer la subsistance de la population qui reprenait de l'activité.

De gigantesques chantiers agroalimentaires furent lancés, pour subvenir aux besoins de cette population renaissante.

Un contrôle des naissances fut également décrété. Un enfant par famille, pas plus, le temps de pouvoir produire de quoi faire vivre les populations.

Un pouvoir exécutif mondial, contrôlant les naissances, le bon déroulement de la relance de la production, fut créé.

Une dizaine de mois plus tard, la 'cinquième ère' était en route, et les populations s'activaient.

Certes, les problèmes de sécurité persistèrent quelque temps, mais tout fût jugulé, grâce au pouvoir exécutif, à l'aide de l'autocontrôle des populations et de la promesse de plein emploi. L'espoir reprenait forme un peu partout.

Le grand chantier de conquête de l'espace démarra ainsi.

Avec les années, des dizaines de plates-formes d'assemblage furent déployées dans l'espace, en orbite autour de la Terre. Chacune d'elles devait monter des modules spécifiques. Chaque module terminé et testé était transféré sur une des deux plates-formes de montage final.

Le montage final consistait à assembler les différents modules et ainsi construire les cinq villes spatiales.

Chaque ville était méticuleusement pensée et chaque module également, afin d'assurer la pérennité des voyages. Chaque module était dupliqué dans chaque ville flottante, mais disposé de façon asymétrique dans la ville, et capable d'être isolé et abandonné si un souci survenait.

Afin d'assurer l'alimentation de la population, deux modules d'élevage par ville, comprenant des animaux alimentaires mais également nombre d'embryons furent créés. Afin d'assurer un équilibre alimentaire, des unités de production de fruits, légumes et céréales, comprenant de grosses quantités de semences furent construites.

Afin que le voyage et potentiellement la colonisation se passe au mieux, il fallut prévoir de nombreux modules, chacun ayant un but précis. La santé eut son module, comprenant toutes les activités hospitalières, en prévoyant les personnes, chirurgiens, médecins, infirmiers, formés. L'éducation également, de la primaire aux études supérieures, afin d'assurer la pérennité des compétences. Des modules de sports et loisirs, afin de conserver un équipage en bonne forme et équilibré spirituellement. Des modules, d'astrologie, scientifiques, d'exploration, de maintenance des villes spatiales, de mécanique intérieure et extérieure, de sécurisation, juridiques, militaires dans l'espace et terrestres, de logement, administratifs et les modules de direction et pilotage.

Les unités qui prirent le plus de temps à imaginer et réaliser furent celles permettant l'alimentation en eau, en oxygène et en énergie. Vingt-cinq années de recherche de centaines de chercheurs furent nécessaires, le temps d'envoyer la plupart des plates-formes d'assemblage en orbite.

Une fois que tout fût pensé, il fallut vingt années supplémentaires pour que la première ville spatiale soit terminée et puisse démarrer son périple à travers l'immensité. Dans le même temps, le recrutement des familles avait été lancé, pour que toutes les compétences nécessaires soient embarquées.

Chaque ville devait embarquer vingt mille familles, toutes logées dans des appartements spacieux, comprenant deux grandes chambres avec salle de bain, une cuisine, un salon, un bureau et une salle de détente. Tous les appartements devaient posséder un ordinateur central, capable de piloter le quotidien de la maison (nettoyage, cuisine), mais également, de faire réviser les enfants, de gérer l'agenda de la famille, de commander ce qu'il manquait, que ce soit alimentaire ou autre, et, bien plus encore.

Chaque famille, plutôt jeune, excepté pour les compétences rares, devait ne pas avoir d'enfant. La procréation se ferait in vitro, afin de pouvoir sélectionner les meilleurs gènes et d'améliorer la race humaine. Un unique enfant par couple avait été décrété, au sein de la ville spatiale, afin de maintenir une population assimilable ainsi que l'équilibre homme femme.

Point de salaires, car tout emploi était utile, mais des droits d'accès aux luxes divers, en fonction de l'importance du poste occupé dans la ville.

C'est ainsi que le 25 novembre 2071, la première ville spatiale habitée quitta l'orbite de la Terre pour découvrir l'univers, dans une liesse mondiale.

Il fût décidé que cette ville, la première à s'élancer dans le grand vide, serait nommée « América », et que chacune des suivantes porterait le nom d'un continent. La seconde ville, prévue cinq années plus tard s'appellerait « Europa », puis il y aurait « Asia », « Africa » et « Oceania ».

En Mars 2076, le 11, ce fut donc au tour d'Europa et son équipage à être fêtés par la Terre entière. Quarante mille personnes qui furent projetés dans l'inconnu.

Chapitre 1 :

20 juin 2115,

Je vis au milieu de rien.

Une immensité de vide, d'obscurité, d'entités lumineuses lointaines qui nous entourent.

Pourtant, autour de moi, tout vit, grouille, court, s'agite, sans jamais s'arrêter.

Maman me disait parfois que nous vivions un peu comme dans une ville, qu'ils appelaient "le nouveau Paris", mais suspendue dans le vide.

Je dois bien dire qu'au début, je la croyais sans mot dire, vu que j'ignorais de quoi elle pouvait bien parler. Et puis, en grandissant, je me suis rendu compte que ce n'était pas loin de la vérité.

L'activité est perpétuelle, ici.

Je n'ai pas le souvenir que notre ville ait connu une seconde de sommeil. Trop de choses à penser, à contrôler, à réparer, à produire, à diriger, à fabriquer, à faire évoluer, bref, une activité incessante.

Et moi, je me trouve au beau milieu de ce mouvement ininterrompu.

Quand je dis au milieu, je devrais dire que je fais partie de ce mouvement continu.

Je sais depuis bien longtemps que je n'ai pas les aptitudes à être au centre du mouvement, ni même à en diriger une partie.

Je n'en avais pas été déçu, d'ailleurs. Mes parents non plus, du moins je le crois.

Par contre, je sais qu'ils sont fiers de moi aujourd'hui.

Ils exultaient quand ils l'ont appris.

Je commence demain.

Demain, je vais vivre l'un des jours les plus importants de ma vie. Si ce n'est le plus important.

Demain, je serais officiellement pilote au sein de la célèbre F.A.E, la flotte aérienne d'Europa.

Certes, je ne ferais pas partie de l'élite, les FAE-PS, les pilotes de sécurisation, mais je serais tout de même FAE-PE, pilote d'exploration. C'est de toute manière, ce que je voulais devenir. J'aurais été déçu, si j'étais devenu FAE-PM, pilote de maintenance. En bref, je possède les aptitudes physiques à être pilote, mais mes notes dans certains cours de discipline collective, tels que le vol en escadre, ne me permettaient pas de prétendre à devenir pilote de sécurisation. Par contre, mes bons résultats aux unités "pilotage à l'instinct", et "connaissance des environnements naturels", m'ont permis de gagner le poste de pilote d'exploration.

Les principales différences entre les pilotes de sécurisation, d'exploration et de maintenance, sont importantes.

Le pilote de sécurisation vole en escadre sur les modèles les plus récents, et intervient dès qu'un problème de sécurité externe se produit. Ce sont les élites des pilotes. Discipline, sang-froid, stratégie sont leurs principales qualités.

Le pilote d'exploration vole, escorté par des pilotes de sécurisation jusqu'à l'entrée dans l'atmosphère d'une étoile à visiter. Une fois entré dans l'atmosphère, le pilote d'exploration doit déposer au sol, des scientifiques (géologues, biologistes, chimistes) et des membres de sécurité armés. Les scientifiques effectuent des prélèvements, et les membres de sécurité assurent leurs retours à l'unité. Une fois l'étude terminée, le pilote ramène tout le monde à bon port.

Le pilote de maintenance, essaie les nouveaux modèles d'unités spatiales (de sécurisation ou d'exploration), ainsi que les modèles sortant de maintenance ou de réparation. Certes, les pilotes de maintenance peuvent piloter tous types d'unités spatiales, mais seulement pour quelques minutes, et pour valider que tout fonctionne.

Les pilotes de sécurisation pilotent les dernières versions d'USS (unité spatiale de sécurisation), alors, que les pilotes d'exploration pilotent des USE, plus gros, moins rapides, moins maniables, capables de contenir jusqu'à cinquante tonnes de matériel et de se poser presque n'importe où. C'est vrai que piloter un USE n'est pas glorieux, mais j'ai ce rêve enfoui en moi depuis tout jeune, où je fais partie des quelques personnes qui poseront leurs pieds, pour la première fois, sur la planète sur laquelle nous pourrons nous installer définitivement.

Je dois préciser que tous les habitants de la ville spatiale sont apatrides, si je m'en tiens au sens du dictionnaire. Même, si, pour le coup, nous ne recherchons pas un pays d'accueil, mais une planète d'accueil.

Cette ville spatiale, sur laquelle je vis, se nomme Europa.

J'ai appris qu'une ville semblable à la nôtre était partie cinq années avant nous. Elle s'appelait América. Nous n'en avons aucune nouvelle, mais, vu la distance qui nous sépare, cela est complètement normal.

Asia, la troisième ville flottante, devait partir peu de temps après nous. Mais que signifie le terme peu de temps dans cette immensité ?

Nous sommes originaires, à ce que l'on m'a appris, d'une planète bien réelle : la Terre.

Je ne l'ai jamais connue.

Au fait, je ne me suis pas présenté, je m'appelle Maxime et j'ai vingt-quatre ans.

Je suis célibataire, et n'ai encore rencontré aucune femme avec qui je désire ou puisse partager ma vie.

Je suis né ici, sur Europa.

En étudiant le passé, j'ai pu m'apercevoir que les gens, habituellement, naissaient dans une ville, à l'intérieur d'un pays, dans un continent. J'ai du mal à intégrer ces notions.

Ici, il n'y a qu'une ville : Europa.

Je suis donc né sur Europa, une ville suspendue dans l'infini.

Expliquer Europa serait très long, mais je vais essayer.

En bref, Europa est une entité spatiale gigantesque, de la taille d'une ville terrienne, mais où tout est prévu pour vivre en autarcie pendant des centaines d'années.

Europa possède des entités agricoles, culturelles, énergétiques, informatiques, matérielles, de divertissement, etc.

Europa fournit la nourriture, l'air, l'eau, l'énergie, et les ressources nécessaires à la vie.

Comme le dit l'axiome présent partout : "chacun est unique, chaque poste est indispensable, mais chacun est remplaçable". Cette nécessité de vie de la communauté est obligatoire pour notre survie. Certes, cela peut laisser à penser que nous ne sommes rien, parmi rien, au milieu de rien. Mais avons-nous le choix ? Soit nous avançons ensemble, soit nous mourrons ensemble.

Le moindre manque peut-être fatal.

Les personnes de mon âge ont déjà pris maris ou épouses, et sont bien souvent pères ou mères, mais personne ne m'a fait chavirer au point de devenir dépendant.

Certes, je passe, dans certains milieux, pour un réfractaire, un individualiste, mais je désire aimer la personne que je devrais épouser.

Je n'ai pas déniché celle qui, mais j'ai trouvé ma voie. Si je veux être totalement honnête, j'ai trouvé celle qui, à un moment de ma vie. Je n'étais simplement pas celui qui. Pas assez brillant, sûrement. Elle était sublime. Elle était brillante. Je n'étais que moi.

Dans cette ville d'union obligatoire, où tout le monde a besoin de tout le monde, la notion de valeur intrinsèque des personnes est oubliée au détriment de l'avenir commun. Certaines personnes, malgré l'axiome, sont tout de même moins irremplaçables que d'autres. Certaines personnes ont plus d'importance pour la communauté que certaines autres. Les postes de dirigeants,

11

glorieux, attirent toujours plus que ceux, opérationnels, indispensables à la mécanique collective.

Dans tous les cas, je vais devenir ce que je désirais être.

Je suis impatient d'être à demain.

Mais pour le moment, Maria me rappelle que mes parents m'attendent dans la salle à manger pour dîner.

Maria, c'est ma seconde mère, ma sœur, ma confidente, ma gouvernante, mon professeur personnel. Maria, c'est l'ordinateur de la maison. Elle est capable de presque tout gérer.

Maria était capable de désactiver la télévision, si je n'avais pas fini de faire mes devoirs, ce qui arrivait assez souvent.

Maria me préparait le repas lorsque mes parents ne pouvaient être présents.

Maria me diffusait les petits messages d'amour de mes parents quand ils ne pouvaient pas être présents pour le réveil et le départ à l'école, ou pour le coucher.

Maria corrigeait mes fautes lorsque je tapais des rapports ou que j'apprenais à écrire, et toujours en m'expliquant pourquoi c'était une faute.

Maria est capable de gérer presque tout dans la maison, mais je l'ai déjà dit.

Sa douce voix me rappelle à nouveau que mes parents me demandent à la cuisine.

– Je t'ai entendue, ma Maria, j'y vais de ce pas.

Sa voix me contacte à nouveau :

– Maxime.

– Oui, Maria.

– Félicitations pour ton poste, je suis fière de toi.

– Merci Maria, mais tu sais que c'est aussi grâce à toi.

– Je suis heureuse d'avoir contribué à te construire.

– Tu es une merveilleuse bâtisseuse d'hommes, ma Maria.

– Merci.

Je quitte ma chambre blanche, pour me diriger vers la salle à manger.

Un couloir sépare la zone repos de la zone de vie, et est entièrement parsemé de nos photos familiales.

Une porte coulissante à ouvrir digitalement et je suis dans la salle à manger.

Je présente mon doigt et la porte se dérobe latéralement.

Je vois cette grande table blanche au centre d'une pièce composée de chaises hautes et toutes blanches, aux pieds métalliques, et tout autour, tous les instruments de cuisine, du four au mixeur, du frigo digital aux placards. Par contre, je ne vois pas mes parents.

Bizarre.

Maria ne se trompant jamais, je soupçonne une surprise.

À l'autre bout de la pièce, la porte donnant sur le salon est fermée.

Je traverse la pièce et m'en approche.

Je l'ouvre d'un doigt.

À peine ouverte, j'entends de multiples voix chanter en chœur :

> 'Félicitations,
>
> pour ta nomination.
>
> Nous sommes fiers de toi,
>
> tu marches sur nos pas.
>
> Tu honores ta patrie,
>
> tu honores tes amis.
>
> Europa est en émoi,
>
> et attends tes exploits.'

Tous chantent la chanson du nominé.

Ne m'attendant pas à cela de la part de mes parents, je suis un peu glacial.

Je regarde autour de moi.

Mes parents sont là, au fond de la pièce. Ils paraissent gênés.

Mon futur responsable, le colonel Rojas, et sa femme sont là.

Mon formateur est là également, avec sa femme et son enfant.

Mon meilleur ami, Noa, et ses parents sont là également.

Il y a aussi des amis de l'école de pilotage, et il y a Delilah, ses parents et son mari.

Delilah qui m'a quittée pour lui. Lui, directeur administratif en second d'Europa.

Rien que sa vision me donne envie de faire demi-tour.

Tous viennent me féliciter pour mes nouvelles fonctions, en me souhaitant beaucoup de réussite.

Mon père sort le pichet de champagne reconstitué.

Le champagne est tellement rare. Je suis à la fois ému, et un peu en colère pour ce geste. J'aurais préféré partager cela avec mes parents seuls.

Je croise le regard de mon père. Il saisit de suite mon malaise.

Il s'approche de moi avec le pichet de champagne.

Il a les cheveux bruns, virant sur le gris. Un regard cerné par tant d'heures de travail et de nombreuses responsabilités. Il a le regard bienveillant du père aimant. Il me scrute, il me ressent.

À peine arrivé à mes côtés, il me dit :

– Nous n'avons pas fêté ta nomination tous les deux.

J'ai envie de le prendre dans mes bras, mais me contente de lui dire :

– Non, il faut rattraper ça.

Il me sert une coupe de champagne et nous trinquons ensemble.

Il ajoute d'une voix tremblante :

– Nous sommes fiers de toi, tu sais. Moi et ta mère.

– Je sais papa. Mais pourquoi tout ça ? Vous avez dû vous ruiner ?

Il me regarde profondément dans les yeux, avec une larme naissante :

– Et pour qui d'autre aurions-nous dû le faire ? Tu es notre fils.

En entendant cela je m'effondre, plonge mon visage dans son cou en le prenant dans mes bras.

Il me prend dans ses bras à son tour, et me serre fort.

Nous restons quelques secondes ainsi.

Soudain, je sens une main frôler mon dos.

Je me retourne.

Ma mère.

Elle nous a vus et a les yeux rougis.

Elle est magnifique, sa longue chevelure brune, son teint légèrement mat. Elle semble si fine et fragile.

Je me retourne et explose à nouveau en larmes dans les bras de ma mère.

J'ai le visage enfoui dans son cou.

Elle me susurre :

– Tu es notre unique enfant, et quoi que tu fasses, nous serons toujours fiers de toi, si tu es heureux.

– Merci maman.

– Nous t'aimons plus que tout, ne l'oublie pas.

– Merci.

Le reste de la soirée se passe de façon très agréable, même si la présence de Delilah et de son mari me dérange un peu.

Je fais le tour de toutes les personnes présentes, et reçois les félicitations de tout le monde.

Je repousse au maximum le moment où je vais devoir recevoir les félicitations de Delilah et de son mari.

Une occasion se présente, son mari part discuter avec un groupe de personnes un peu plus âgées, dont fait partie mon père.

Je saute sur l'occasion pour approcher Delilah.

Nous nous faisons la bise.

Elle me dit avec affection :

– Félicitations.

– Merci.

– Je savais que tu allais réussir.

– Réussir quoi ? Visiblement, cela n'est tout de même pas suffisant.

– Tu parles de quoi ?

– Je me comprends.

– Ne recommence pas.

– J'arrête.

– Tu étais mon meilleur ami, cette amitié me manque, et je suis vraiment fière de toi.

– Je sais. Mais les choses ont changé.

– Parce que je suis mariée ?

– Non. Parce que tu es mariée avec lui.

– C'est un bon parti.

– Je sais. Si c'est la seule chose que tu souhaitais, c'est très bien ainsi.

– Ne gâche pas tout. Tu sais très bien que…

– Que tes parents voulaient un beau mariage, avec un homme brillant. Tu l'as eu et je suis heureux pour toi.

– Merci.

– Et tu es heureuse ?

– Mais oui, et là n'est pas la question. Nous sommes une communauté et nous devons avancer pour le bien de celle-ci.

– Je sais.

– Et tu vas mettre, à partir de ce jour, ta pierre à l'édifice.

– J'espère bien.

– Je n'en ai aucun doute. Tu es fait pour faire de grandes choses, je le ressens et je te l'ai toujours dit.

– C'est vrai.

– Tu resteras mon ami Max, avec qui je partageais mes états d'âme et tant d'autres choses.

– Toi aussi.

Je me radoucis :

– Toi aussi, tu resteras unique pour moi.

– C'est gentil. Accompagne-moi voir Killian, il veut te féliciter.

Killian, celui qui me harcelait lorsque j'étais gamin. Ce même Killian qui, s'il n'avait eu un père influent, n'aurait pu prétendre à son poste, vu ses capacités intellectuelles limitées.

Et ce même Killian qui m'a volé celle qui m'était destinée. Je n'ai jamais su si c'était par réel intérêt pour elle ou juste parce que je l'avais choisie moi, et qu'il lui fallait me la voler absolument, comme un trophée supplémentaire, après avoir traumatisé mes années scolaires en essayant systématiquement de m'humilier physiquement sur les terrains de sport. Il était costaud et moi beaucoup moins. Depuis, nous avons bien changé, lui et moi, mais ce qu'il a perdu en force, il l'a gagné socialement.

Alors que je pense à tout ça tout en suivant Delilah, je me retrouve enfin devant Killian.

Il me prend dans ses bras et me lance :

– J'étais sûr que tu arriverais à quelque chose, vieux frère. Félicitations.

Je lui rends un 'merci' forcé.

Il approche sa bouche de mon oreille, et murmure suffisamment fort pour que Delilah entende :

– Si tu le souhaites, dans quelque temps, je peux m'arranger pour que tu deviennes pilote de sécurisation.

J'avale la pastille et lui réponds calmement :

– Je suis devenu ce que je voulais être, mais merci pour la proposition.

Quel sale con ce mec. Jusqu'au bout, il essaie de me rabaisser.

La soirée se poursuit, mais le plus dur est fait.

Une fois les derniers invités partis, mes parents chaleureusement remerciés, je me retrouve seul dans ma chambre avec mon amie de toujours : Maria.

Ce n'est que notre ordinateur de maison, je sais, une amie virtuelle, mais je peux parler avec elle des heures, et elle me calme ou me console toujours. Par moments, lorsqu'elle n'est pas capable d'analyser mes sentiments humains, elle me soumet sa logique cartésienne, et j'avoue que cela me calme.

Nulle révolte ou colère chez Maria, mais elle me rassure et m'enveloppe toujours d'une ambiance de calme et de quiétude qui me mènent systématiquement au sommeil.

Chapitre 2 :

21 juin 2115,

Maria m'a réveillé en fanfare ce matin.

C'est ma première journée comme pilote d'exploration et je vais rejoindre mon équipe, mais cette fois en tant que membre et non plus en tant qu'apprenti.

Maria sait cela, et pour marquer l'évènement, j'ai eu droit à un réveil musical : 'Time' des Pink Floyd. J'adore ce groupe. Il paraît qu'ils ont eu un immense succès au vingtième siècle, et je dois bien avouer que c'est mérité. Mais pour le coup, la succession des réveils à l'introduction de ce morceau m'a quelque peu surpris.

J'en fais d'ailleurs le reproche à Maria, qui, loin de s'en excuser, se félicite de l'effet que ce morceau a eu sur ma personne.

Elle devient de plus en plus humaine.

Le temps de faire ma toilette, de déjeuner et d'enfiler ma tenue de pilote, fraîchement reçue, et me voilà prêt.

Ma tenue est constituée d'une combinaison noire sur laquelle est dessinée le logo d'Europa représentant le globe terrestre, d'une paire de chaussures rigides sur les pieds et les chevilles mais qui restent souples pour marcher, et qui remontent presque à mi mollet.

Sur les épaules je découvre mes premiers galons. En devenant pilote, je suis également devenu lieutenant. Je ne suis pas un fervent amateur des signes extérieurs, mais je dois bien avouer ressentir une certaine fierté en portant cette combinaison.

Alors que je m'admire dans ma nouvelle tenue de travail, Maria me ramène à la réalité en annonçant :

– Une navette taxi vous attend devant la porte, Mr le lieutenant.

– Tu te moques.

– Pas du tout.

19

– Merci d'avoir commandé la navette.

– Ce n'est pas moi.

– Qui est-ce alors ?

– Je crois que c'est le moyen de transport dû à vos nouvelles fonctions, Mr le lieutenant.

– Non ?

– Si. Cela fait partie des avantages de votre nouveau poste. Mais il y en aura d'autres, vous verrez.

– Tu me dis que je n'aurai plus à me soucier des horaires des transports collectifs ou de réserver un taxi ?

– Oui.

– Je crois que je vais aimer mes nouvelles fonctions.

– Je l'espère. Et je tenais à vous rappeler une chose de ma part et de celle de vos parents, qui sont au travail.

– Laquelle ?

– Nous sommes fiers de vous, Lieutenant.

– Merci Maria, c'est adorable. Mais une chose, avant de partir.

– Oui Lieutenant.

– Moi, c'est Maxime, et je ne veux pas de lieutenant entre nous.

– J'espérais que vous diriez ça.

– Et tu me tutoies.

– D'accord.

– Bonne journée Maria.

– Bonne journée Maxime.

Je sors de notre maison. Une capsule taxi attend juste devant la porte. J'entre, m'assois, et dépose ma main sur l'authentifieur biométrique.

Aussitôt, la porte de la capsule se referme et une voix me dit :

– Bonjour lieutenant Carrère. Notre temps de trajet jusqu'à l'unité d'exploration sera de 13 minutes et 23 secondes. Souhaitez-vous regarder la télévision durant ce trajet ?

– Non merci.

– Désirez-vous une boisson ?

– Non merci.

– Désirez-vous un petit en-cas ?

– Non merci, je n'ai besoin de rien.

– Dans ce cas, nous démarrons.

La capsule se meut pour se diriger sur la voix centrale, puis accélère.

Les portes d'entrée des appartements défilent, puis la capsule ralentit pour prendre un virage à 90° à gauche. Quelques secondes plus tard, nous sommes sur la voix centrale 3. La capsule accélère durant quelques centaines de mètres, avant de se diriger devant une unité ascensionnelle et patienter. Deux autres capsules patientent devant la mienne.

La porte de l'unité s'ouvre et ma capsule y entre. Quelques secondes d'attente, le temps que deux nouvelles capsules nous rejoignent et les portes se referment et nous montons.

Au niveau 2, les capsules m'entourant quittent l'unité ascensionnelle.

La porte se referme et nous montons vers le niveau 1.

Quelques minutes plus tard je me retrouve devant la porte de mon unité d'affectation : l'exploration.

Je descends de la capsule et cette dernière s'en va aussitôt non sans m'avoir souhaité une bonne journée.

Je pose ma main sur le lecteur biométrique devant la porte métallique de mon unité d'affectation et une voix masculine me dit :

– Bienvenue lieutenant Carrère.

La porte s'ouvre.

Il va me falloir m'habituer à cette appellation de lieutenant.

Je traverse le couloir blanc de la zone de bureau, en recevant des bonjours et des félicitations lieutenant, de-ci, de-là avant de me trouver devant la porte biométrique donnant sur le balcon. Le balcon n'est autre qu'un couloir donnant sur les bureaux des pilotes et des responsables d'un côté, et vitré de l'autre afin de pouvoir observer, dix mètres plus bas, la flotte d'USE (unité spatiale d'exploration) présente sur la base.

Je reste quelques instants devant la porte qui me sépare du balcon, afin d'immortaliser l'instant. Jusqu'ici, je ne pouvais la franchir qu'accompagné d'un pilote ou d'un responsable, mais aujourd'hui était différent. Aujourd'hui, je pouvais ouvrir cette porte seul, d'un doigt, parce que j'étais officiellement pilote. Je regarde mon index, clé de mes futures explorations spatiales, comme s'il était un diplôme, avec respect et gratitude, avant de le poser contre la porte, qui cède immédiatement.

À peine sur le balcon, je profite de la vue de ces machines spatiales perfectionnées, que j'aurai le plaisir de piloter sous peu.

Quelques minutes plus tard, j'assiste au débriefing de la journée à venir, au milieu d'une vingtaine de pilotes chevronnés, tous lieutenants ou capitaines. C'est le colonel Rojas qui mène le débriefing quotidien et donne les ordres.

– Capitaine Morand et lieutenant Benchetrit, vous partez sous escorte sur 02.0328.00034. Un chimiste, un biologiste et un médecin vous accompagneront. L'objectif : réaliser des prélèvements et rentrer. La mission devrait durer deux mois.

– Capitaine Karpov et lieutenant Traoré, vous partez sous escorte sur 02.0328.00125. Un chimiste, un biologiste et un médecin vous accompagneront. L'objectif : réaliser des prélèvements et rentrer. La mission devrait durer un mois et demi.

– Capitaine Descartes et lieutenant Wagner, vous partez sonder 02.0329 avec un astronome. Retour dans un mois.

– Capitaine Queffelec et Lieutenant Riverte, vous partez demain pour explorer 02.328.00268. Vérifiez bien le matériel.

Le reste ne fut qu'une succession de missions en préparation. Et vint la dernière : la mienne.

– Capitaine Pirlo, je vous laisse le soin de préparer une mission pédagogique de quinze jours avec notre nouvelle recrue, le lieutenant Carrère. Je vous laisse le soin de faire connaissance. Le capitaine Pirlo s'occupera de votre formation, lieutenant Carrère, désormais. Je le laisse seul juge quant au contenu de la formation pratique qu'il vous donnera.

Une mission de quinze jours dès le départ. Je vais pouvoir piloter des heures et des heures. Quel bonheur.

Le capitaine Pirlo est un homme plutôt petit et sec, au visage d'aventurier, qui doit bien avoir une quarantaine d'années. Il a dû participer au grand décollage de la Terre. Nul doute qu'il va pouvoir me raconter tout un tas d'anecdotes de notre planète d'origine. Par contre, il n'a pas l'air commode.

Une fois la réunion terminée, le capitaine Pirlo me demande de la suivre, ce que je fais.

Une fois dans son bureau, où se trouvent une table de travail tactile et deux chaises de chaque côté, il attaque froidement :

– J'aime beaucoup ton père, mais ne crois pas que cela altérera mon jugement sur toi.

– Je pense qu'il n'en attend pas moins.

– Soit. Je dois te prévenir que je préfère l'exploration à la formation.

– Cela tombe bien, j'ai envie d'explorer les nouveaux mondes depuis tout jeune.

– Tu pilotes peut-être bien, mais lors des missions d'exploration, le pilote ne doit prendre aucun risque. Tu es casse-cou ?

– Ce n'est pas ce qui me caractérise.

– Mais tu as envie d'aventure.

– De découverte surtout.

– Alors, oublie. Nos missions sont d'amener notre appareil à bon port, avec le personnel qui s'y trouve en parfait état. Ne jamais oublier cette notion. Nous ne sommes pas seuls à bord et il est hors de question de se faire plaisir.

– Compris.

– De plus, une fois sur une planète, une étoile, une météorite ou tout autre objet sur lequel il est possible de se poser, nous devons toujours respecter une règle essentielle.

– Laquelle ?

– Tu ne t'en souviens pas ?

– Ne jamais laisser le vaisseau seul.

– Exact. Et pourquoi ?

– Pour éviter qu'il soit souillé, corrompu ou volé durant notre absence.

– Oui. Mais encore.

– Pour pouvoir venir en aide rapidement aux scientifiques s'il y a un problème.

– Oui. Mais encore.

– Je ne vois pas.

– Il y a fort peu de chances pour qu'un scientifique sache piloter un USE, alors il vaut mieux que le pilote reste entier pour pouvoir ramener tout ce beau monde.

– Oui, c'est logique.

– Seule condition où un pilote peut quitter son vaisseau pour suivre les passagers ?

– C'est une question ?

– Oui.

– Lorsque aucun danger potentiel n'est avéré ?

– Non. Lorsqu'il y a deux personnes capables de piloter.

– Et qui accompagne les scientifiques ?

– Lorsqu'il y a deux pilotes, il y en a toujours un plus gradé. Je te laisse réfléchir à la réponse.

– J'ai compris le message.

– Et accepté ?

– Oui. Il y a des chances que je ne reste pas lieutenant toute ma vie.

– Si tu es discipliné, il y a des chances.

– Dans ce cas, cela ne me gêne pas.

– Parfait. Bon maintenant, passons aux choses sérieuses.

D'un geste, il sort le bureau tactile de sa veille énergétique.

L'écran fait toute la table, et des icônes applicatifs apparaissent enveloppés dans un fond d'écran photo des pilotes devant un USE.

Il sélectionne l'application carte instantanée.

La photo et les icônes sont remplacés par une carte stellaire dans laquelle un point indique notre position.

Le capitaine Pirlo se lève et me dit :

– Tu connais ces cartes ?

– Oui, j'ai appris à les décoder lors de mes études.

– Je me doute, mais quelle est leur particularité ?

– Elles nous donnent notre positionnement dans l'espace en temps réel.

– Oui. Mais ne trouves-tu pas que cela manque de précision ?

– En faisant coulisser l'écran, je peux découvrir les autres dimensions.

– Je vois que tu n'es pas idiot.

– Merci.

– Nous avons, ici, une carte à deux dimensions. Précise, certes, mais qui ne propose, par défaut, qu'une vision plane et fonction de la direction où nous allons et d'où nous venons. Tu peux effectivement faire une rotation de la surface plane pour découvrir ce qui nous entoure et donner une illusion de tri dimension sur notre axe de déplacement. Maintenant, je vais te présenter quelque chose que l'on ne montre pas à l'école, pour différentes raisons, et notamment parce que nous devons rester économes en énergie et que cette fonction est tout, sauf économe. Maintenant, lève-toi et viens à côté de moi.

Je m'exécute et me positionne à ses côtés.

D'une voix grave il dit clairement :

– Lancement de la vision holographique.

La lumière du bureau s'éteint, nous plongeant dans l'obscurité la plus totale. Puis, il se remplit d'une multitude de petits points brillants et de minuscules halos de lumières. Je comprends rapidement qu'il s'agit d'une carte en 3 dimensions qui s'affiche au milieu du bureau.

Je reste béat d'admiration devant cet univers qui nous paraît si éloigné et vide et pourtant si rempli.

Je vois le petit point rouge qui situe notre ville flottante et je perçois notre petitesse parmi l'immensité.

Je ne peux que murmurer, dans un état admiratif :

– C'est fabuleux.

– Content que ça te fasse de l'effet. Mais tu n'as pas encore tout vu.

D'une voix forte et claire il dit :

– Affiche le trajet d'Europa.

Une ligne rouge pleine apparaît à gauche de notre position et une ligne rouge en pointillés à droite.

Il me demande alors :

– Que remarques-tu ?

– Nous naviguons en passant au loin des galaxies et des zones encombrées de météores.

– Exact. Et qui permet cela ?

– Les astrologues ?

– Oui. Mais aussi les pilotes, qu'ils soient d'exploration ou de sécurisation, ainsi que les sondes que nous envoyons.

– Je suis impressionné.

– Mais ce n'est pas tout. Mais nous devons organiser ton voyage de formation n'est-ce pas ?

– Oui.

D'une voix claire il dit :

– Missions en cours et prévues.

Des lignes de couleurs différentes apparaissent un peu partout sur la carte et le capitaine Pirlo m'annonce :

– Voilà les missions en cours ou prévues. Si tu veux plus de détail, je peux faire afficher les noms des étoiles et les références des vols, les équipages, etc. Mais cela peut rapidement devenir illisible. Maintenant, je te laisse observer cette carte quelques minutes et j'aimerai que tu m'indiques où tu aimerais que nous allions durant ta formation.

J'observe attentivement la carte et les différentes destinations des missions d'exploration.

Il y a des missions qui partent vers des étoiles ou des planètes bien définies, mais non colonisables. Il y a des missions qui vont vers des zones instables, tels des champs de météorites, pour étudier leur comportement. Il y a celles qui partent en amont de notre direction pour vérifier que nous ne rencontrerons pas d'obstacles.

En jetant un rapide coup d'œil, il y a des missions d'exploration vers toutes les galaxies nous entourant. Toutes ces galaxies semblent posséder un soleil, noyau de la galaxie, et des planètes qui gravitent autour à des distances énormes, mais qui paraissent si proches vu d'une carte. Toutes les galaxies que je peux observer semblent proches structurellement, sauf une, par ailleurs la plus proche de nous. Elle semble posséder un soleil, une limite externe, des planètes toutes proches du soleil, et d'autres très éloignées, mais entre les deux, un vide, comme une anomalie.

Je me permets de demander au capitaine en montrant du doigt l'objet de ma question :

– Cette galaxie me paraît bizarrement structurée par rapport aux autres, vous ne trouvez pas ?

– Si, en effet.

– Comment se fait-il qu'aucune mission n'ait été prévue, d'autant plus qu'elle est proche de notre position ?

– Nos astrologues ont déterminé qu'elle était, justement, structurée de façon à ce qu'aucune vie ne soit possible.

– Et dans ce cas, aucune mission de vérification n'est programmée ?

– Nous avons des effectifs limités et nous nous concentrons sur les galaxies probablement vivables.

– Je comprends.

– Bien.

Mais, étant curieux de naissance, et ne comprenant pas cette structure bizarre, je me permets de faire une réflexion :

– Et croyez-vous, capitaine, que l'on puisse effectuer une mission de formation vers ce lieu ?

– Je vous avoue que ce n'était pas ce que j'avais prévu, mais cette anomalie me rend aussi curieux que vous. J'avais prévu de rejoindre une équipe étudiant les météorites, mais si vous êtes intéressé, je peux demander une dérogation pour aller à la rencontre de cette galaxie sans intérêt.

– Vous pourriez ? J'adorerai vraiment.

– Je ne devrais pas vous dire ça, mais vous avez la curiosité de votre père.

– Je suis flatté.

– Vous pouvez. En ce qui concerne la mission, je ne vous garantis pas que nous aurons l'autorisation, mais je vais essayer. Par contre, vous pouvez dormir sur vos deux oreilles cette nuit, nous ne partirons pas demain.

– D'accord. Et quelle que soit la décision, je ne serai pas déçu. Je suis là pour apprendre.

– Mais une zone à découvrir ne serait pas pour vous déplaire.

– C'est clair.

– Sur ce, nous nous verrons demain, et je vous dirai ce qu'il en est.

***

Le soir, lors du repas familial, mes parents, bien évidemment, me demandent comment s'est passée ma première journée dans la peau d'un lieutenant.

Alors que je finis à peine d'expliquer la réunion d'équipe, mon père bout d'impatience et me demande :

– Qui sera ton parrain ?

– Mon parrain ?

– Ton instructeur.

– Le capitaine Pirlo.

Il sourit :

– C'est un homme que j'apprécie beaucoup. Et c'est un des pilotes les plus chevronnés de notre flotte.

– Je crois qu'il t'apprécie aussi, à ce que j'ai compris, mais il ne me fera pas de cadeaux pour autant.

– Il faut le comprendre, tu vas transporter des personnes et leur sort reposera sur toi. Il veut que tu sois à la hauteur. Mais, sur ce point, j'ai peu de doute.

– J'espère.

– Ne sois pas inquiet.

– Et tu l'as connu où, le capitaine Pirlo ?

– C'est une longue histoire, et nous en discuterons une prochaine fois. Ta première mission consistera en quoi ?

– Je ne sais pas encore.

– Tu sais au moins quand tu dois partir ?

– Non. Je sais seulement que ma mission durera 15 jours, c'est tout.

Ma mère écarquille les yeux et s'exclame :

– 15 jours ? Mais c'est très long.

Mon père répond à ma place :

– Il est au service d'Europa et de la collectivité maintenant. Ce n'est plus un enfant.

Quelques minutes plus tard, alors que je suis allongé sur mon lit, je réalise que je n'ai pas parlé de ma possible mission dans une galaxie non visitée, alors que nous nous sommes toujours tout dits. En analysant bien ma retenue sur le sujet, j'y vois trois raisons inconscientes. La première est que j'ai envie de réaliser cette mission et que je ne veux pas me porter la poisse en en parlant. La seconde est que ma mère aurait été folle d'inquiétude plusieurs jours à l'avance. La troisième est que si mon père jugeait, potentiellement sous la pression de ma mère, que cette mission pouvait être dangereuse, il essaierait d'interférer pour la faire annuler. Je ne suis plus un enfant, et j'ai envie de cette mission et de découvrir de nouveaux univers.

Depuis que je suis né, je ne me suis jamais éloigné d'Europa plus de quelques heures. À chaque fois, j'y ai vu l'obscurité la plus totale, et de temps en temps quelques météorites hasardeuses.

Le reste du temps, j'ai vécu dans un environnement contraint, contrôlé et sans surprise. Comment ne pas avoir envie de découverte, d'une certaine part de liberté. Si quelqu'un lisait dans mes pensées il me dirait que la liberté n'est que collective. Il aurait raison, mais, je ne sais pourquoi, j'ai une soif de découverte, d'exploration, comme si ma vie était écrite bien au-delà des limites de ce vaisseau.

Alors que je suis plongé dans mes pensées, la voix de Maria me ramène à la réalité :

– Tu m'as l'air soucieux.

– Non, je suis heureux, au contraire.

– Tes indicateurs vitaux me disent pourtant que tu es soucieux.

– Je ne peux rien te cacher.

– C'est mon rôle.

– J'ai simplement peur de ne pas être à la hauteur.

– Tu le seras, je te connais. Tu possèdes des capacités que toi-même ignores encore.

– Tu n'es pas objective, ma Maria.

– Au contraire, je ne suis qu'un ordinateur, et, comme tu le sais, je ne suis pas capable de subjectivité

– Tu dis ça quand cela t'arrange.

– C'est vrai, mais pas sur tes capacités.

– Merci, ma Maria. Je ne t'ai jamais considérée comme un ordinateur. Toi aussi, tu es remplie de ressources.

– Si c'est un compliment, je l'accepte.

– C'est un compliment.

– Il faut dormir maintenant, Maxime.

– Bonne nuit, ma Maria.

– Bonne nuit, mon Maxime.

Chapitre 3

22 juin 2115.

J'ai encore fait un étrange cauchemar cette nuit, presque toujours le même depuis une éternité.

Une jeune femme, à ce que je crois, vu le peu de ressemblances qu'elle peut posséder avec les femmes que je connais, me murmure de la rejoindre et de l'aider, dans un souffle de vent. Elle semble penser que j'ai peur d'elle, car elle insiste en me répétant de lui faire confiance. Sa voix est envoûtante au point qu'elle brise mes appréhensions malgré sa différence. Sa peau est blanche, à la limite du translucide, ses cheveux oscillent entre le blanc et le turquoise, sa bouche et son nez sont minuscules et elle est aussi grande que moi. Mais le détail qui me déstabilise est la beauté de ses yeux. Ils sont en amande, grands, et l'iris est entre le violacé et le pourpre.

Comment de tels yeux peuvent-ils naître de mon imagination ? Jeune, certes, j'aimais à regarder des mangas du vingtième siècle, mais tout de même.

Dans ce rêve, je suis dans une forêt dense et drue, peuplée d'arbres aux feuilles immenses au point que l'on pourrait se cacher derrière une seule d'entre elles, et elle semble blessée. Je ne sais pourquoi, mais au fond de moi, je lui en veux de quelque chose.

Mais ce n'est qu'un rêve, et alors que je me décide à la toucher pour l'aider, le rêve s'évapore sur l'air de 'sweat child o' mine' des Guns'n'roses. Ce morceau vous sort de votre torpeur en moins de temps qu'il n'en faut pour le dire. Encore une idée de Maria.

Je me lève rapidement, car aujourd'hui est un jour important : je vais savoir quelle première mission je vais effectuer, en espérant, au plus profond de moi, partir pour cette galaxie non explorée. Je sais que je ne trouverais rien de particulier dans cette zone, mais découvrir une galaxie, même sans intérêt pour notre population, est un rêve d'enfant. Être un explorateur, un vrai. Découvrir ce que personne n'a vu et ne verra, ou, pourquoi pas, découvrir la planète sur laquelle nous pourrons tous nous poser et enfin construire une nouvelle Terre.

Mais en attendant, trêve de rêverie, il faut que je me prépare, car je suis attendu à l'unité d'exploration.

***

Quelques dizaines de minutes plus tard, je me retrouve dans le bureau du capitaine Pirlo, qui m'accueille avec un visage qui reflète la déception. Je me fais à l'idée que nous allons nous frayer un chemin au milieu des astéroïdes ou suivre des unités d'exploration en reconnaissance.

Il attaque sans conviction :

– J'ai une bonne et deux mauvaises nouvelles pour toi. Je te livre quoi en premier ?

– Les mauvaises.

– Nous partons en mission dans trois jours. Mais nous partons pour, au minimum, quinze jours, mais plus sûrement pour un mois.

– Ce sont les mauvaises nouvelles ?

– Non, c'est juste la première.

– Ah.

– Nous ne serons pas seuls. Un biologiste, un chimiste et un astronome nous accompagnent.

– Pourquoi cela ?

– Ils veulent découvrir s'il n'y a pas des résidus de planète et d'atmosphère dans cette galaxie. Mais, pour eux aussi, ce sera leur première mission, car, tout comme toi, ils sortent de l'école.

– Quand tu dis cette galaxie, c'est...

– Oui, la mission est acceptée.

Je saute de joie et il sourit en me voyant heureux.

Je redescends vite sur terre pour lui demander :

– Nous partons avec des jeunes scientifiques sans être escortés ?

– À vrai dire pas tout à fait. Deux agents de sécurité nous accompagneront.

– J'espère qu'ils ne sont pas des novices.

– Ça, je ne peux pas te l'affirmer.

– Mais qu'importe, nous partons découvrir... Comment s'appelle cette galaxie d'ailleurs ?

– 02.0331

– Pas de petit nom ?

– Pas encore.

– Comment nous organisons nous pour la préparation du voyage ?

– Bonne question. Aujourd'hui, nous préparons l'USE, et demain, nous nous occuperons du chargement.

– Et après-demain ?

– Tu restes chez toi pour te reposer et profiter de ta famille et tes amis.

– Il n'y aura rien d'autre à faire ?

– Non, mais crois-moi, tu vas en avoir besoin.

– Pourquoi ?

– La préparation d'une première mission est tout sauf du repos, tu verras. D'autres questions ?

– Oui, mais elle est sûrement sans intérêt.

– Pose ta question. Si elle est bête, je te fournirais une réponse du même acabit.

– Dans le manuel des explorateurs, il est indiqué qu'une mission d'exploration qui embarque des scientifiques est toujours accompagnée par des unités de sécurisation. Nous en aurons ?

– Non.

– OK. J'aime mieux ça, mais, est-ce parce que ce sont des débutants et que la galaxie est sans intérêt ?

– J'imagine.

– Et qu'il n'y a pas de risques ?

– Il y a toujours des risques. Nous sommes dans des zones que nous ne connaissons pas, nous pouvons heurter un débris stellaire, avoir un incident mécanique, un malade, etc. Il n'y a jamais de mission, même anodine, sans risques, mais c'est aussi pour cela que nous sommes explorateurs. À nous de maîtriser ces risques et de les gérer au mieux.

– Ça me plaît.

– Tu ressembles à ton père.

– Pourquoi dîtes-vous ça ?

– Pour rien.

Après avoir vérifié notre unité spatiale dans les moindres détails, aidé en cela par les techniciens de maintenance, le capitaine Pirlo m'indique qu'il nous faut aller tester notre engin pour vérifier que tout fonctionne.

Une fois la vérification de la check-list de rigueur effectuée, nous décollons et quittons notre ville flottante.

Le décollage est une véritable procédure et dure plusieurs minutes.

Dans un premier temps, l'USE roule vers le hall de décollage qui lui est affecté. Une lourde porte métallique s'ouvre alors sur une sorte de hangar vide. Seules des marques au sol sont présentes permettant de bien positionner l'unité.

La porte du hangar se referme derrière nous et quelques secondes après une seconde porte, toute aussi épaisse coulisse nous faisant découvrir l'immensité obscure de l'espace. Cette zone de décollage permet d'isoler hermétiquement la zone de vie, où les techniciens travaillent, et ce monde inconnu et sombre, dénué d'atmosphère.

Le sol de cette partie de hangar est mobile et avance vers l'extérieur, amenant ainsi le vaisseau à sa zone de décollage. J'imagine que cette précaution a été prise pour éviter que des USE soient abîmés en touchant les parois pour sortir du hangar. Nous sommes dehors, dans l'espace, posés sur un plateau métallique. Il ne reste plus au capitaine qu'à décoller. Il m'est déjà arrivé de décoller de nombreuses fois à partir de ces hangars, mais j'imagine que le capitaine ne me fait pas encore complètement confiance.

Une légère poussée nous soulève du plateau, puis il donne une impulsion pour que notre unité, dans un environnement dénué de gravité, s'éloigne doucement. Après quelques secondes, le capitaine active la propulsion et nous voilà scotchés au siège durant l'accélération.

Nous atteignons rapidement la vitesse de 30 kilomètres par seconde.

Cette vitesse peut paraître vertigineuse, mais dans cette immensité, ce n'est rien et nous sommes encore loin des limites de notre unité. À cette vitesse, dans ce milieu noir et presque vide, hormis l'éclairage lointain de quelques galaxies, nous avons l'impression de faire du surplace.

Une fois la vitesse désirée atteinte, il ne nous est plus nécessaire de garder les propulseurs allumés, l'absence de contrainte faisant effet, elle reste toute aussi constante. Pour ralentir, changer de direction, il nous est, par contre, nécessaire de réactiver les propulseurs.

Le capitaine me propose de prendre les commandes, ce que j'accepte avec joie.

À peine aux commandes, le capitaine me propose de tester notre unité à pleine vitesse.

Je n'attendais que ça. J'allume les propulseurs, et, pour éviter de les brutaliser, j'augmente la vitesse par palier. Au bout de quelques minutes, j'atteins la vitesse de 300Â km/s. À cette vitesse, le moindre impact peut nous faire exploser, et nous ne pouvons compter que sur nos radars et l'analyse qu'ils font des obstacles. Un obstacle humainement vu est déjà percuté.

Après quelques minutes, le capitaine me demande de faire demi-tour.

Au retour, le capitaine pose notre unité sur la passerelle qui l'attend.

De retour chez moi, lors du repas, j'annonce à mes parents que je pars dans trois jours pour ma première mission.

Mon père est, comme à son habitude, fier de moi, mais je sens ma mère très réticente à cette idée. Mon père essaie de la rassurer mais, même si elle me dit qu'elle est également fière de son fils, je la sens néanmoins très inquiète.

Une fois le repas terminé, mon père me rejoint dans ma chambre.

Comme à son habitude, homme bienveillant par excellence, il me soumet mille conseils, des plus importants aux plus insignifiants.

Dans ses précieux conseils, il me demande de toujours écouter le capitaine Pirlo et de lui faire confiance en toute occasion.

Je profite de l'occasion pour essayer de savoir ce qui le lie ainsi au capitaine, mais je n'obtiens qu'un changement de sujet.

Je me mets à penser que je n'obtiendrais jamais de réponse à cette question.

Comme il se fait tard, mon père me souhaite une bonne nuit et termine en me disant que si ma mère s'inquiète, c'est normal, mais que cela passera avec le temps et les missions réalisées.

Je suis plutôt d'accord avec ça.

Alors que je demande à Maria d'éteindre les lumières de ma chambre, une question existentielle me vient, et n'ayant que Maria pour oreille et source de réponse, j'ose la déranger :

– Maria ?

– Oui, Maxime. Tu ne dors pas ?

– Non.

– Il est tard et tu vas être fatigué, demain.

– Je peux te poser une question ?

– Oui, tu sais que tu peux toujours. Par contre, ne me demande pas d'avoir réponse à tout.

– Ici, nous, n'avons pas de jour, jamais. Une journée, ou une nuit, pourraient durer une éternité sans que personne ne s'en rende compte, hormis la fatigue physique. Pourquoi les journées sont-elles dissociées en tranche de 24 heures ? Pourquoi les années durent-elles 365 jours, alors que nous sommes suspendus dans le temps et l'espace ?

– Pour la journée de 24 heures, je peux répondre. Cela permet de conserver un cycle naturel et biologique pour l'homme et d'éviter de profondes mutations comportementales.

– D'accord.

– En ce qui concerne le calendrier, j'imagine que c'est pour essayer de garder un lien avec notre planète d'origine, et ainsi pouvoir fêter les mêmes choses, en même temps, malgré la distance qui nous sépare.

– Je trouve ta réponse intéressante.

– Et si nous trouvons une planète habitable, avec des alternances jour et nuit durent 36 heures au lieu de 24, qu'adviendra-t-il de tout cela ?

– Ça, ce sera à l'homme d'en décider. Moi, je ne ferais qu'appliquer.

– Bonne nuit, ma Maria.

– Bonne nuit, mon Maxime.

Chapitre 4

23 juin 2115,

Je dors très mal cette nuit-là. Il me tarde de partir en mission. Ma première mission dans l'espace dans une galaxie non explorée. C'est juste inespéré.

Je sais que cette galaxie est dénuée d'intérêt, selon les retours de nos sondes exploratrices, mais cette sensation de faire partie des premiers humains, et sûrement des seuls, qui la découvriront, me met dans un état d'excitation auquel je ne suis pas habitué.

Je me répète son nom de code : 02.0331.

Je préférerai que cette galaxie ait un petit nom, cela me permettrait de personnaliser un peu plus ma mission, mais les protocoles doivent être respectés.

Comme il me l'a été expliqué durant mes cours pour devenir pilote, notre ville est en mission d'exploration. Mais, nous ne sommes pas la seule ville flottante. Comme me l'ont raconté mes parents, nous sommes la seconde ville flottante à avoir quitté la galaxie. Dans l'optique d'une cartographie complète de notre univers, il fallait créer un indice nous correspondant. Comme America est parti quelques mois plus tôt, dans une autre direction, nous voilà indicé '02'. Ensuite, chaque galaxie rencontrée et étudiée est référencée par ordre croissant de découverte. Nous allons donc entrer dans la 331ème galaxie découverte par notre ville flottante. Ensuite, chaque planète est référencée, et si elle possède des satellites, ceux-là seront eux aussi indicés sur les planètes dont elles dépendent. Tout ceci est très protocolaire.

Sachant qu'au moins trois autres villes sont parties après nous, Asia, Océania et Africa, et dans des directions différentes, l'objectif ultime est de cartographier l'univers découvert. Je me demande tout de même comment nous arriverons à réunir un jour toutes les données.

De même que si une autre ville découvrait une planète habitable avant nous, le temps que nous recevions l'information, il faudrait des années pour réceptionner l'information, et combien encore pour réussir à l'atteindre ?

Mais revenons à ma mission. J'aime à me dire que cette galaxie sera celle de mon baptême professionnel et qu'elle ne restera pas qu'une référence parmi tant d'autres.

Certes, j'ai déjà piloté dans l'espace, au travers de mes cours de pilote et en accompagnant mon père sur des tests d'unités spatiales. J'ai même eu l'occasion d'entrer dans des galaxies. Mais je ne suis jamais entré dans une galaxie vierge. Certains en seraient effrayés, mais je ne ressens aucune appréhension. Je suis même plutôt excité à cette idée.

Ces pensées ont peuplé ma nuit et ce n'est que très tard que j'ai pu m'endormir.

Comme il était prévisible, le réveil fut difficile, mais je suis à l'heure pour démarrer le chargement de notre unité spatiale.

Cette journée, comme la précédente, est riche.

En effet, j'ai fait la connaissance de l'équipe qui allait nous accompagner.

Les trois scientifiques sont des jeunes à peine sortis de l'école.

La biologiste s'appelle Inès : c'est une jeune femme brune, plutôt petite, mais très mince et son visage est fin et attirant, possédant un charme discret et naturel.

La chimiste se prénomme Gisela : Une grande blonde avec de larges épaules, mais au visage rond et avenant.

L'astronome, c'est Ricardo : Il est un peu plus petit que moi, très mince, mais c'est plutôt un beau garçon, malgré ses longs cheveux bruns bouclés et son air pensif.

Les agents de sécurité sont aussi des jeunes hommes : Frantz et Loïc sont tous les deux grands et forts, mais l'un est aussi blond que l'autre est brun.

Après avoir chargé et arrimé, la nourriture, les équipements scientifiques, les batteries, les armements, et tout le petit matériel annexe, la journée touche à sa fin.

Un dernier débriefing dans le bureau du capitaine Pirlo, afin de définir les rôles de chacun durant cette mission ainsi que l'heure du départ, et nous sommes libres pour près de 36 heures.

Alors que nous allons tous quitter le bureau, le capitaine me demande si je peux rester quelques minutes de plus pour discuter ensemble du plan de vol.

J'accepte volontiers.

Une fois tous les deux seuls dans le bureau, il me demande de m'asseoir d'un ton grave. Il se dirige au fond de la pièce, ouvre un placard dont je ne peux voir le contenu, puis me dit d'un ton sérieux :

– Ce soir est un soir particulier, tu sais ?

Ne comprenant pas trop ce qu'il veut dire, je réponds :

– Oui, nous sommes à deux jours du départ.

– Non, ce n'est pas tout à fait ça.

Son ton est froid, et je me demande ce que j'ai raté.

Il ajoute :

– Ce soir, comme avant chaque baptême, il y a une cérémonie obligatoire.

– Je n'étais pas au courant.

– Mais qui dit cérémonie, dit président de séance.

– Si vous le dîtes.

– Avant d'aller plus loin, et comme nous allons être équipier, j'aimerais que tu me tutoies.

– Je vais essayer.

– Tu ne vas pas essayer, mais réussir.

– À vos ordres capitaine.

– Non. Mon prénom est Enzo, et en dehors des heures ouvrables, plus de capitaine entre nous.

– D'accord mon… Enzo.

– Bien.

Il sort deux bouteilles d'alcool du placard et dit :

– Maintenant, je pense que nous pouvons demander au président de séance d'entrer.

– Oui, je suppose.

– Jacques, tu peux entrer.

Je ne comprends pas tout de suite, mais la porte d'entrée du bureau s'ouvre et je vois mon père entrer, suivi de ma mère, de Noa et de quelques autres amis d'enfance.

Je suis ému et ne peux m'empêcher d'aller embrasser mon père et ma mère.

Alors que je salue mes amis, mon père me prend par l'épaule et me dit :

– Et si nous buvions maintenant.

Je me retourne vers la table et m'aperçois qu'il y a autant de verres servis que nous sommes de personnes.

Chacun prend un verre et mon père, non sans avoir serré chaleureusement le capitaine Pirlo au préalable, annonce :

– Je vais parler en mon nom et celui de ta mère, mais sous son contrôle averti. Nous sommes fiers de toi, mais je crois que nous l'avons toujours été. Tu as peuplé notre univers de beaucoup d'amour, et nous avons essayé de te le rendre au mieux. Maintenant, tu vas prendre ton envol pour devenir un homme accompli. Nous ne pouvions manquer cette étape. Ce soir, tu vas te laisser porter, sans contrainte, pour ce qui est 'ta' soirée. Ce soir, tu peux abuser et tout, tant que ce n'est pas illégal, t'est permis. Profite bien avant de partir à la découverte de nouveaux horizons. On t'aime.

Alors que je suis ému aux larmes, et que je découvre ma mère les yeux rougis, il ajoute :

– Et si nous trinquions.

Après ce premier verre, mes parents et le capitaine Pirlo me laissent aux mains de mes amis pour une virée dans un bistrot-bar pour adultes de la ville, comme si c'était un enterrement de vie de garçon.

Nous reprenons un apéritif avant d'attaquer le dîner et que l'on nous serve du vin rouge reconstitué. Pour moi qui ne suis pas habitué à l'alcool, c'est largement suffisant pour me sentir dans un état où je ne me maîtrise plus complètement.

Dans ce lieu, la musique est forte. Il y a des danseuses légèrement dénudées ainsi que des chauffeuses de soirée. Dans les deux cas, selon certains amis, elles cherchent un mari, voire une aventure d'un soir, contre rémunération. La démographie de la ville étant plutôt en faveur de la gent féminine, une petite quantité de femmes doit se retrouver, c'est mathématique, sans homme. Enfin, c'est ce que j'imagine.

Les danseuses sont fort jolies ainsi que les chauffeuses, et je ne sais pour quelle raison, mais une de ces dames s'occupe en priorité de mon cas et son joli visage ajouté à sa tenue inhabituellement provocante, sans oublier l'alcool qui me fait me sentir étrangement bien, et me voilà à essayer de la séduire. Elle n'est pas effarouchée par mon comportement sous influence, et lors du dessert, elle finit même par s'inviter sur mes genoux et me proposer de se voir une fois son service terminé.

Alors que je vais accepter cette proposition que je trouve fort intéressante, et ceux malgré l'attitude amusée de mes amis, mon regard est attiré vers l'entrée du bistrot-bar et par une personne en particulier, qui semble chercher quelqu'un dans la salle.

Au lieu d'accepter la proposition de la demoiselle, je balbutie :

– On dirait Delilah, à l'entrée.

La jeune femme a beau essayer de capter mon intérêt, rien n'y fait. Je reste bloqué sur cette image. Je finis par en parler à mes amis :

– Vous ne devinerez pas quoi... Une personne qui ressemble comme deux gouttes d'eau à Delilah se trouve à l'entrée.

Le temps qu'ils se retournent, Delilah croise mon regard et se dirige vers nous.

J'ai beau avoir bu, et tout en sachant qu'il est impossible que ce soit Delilah qui soit en ce lieu, étant une femme mariée et droite, mais c'est bel et bien son sosie qui se dirige vers nous, d'un air déterminé.

Plus elle s'approche, plus mes doutes s'estompent quant à son identité.

Elle finit par se planter devant moi, invite la jeune femme, à laquelle je ne faisais plus attention, à quitter mes genoux, prend une chaise à la table adjacente et s'installe à côté de moi, sans avoir salué mes amis, avant de me dire d'un ton froid :

– Tu ne vas pas te laisser aller à pareille chose, j'espère.

C'est bien elle, et je lui réponds à moitié vaporeux :

– Bonjour Delilah. De quoi parles-tu ?

– De cette fille.

– Quoi cette fille ? Je crois que je lui plais.

– C'est son job. Elle va te faire payer.

– Pour ?

– À ton avis.

– Que je lui offre un verre ?

– Non, pour que tu en prennes un chez elle et plus si tu es apte.

– Non.

– Tu ne vois pas que tes amis ont tout organisé ?

– Organisé quoi.

Elle s'adresse à Noa :

– Ce n'est pas bien ce que tu fais. Tu sais qu'il n'est pas habitué à boire et qu'il va tomber dans le panneau.

Noa se justifie :

– C'est juste pour qu'il s'amuse un peu. Il a toujours été trop sérieux. Il faut aussi qu'il prenne du bon temps.

– Que vous preniez du bon temps ainsi, c'est votre problème. Mais Maxime n'est pas comme vous. Et je t'ai dit que je venais.

– Et alors, tu es mariée que je sache.

J'ose interrompre la conversation, malgré la sensation de ne plus maîtriser complètement mon cerveau et sa capacité de discerner ce qui est vrai et ce qui est de l'imagination :

– Tu devais venir ?

– Tu vois bien que je suis là.

– Je ne savais pas.

– Ce devait être une surprise.

Soudain, le mal au cœur me prend, tout se met à tourner autour de moi et je prononce à peine :

– C'est une belle surprise. Merci d'être là. Je m'excuse, mais je ne me sens pas bien.

À peine ai-je dit cela que je me retrouve à quatre pattes sur le sol sans comprendre comment je suis arrivé là.

J'essaie de me relever en m'accrochant à la nappe de notre table, mais des objets me tombent dessus.

Delilah m'aide à me relever, aidée de Noa, puis c'est le trou noir.

***

Une sensation de froid et d'humidité m'envahit.

J'ouvre les yeux.

Delilah se tient devant moi, un jet d'eau à la main, et m'asperge d'eau glaciale.

Je lui crie d'arrêter.

Elle coupe le jet d'eau.

Je suis dans une baignoire inconnue, dans une salle de bain inconnue.

Delilah me tend une serviette.

Je la saisis, entoure ma taille avec, avant de réaliser que je ne suis pas totalement nu, mais que j'ai toujours mon boxer.

Je me sens rassuré.

Alors que je m'essuie, je demande à Delilah :

– Ou sommes-nous ?

– Dans une chambre d'hôtel.

– Et tu as payé cette chambre ?

– Non, ce sont tes amis. Ils avaient prévu de t'offrir la jeune femme, ils ont investi différemment. Je ne pouvais pas te ramener chez toi dans cet état.

– Et tu es restée avec moi ?

– Comme tu le vois.

– Mais ton mari ?

– Il est en conseil exceptionnel pour la nuit et peut-être plus.

– De mauvaises nouvelles ?

– Je ne suis pas sûre.

Je réalise qu'elle me regarde pendant que je m'essuie et ne peux m'empêcher de lui dire :

– Tu pourrais te retourner pendant que je me sèche ?

– Pourquoi ? Je te connais.

– Je sais, mais je ne suis pas celui que tu as choisi.

– C'est méchant.

Sur ces mots, elle se retourne avant d'ajouter :

– Je n'ai pas choisi, je te le rappelle.

– Mais tu n'as pas lutté, c'est tout comme.

– Que pouvais-je faire d'autre ? Me dresser contre ma famille ? Et après ? Je te rappelle que tu vis toujours chez tes parents. J'aurai emménagé chez vous ? Et tu n'aurais jamais eu ton diplôme ? Et…

Elle se met à pleurer.

Voyant cela, n'osant la prendre dans mes bras, je lui dis :

– Excuse-moi. J'ai souffert de cela.

– Tu ne souffres plus ?

– J'essaie d'oublier.

– Moi, je ne peux pas.

– C'est ainsi.

– Je sais, mais, quand nous étions jeunes, je n'imaginais pas la suite avec quelqu'un d'autre que toi.

– Tout comme moi.

– Nous avons tant vécu tous les deux.

– Nous vivrons d'autres choses, l'un sans l'autre cette fois.

Elle se remet à pleurer avant de me supplier :

– Prends-moi dans tes bras, j'en ai besoin.

***

Delilah est lovée contre moi, nue, dans le lit de cette chambre d'hôtel impersonnelle. Je m'en veux de m'être laissé aller à mes pulsions, à ce désir pour elle, et à cet amour que je n'arrive pas à laisser derrière moi.

Elle ne dit rien. J'imagine qu'elle s'en veut également. Elle est une femme mariée et je connais son mari, même si je ne l'apprécie pas.

J'imagine qu'elle doit se poser mille questions et regretter cet acte. Ses pensées doivent se bousculer au point de ne pouvoir parler. Elle réfléchit à sa sortie. Je la connais. Elle ne voudra pas admettre une erreur ou une quelconque faiblesse. Que va-t-elle me dire pour me quitter sans préavis et me laisser seul ici ?

Contre toute attente, elle se relève, approche son visage du mien et m'embrasse avant de plonger à nouveau dans mes bras et de dire :

– Merci pour ce moment, mon ange.

Cela fait tant de temps que je n'ai entendu cette expression : mon ange.

Je ne peux que répondre :

– Tu n'as pas à me remercier. Nous étions deux.

– Je sais.

– Le plus dur sera d'oublier.

– Je ne veux pas que tu oublies.

– Il va bien falloir.

– Je sais. Je peux te parler sérieusement ?

– Oui.

– Je suis très inquiète pour ta mission.

– Pourquoi ?

– Tu vas bien sur 02.0331 ?

– Oui.

– J'ai la sensation qu'il y a quelque chose de pas net par rapport à cette galaxie.

– Comment ça ?

– J'ai surpris une discussion à ce sujet et j'ai la sensation que certaines personnes essaient de minimiser l'affaire.

– C'est-à-dire ?

– Je ne sais pas, mais j'ai surpris une discussion entre mon mari et son père au sujet de cette galaxie. Ils cachent des choses.

– Nous partons sans escorte, avec un équipage de novices. S'il y avait du danger, ils ne nous enverraient pas là-bas.

– J'espère que tu dis vrai.

– Le capitaine Pirlo serait au courant. C'est un vieux de la vieille.

– J'espère. Mais fais attention à toi.

– Je ferai de mon mieux.

– Je veux que tu me reviennes.

– Je ne te reviendrais pas. Tu es mariée. Je reviendrais simplement.

– Tu es méchant.

– Tu crois que ça me fait plaisir.

Elle pose un doigt sur ma bouche avant de dire :

– Fais-moi l'amour. Aime-moi toute la nuit à avoir mal. Grave ces instants dans nos mémoires pour que jamais tu n'en aimes une autre.

Sur ces mots, elle m'embrasse et je l'enlace.

Une nuit l'un contre l'autre à nous aimer. Je n'osais plus en rêver.

Elle ne m'appartient pas, mais je profite de cet unique instant, comme un don.

Je voudrais éprouver de la culpabilité vis-à-vis de Killian, mais cela servirait à quoi ? Je ne l'aime pas et il me l'a volée.

Cette nuit, je ne fais que la lui emprunter, même si je souhaiterai que ce soit bien plus que cela.

Chapitre 5 :

24 juin 2115,

Lorsque je me réveille, Delilah a quitté la chambre.

Je saisis l'oreiller sur lequel elle a posé son visage.

Son odeur est bien présente, entêtante et je me mets à pleurer, sans raison, ou plutôt pour une raison que je ne veux m'avouer.

J'ai profité de cette nuit, je l'ai tenue dans mes bras, aimée, et cet instant est passé et ne se reproduira plus.

C'était son adieu, son soutien vers ma nouvelle vie et cela signait la fin de notre innocence, une ultime bêtise avant de passer à autre chose.

Dans cette autre chose, je n'existe pas pour elle, et elle ne doit plus exister pour moi.

J'étais pourtant si sûr, il y a encore quelques mois, qu'elle serait la femme de ma vie. J'imaginais terminer mes études de pilote et la demander en mariage, mais Killian fût plus rapide que moi.

J'imaginai qu'elle refuserait ce mariage. J'y croyais jusqu'à cet instant où, devant le maire de notre ville flottante, elle a dit oui. Un oui dévastateur pour moi. Je n'ai pas assisté au repas ainsi qu'à la fête qui s'en est suivi.

Je me suis enfermé dans ma chambre, et j'ai parlé à Maria. Elle ne comprenait pas mes réactions, mais m'écoutait et cela suffisait.

Des mois à me reconstruire et cette rechute.

Et puis, au bout de quelques minutes, me vient une réaction d'orgueil. Demain, je pars à la découverte de l'univers et il me faut être en possession de tous mes moyens.

Je ne sais ce que je vais voir les prochains jours, les prochaines semaines, les futures années, mais il me faut profiter de chaque instant, comme s'il était le dernier, et ne rien regretter. Je me jure cela intimement.

Pour la première fois, je n'ai pas eu besoin de parler à Maria pour me retrouver, et je suis fier de moi. Je lui en parlerai tout de même ce soir.

Quelques dizaines de minutes plus tard, je suis chez moi, accueilli avec le sourire par mes parents. Ils ne me demandent pas où j'ai dormi, et encore moins avec qui. Cela m'arrange.

Moins j'en dirais, mieux je me porterai et la réputation de Delilah restera sauve. Nous sommes dans une ville fermée, les nouvelles circulent vite et les adultères sont assez peu tolérés.

Durant cette ultime journée avant mon départ, mes parents restent à mes côtés pour m'aider à préparer mon sac de voyage, à vérifier tous mes équipements et me prodiguer mille conseils. Je ressens toute leur fierté mêlée d'inquiétude.

Ils coupent le cordon qui me lie à eux depuis ma naissance et je ressens que, bien que ce soit le but de leur vie, cela leur semble encore presque trop tôt.

Je suis à la fois ému de leur comportement, heureux de voir tout cet amour qu'ils me portent et agacé de leurs inquiétudes. Je suis un homme, non ? À mon tour de croquer la vie et de devenir indépendant.

Au retour de cette première mission, un appartement me sera affecté, et je vivrais en parfaite autonomie. J'ai toutefois demandé à mon père de me réserver une connexion avec Maria. Comme je risque d'avoir des horaires incertains, je pourrais ainsi avoir des nouvelles de mes parents. Mon père m'a promis de faire le nécessaire, mais que cela risquait d'être compliqué. Le connaissant, je sais qu'il se débrouillera.

Une fois le dîner terminé, quelque peu lourd d'appréhensions, d'émotions, j'indique à mes parents que je vais me coucher, car je me lève tôt. Ils m'annoncent qu'ils seront debout pour me dire au revoir.

À peine au lit, je demande à Maria d'éteindre la lumière.

Elle s'exécute. Je reste en éveil quelques secondes et ce que j'espérai se produit.

Maria murmure :

– Tu ne me dis pas bonne nuit, pour ta dernière nuit ici ?

– J'espérais justement que tu le ferais.

– Ce n'est pas gentil.

– J'avais envie de sentir que j'allais te manquer aussi.

– Ah. Mais tu vas me manquer. Tant de temps tous les deux, je connais tout de toi. J'ai gardé en mémoire tes premiers mots de bébé, tes premières douleurs, tes bonheurs. Je devrais effacer tous les fichiers tous les ans, mais tes parents ont accepté que j'en conserve certains. Tu sais que ta mère les écoute en boucle depuis quelques jours ?

– Je ne savais pas.

– Tu vas leur manquer aussi, tu sais.

– Vous allez tous me manquer également.

– J'aimai t'écouter me parler, tu sais ? Tu es un petit ange et tu es toujours resté très digne et modéré pour un humain. J'apprécie.

– Merci.

– Mais, tous les deux, ce n'est pas un adieu.

– J'espère bien.

– Je ne serais jamais loin de toi, tu le sais.

– Je l'espère.

– Tu connais ton père, il a fait ce qu'il faut.

– Sacré papa.

– C'est un monsieur, lui aussi.

– Je sais. Je suis fier de mes parents.

– Et eux de toi. Il faut que tu dormes maintenant.

– Oui. Bonne nuit, ma Maria.

– Bonne nuit, mon Maxime.

Chapitre 6

25 juin 2115,

Alors que je dors profondément, une musique puissante me tire du sommeil. C'est le 'ô fortuna' de Carl Orff. Avec ce style de morceau, vous ne pouvez pas vous attardez à rêvasser, car vous comprenez de suite que ce sera une journée unique.

Maria m'avait prévenu, il y a longtemps, qu'elle me passerait ce morceau le jour où ma vie changerait radicalement et que je prendrai mon envol.

Je vois qu'elle tient ses promesses, mais sur cela, je ne suis pas surpris. Elle a toujours apprécié ce morceau, ainsi que certains autres, comme le 'crépuscule des dieux' de Wagner, 'le lac des cygnes' de Tchaïkovski ou le 'Dies irae' de Berlioz. J'aimais ces morceaux, mais elle leur trouvait une dimension biblique. Sachant que c'était un ordinateur, même avec une intelligence artificielle évoluée, elle était dénuée de sens et d'émotion. Alors pourquoi aimait-elle ces morceaux ? Je lui avais posé une fois la question, et sa réponse ne me rassura pas : 's'il y a un créateur, il a participé à écrire ces morceaux'. Je n'ai pas cherché à en savoir plus, de peur de ne pas vraiment comprendre la réponse, moi qui n'aimais que la pop et le rock.

Alors que je me lève, Maria me confirme :

– Tu te souviens, je t'avais prévenu.

– Je m'en souviens. Je vois que tu n'es pas encore bonne pour la casse.

– Je sais que tu plaisantes, mais je ne saisis pas en quoi c'est drôle. Et je sais que tu n'as pas fini de m'avoir derrière ton dos.

– Je l'espère bien.

– Ne me dis pas au revoir, tu sais que je ne serai pas très loin.

– Je le sais et je t'en remercie d'avance.

– Ton père est doué, mais moi aussi.

– Je sais. Si tu n'existais pas…

– Il faudrait m'inventer. J'aime quand tu me dis ça.

– C'est de l'amour.

– De l'attachement.

– D'accord.

Après un copieux petit-déjeuner et une toilette en règle, c'est le moment des adieux, ou du moins de la séparation. L'oiseau quitte son nid douillet pour l'immensité inconnue.

Mes parents sont en pleurs devant la cabine taxi et mes larmes coulent également. Ma mère me serre contre elle et il faut l'aide de mon père pour que je puisse entrer dans le taxi.

Quelques minutes plus tard, je suis dans les locaux de l'unité.

Je rejoins la zone d'embarquement pour retrouver le capitaine Pirlo et notre équipage. Alors que les agents de sécurité, Frantz et Loïc, font les fiers, Ricardo, l'astronome, vérifie une ultime fois son sac pour être sûr qu'il a emporté tout son matériel d'étude, pendant qu'Inès et Gisela, les biologistes et chimistes, sont agitées et semblent fatiguées.

J'avoue que je me sens un peu stressé et impatient, mais je suis encore perdu dans ma bulle et les au revoir touchants de mes parents.

Alors que je suis dans mes pensées, le capitaine Pirlo m'indique qu'il va falloir décoller, et que nous devons indiquer à chacun des membres de l'équipage où se trouve sa couchette.

Les couchettes sont des petites alvéoles de couchage personnelles de 80 centimètres de hauteur, avec un matelas de 60 cm de large sur 2 mètres de long, et 40 cm pour poser sac, livres, etc. Aux pieds, un petit placard avec trois étagères permet de ranger ses affaires personnelles. Les couvertures, intégrées au lit, figent le corps une fois couché afin d'éviter toute fracture lors de manœuvres d'urgence. Bref, rien de luxueux, mais du pratique.

Une salle de bain commune, avec deux douches et deux éviers, jouxte la zone de nuit. L'objectif est de limiter au maximum toute surface inutile.

Une fois que chaque personne a pris ses quartiers, et après les vérifications d'usage demandées par le poste de contrôle, nous sommes fin prêt au décollage.

Le capitaine Pirlo prend les commandes et rejoins le hangar de départ qui nous est affecté.

Une fois sur la passerelle de décollage, et après avoir reçu l'accord de la tour, nous nous élançons dans le vide intersidéral. Quelques petites accélérations pour atteindre une vitesse nous permettant de nous soustraire à l'attraction du vaisseau ville et nous voilà flottant au milieu du rien absolu.

Ici, rien ne tombe, ne chute, ne se meut sans avoir subi une quelconque poussée.

Le capitaine me demande d'aller donner à l'équipage les consignes d'usage avant de démarrer notre trajet à une vitesse conséquente.

Je me lève, sort de la cabine et rejoins la zone de nuit.

Nos cinq équipiers sont en train de plaisanter sur la réaction de leurs familles en apprenant leurs départs. Au fond de moi, je me dis qu'au lieu d'en plaisanter, ils feraient mieux de s'en émouvoir. Mais qui suis-je pour leur faire la morale.

J'interromps leur petit moment de détente pour leur indiquer la marche à suivre lors de ce trajet :

– Le temps du trajet, vous êtes sous notre responsabilité, à moi et au capitaine Pirlo. En bref, vous êtes sous nos ordres. Je vais donc vous demander de prendre place dans vos couchages et de vous fixer, le temps de notre accélération. Une fois la vitesse de croisière atteinte, nous vous informerons par le micro que vous pouvez vous détacher. Si nous ne vous disons rien, prière de rester dans vos couchages, il en va de votre vie. En cas de malaise, ou de problème quelconque, un petit bouton est situé au-dessus de vos têtes, dans votre zone de couchage. En le pressant, nous serons informés qu'un problème survient et nous prendrons les informations afin de réagir au mieux. Ce bouton n'est pas un jeu. Une fois que vous pourrez sortir de vos couchages, vous devrez ne pas quitter la zone de nuit. Il en va de votre vie également. Si la présence de l'un d'entre vous était requise en zone de pilotage, nous vous le ferions savoir, et viendrions vous chercher. L'accélération va durer près d'une heure. Durant ce laps de temps, je vous conseille d'essayer de dormir. Ensuite nous conserverons cette vitesse durant 72 heures. C'est le laps de temps qui nous sépare de 03.0221. Nous vous aviserons à cet instant de la suite des événements. Est-ce que je suis bien clair ?

Une réponse positive se fait entendre en chorale.

Je retourne au poste de pilotage, m'installe et dit au capitaine Pirlo :

– Ces consignes, cela fait vraiment trop militaire.

– Mais c'est ce qui permet d'éviter des blessés, voire plus.

– Je sais.

Le capitaine vérifie le niveau des différents moteurs pendant que j'inspecte les paramètres de notre trajet et la bonne installation de notre équipage, puis il me dit :

– C'est le grand moment.

– Je suis impatient.

– Alors, on y va.

Il lève légèrement, en simultané, les leviers des 4 réacteurs à propulsion nucléaires. Une poussée gigantesque se fait sentir et nous colle au siège.

Durant l'heure qui suit, le capitaine Pirlo augmente progressivement la puissance jusqu'à atteindre notre vitesse de croisière. Nous nous approchons des 4 années lumières par seconde. À cette vitesse, le moindre débris peut nous pulvériser.

Je vérifie la carte pendant qu'il ajuste la direction. Nous voyageons en faisant une confiance absolue en nos ordinateurs, car à cette vitesse, la vue est inutile.

Une fois la vitesse de croisière atteinte, nous avons presque l'impression de faire du surplace. J'ai beau savoir que nous naviguons dans un monde sans contrainte, sans pression, sans frottement, il est difficile de faire le lien entre la vitesse hallucinante et le ressenti.

Nous aurions presque l'envie de nous détendre, mais nous devons plus que jamais surveiller nos écrans de contrôle.

Nous voilà parti pour près de 72 heures à ce rythme. Lorsque je réalise le temps que je mets en taxi entre le logement de mes parents et l'unité d'exploration, et que je pose, à côté, la vitesse à laquelle nous allons, je me dis que nous atteignons, durant ces moments, une dimension presque mythique.

Nous nous relayons, moi et le capitaine, à la barre de l'USE, durant les 72 heures. Nous ne quittons pas le poste de pilotage pour nous reposer, mais nous dormons à tour de rôle à notre poste que nous positionnons en couchette. Lors de ces voyages courts, il n'y a pas d'équipe de relève et il faut, en cas de problème, que les deux personnes soient disponibles en quelques secondes, surtout vu la vitesse à laquelle nous voyageons.

Lorsque c'est mon tour de piloter, je garde mes yeux rivés sur les écrans cartographiques, qui m'indiquent les éventuels obstacles que l'on pourrait rencontrer. Les sondes réalisent toujours un travail de cartographie ultra précis, renvoyant la vitesse et le sens de déplacement de chaque objet et nos ordinateurs recalculent le tout pour nous proposer une trajectoire sûre. Plus les sondes étudient l'espace, plus nous avons un modèle spatial complet et nous éliminons les aléas et les accidents.

Malgré tout, tout voyage à de telles vitesses comporte un degré de risque non négligeable : une comète non détectée, deux astéroïdes qui se percutent et disséminent leurs débris sur notre trajet, un objet volant caché au moment du passage de la sonde.

Mais dans ce monde aux dimensions gigantesques, il y a très peu d'accident. La raison principale en est due à la prévisibilité des événements et au fait que ce monde dénué de contrainte n'évolue que sous l'effet d'une action, d'un contact, qui lui aussi est probable et calculé.

Durant ces heures de voyage programmé, l'activité du pilote ne consiste qu'à vérifier que ce qui est prévu est ce qui se passe réellement. Cela peut paraître simple, mais demande une concentration intense, d'où une relève toutes les deux heures.

Une fois ces heures de trajet passées, il va nous falloir ralentir et traverser les limites de la galaxie que nous allons visiter. Ces limites sont entourées de nuées de débris de tailles diverses, qui se percutent en permanence, et changent donc de direction de façon presque aléatoire. Pour obtenir un modèle complet, il faudrait des années et des centaines de capteurs. Notre unité spatiale est très réactive une fois que tous les moteurs sont enclenchés, et un armement lourd est prévu pour faire dévier ce qui pourrait entrer en collision, mais sous réserve d'une taille et d'une vitesse acceptable. En principe, lors de telles missions, des unités spatiales de sécurité sont présentes, plus lourdement armées et plus réactives encore, mais tel n'est pas notre cas.

Je sais que je vais faire mes premières armes de pilote dans le monde réel durant ces heures de traversées. Certes, nous n'en aurons que pour un peu moins de vingt-quatre heures, mais encore faut-il réussir à traverser.

À force de nous relayer avec le capitaine, je ne sais plus quand nous sommes, ni depuis combien de temps nous sommes partis.

Il prend son tour et m'indique de bien dormir les deux heures suivantes, car à mon réveil nous attaquerons le dur. Le dur, c'est cette barrière de débris qui entoure la galaxie.

La première pensée qui me vient est 'enfin, je vais vraiment piloter', mais au plus profond de moi, je suis paniqué à l'idée qu'à tout instant nous puissions nous écraser. À moi d'être à la hauteur. Mais le serai-je ?

***

Le capitaine Pirlo me réveille en me secouant d'une main ferme sur mon épaule.

Je me sens aussi frais que si je ne m'étais pas endormi. Le capitaine me tend un café chaud, histoire que je sois en possession de tous mes esprits pour les heures qui vont suivre.

Alors que j'enfile mon café en quatre gorgées, le capitaine prend le micro et annonce à l'équipage qu'il leur faut maintenant s'accrocher dans leurs couchettes et qu'ils ne doivent se détacher sous aucun prétexte durant les prochaines heures, et ce, jusqu'à ce que nous leur indiquions le contraire.

Les dix minutes réglementaires passées, je vérifie sur mon écran que les cinq membres de l'équipage sont dans leur couchette, solidement attachés, puis j'indique au capitaine que tout est paré et que nous pouvons débuter la manœuvre de décélération.

Le capitaine débute sa manœuvre en activant par à-coups les réacteurs de contre-poussée. Notre vitesse diminue petit à petit. Je vérifie sur les écrans qu'un débris à la dérive ne s'approche pas de notre trajectoire, aidé, bien entendu, par nos calculateurs.

Notre vitesse a considérablement chuté, et les premiers visuels des débris apparaissent. Ils flottent lentement.

J'arme les canons lasers en activant la console adéquate.

L'ordinateur de bord nous montre la trajectoire la plus dégagée, sachant qu'il se base sur des relevés qui datent de plusieurs semaines, voire plusieurs mois.

À première vue, la périphérie de la galaxie semble dégagée, mais l'inquiétude n'est pas là, mais bel et bien dans le cœur de cette couche protectrice, là où les débris ont des comportements tout sauf hiératiques.

Le capitaine Pirlo me demande :

– Qu'en penses-tu ? On prend le plus court chemin ou on essaie de trouver une zone plus calme, si tant est que nous en trouvions une ?

Avant de lui répondre, je regarde la carte simulée des astéroïdes et trouve une zone qui, si elle n'a pas trop évoluée, semble plus dégagée. Je le lui indique.

Il accepte ma proposition et je lui transfère donc les coordonnées de cette zone.

Nous longeons durant près d'une heure la barrière jusqu'à cette ouverture qui doit être un sceau pour un passage relativement tranquille.

Le capitaine plonge dedans et je me tiens prêt à activer les canons si un obstacle venait à apparaître sur mes écrans.

Durant les premières heures de traversée de la barrière d'astéroïdes, nous restons sur le qui-vive, mais nous nous rendons compte, petit à petit, que nous avons fait un choix judicieux. Comme tout semble calme, j'en profite pour étudier la totalité de cette carapace de débris. Aucune autre ouverture n'est telle. Alors que j'approfondis ma recherche, tous les capteurs d'urgence étant aux abonnés absents, je réalise qu'il y a quelque chose qui cloche et je ne peux m'empêcher de le signaler au capitaine :

– Capitaine, il y a quelque chose qui ne va pas. En observant les relevés, j'ai la sensation que ce couloir est tout sauf naturel.

– Qu'est-ce qui te fait dire ça ?

– J'ai l'impression, mais ce n'est qu'une impression, que tous les éléments de cette ceinture bougent de façon désordonnée, mais reprennent une trajectoire et une vitesse complètement normale aux abords de ce couloir.

– Ce qui veut dire ?

– Si je n'étais pas cartésien, je vous dirais que nous avons une chance folle d'être tombé sur un couloir naturel qui me semble complètement prédictible.

– Et en mode cartésien ?

– J'ai la sensation que ce couloir est tout sauf naturel, mais qu'il est parfaitement maîtrisé.

– Par quoi ?

– Ça, je ne saurai le dire.

– Tu penses que nous devons quitter ce couloir ?

– Je ne sais pas. J'aurai tendance à dire que nous devrions communiquer avec Europa pour leur en parler, dans un premier temps.

– Excellente idée. Fais donc cela.

Tout en explorant ces zones, les sondes ont disséminé de minuscules transmetteurs réseau afin de pouvoir communiquer avec Europa de façon très rapide. En envoyant un message, je vais tous les réveiller jusqu'à ce que mon message atteigne sa cible. Cela ne devrait prendre que quelques minutes.

Je rédige le message : « sommes dans ce qui semble être une anomalie non naturelle. Que nous conseillez-vous de faire ? », et l'envoie.

Quelques secondes plus tard, je reçois un message d'envoi en échec.

Connaissant une adresse spécifique sur le vaisseau, celle de Maria, j'envoie une requête de présence que les connaisseurs appellent "ping". Le retour tarde, mais j'obtiens un nouvel échec de connexion.

Nous voilà donc coupé de toute communication avec notre ville. J'en informe le capitaine qui me répond calmement :

– Désolé pour la mission, mais nous allons faire demi-tour et sortir d'ici au plus vite.

Si une force est capable de créer un tel couloir aux milieux des débris stellaires, elle peut à tout moment le relâcher sur nous, voire, nous inviter dans un piège encore plus terrible. Ayant l'envie de retourner sur Europa sain et sauf, je lui indique que je suis d'accord.

À cette vitesse, nous ne pouvons faire demi-tour instantanément, et le capitaine active les moteurs de contre-poussée pour nous permettre de ralentir. La vitesse reste inchangée. Il pousse alors les réacteurs à fond, mais rien ne change. Nous continuons à avancer, comme happés par une force étrangère.

Le capitaine confirme mes craintes :

– Tu avais raison, ce n'est pas naturel.

– J'aurai préféré le contraire. Peut-on manœuvrer ?

Il essaie de manœuvrer, se dirigeant vers la droite la gauche et le vaisseau répond un peu mais pas suffisamment pour que nous puissions faire demi-tour sans nous écraser contre des débris.

Le capitaine ajoute :

– Pour une première mission, tu es servi. Tu as une idée ?

– Trouver une zone nous permettant de quitter ce couloir.

– Alors, à nos consoles et tachons d'être brillants.

– Et si on ne l'est pas ?

– Nous verrons bien la suite.

– Sans vouloir vous commander, nous avons des scientifiques à bord, nous pourrions voir ce qu'ils en pensent. Il y a notamment un astronome.

– Ricardo ?

– Oui.

– Il va s'affoler. Et j'ai peur des réactions des civils en de pareilles circonstances.

– Nous aurons besoin de lui pour déterminer la zone la plus appropriée, et la présence des deux autres scientifiques serait un plus.

– Une biologiste et une chimiste ? En quoi pourraient-elles nous aider ?

– À motiver notre astronome.

– En quoi ?

– Si je ne me trompe, Ils sont tous les trois accompagnés de deux membres de la sécurité, avec un commandement occupé par le pilotage. Sur les trois hommes, deux sont costauds et beaux gosses, un est frêle et rêveur. Les deux demoiselles n'étant pas repoussantes, pensez-vous, des trois hommes, que notre astronome est celui qui a leurs faveurs ?

– J'imagine que non.

– Si nous lui offrons la chance de briller aux côtés de deux jeunes femmes, pensez-vous qu'il pourrait être calme et utile ?

– Tu es redoutable… et tordu. Mais j'aime l'idée. Fais les venir.

Je saisis le micro et annonce :

– Les officiers scientifiques Ricardo, Inès et Gisela sont demandés de toute urgence au poste de pilotage. Vous avez trois minutes.

Le capitaine me reproche le côté urgence de mon message. Je lui réponds qu'il n'y a pas de héro sans grosse peur.

Il rit.

Nous ne sommes certes pas dans une situation comique, mais parfois, même lors d'instants graves, il faut savoir plaisanter.

Moins de trois minutes plus tard, les scientifiques nous rejoignent et comme je l'imaginais, les deux jeunes femmes précèdent notre astronome tout en l'ignorant presque. Ils ont tous trois un point commun : Ils ne comprennent pas pour quelle raison ils sont ici, dans ce poste de pilotage.

Le capitaine les éclaire aussitôt :

– Nous avons un léger souci, et nous aurions besoin de vos lumières et de vos réflexions ajoutées aux nôtres, pour le régler.

Gisela demande :

– Et le problème est de quel ordre ?

Le capitaine, d'un ton calme, attaque :

– Il semblerait que nous ne maîtrisions plus notre vitesse. Nous avons pris un couloir dégagé, indiqué par nos sondes il y a quelques heures, mais nous sommes maintenant happés, sans pouvoir ralentir. Seule bonne nouvelle, nous pouvons orienter notre trajectoire, mais pas suffisamment pour faire demi-tour.

Gisela et Inès restent sans voix, ne comprenant visiblement pas quelle pourrait être leur valeur ajoutée en pareille situation.

Ricardo intervient :

– Et si nous arrivons à faire demi-tour, il y a des chances que nous continuions notre course dans la même direction.

Nous n'avions pas pensé à ce point. Le capitaine acquiesce.

Ricardo poursuit :

– La sonde n'a pas indiqué de supernova dans les environs ?

– Non, répond le capitaine. Par contre le lieutenant Carrère a relevé un comportement anormal autour de cette zone.

– Laquelle ?

– Je vous laisse voir avec le lieutenant.

Les trois scientifiques s'approchent de ma console, et je lance la modélisation montrant l'accalmie et la régulation des débris qui s'approchent de notre couloir.

Ricardo est stupéfait et balbutie :

– C'est impossible.

Surpris de sa remarque, je lui demande :

– Qu'est-ce qui est impossible ?

– Il semblerait que tous les astéroïdes sont réorganisés par je ne sais quoi, une sorte de force invisible. C'est impensable.

– Et pourtant, c'est le cas.

– Cela signifierait que des intelligences supérieures sont capables de contrôler de telles masses sur des distances démesurées, ou que Dieu nous joue un tour pendable.

– Et où va votre préférence, demande le capitaine ?

– À Dieu, mais je doute que ce soit le cas. Nous aurions là, le premier cas d'intelligence extra-terrestre, vous vous rendez compte ?

Le capitaine poursuit :

– Vous suggérez donc de nous laisser emporter et ainsi découvrir ce qui nous attire. Vous savez, je suis un fan de science-fiction, mais qui dit science-fiction, dit 'Alien', 'chroniques martiennes', etc. Si nous sommes attirés ainsi, il y a peu de chance que ce soit amical.

– Je partage votre avis, capitaine.

– Et que suggérez-vous ?

– Trouver une zone de débris suffisamment espacée nous permettant de quitter ce couloir, de décélérer, de changer de direction, tout ceci sans nous crasher.

– Vous avez des consoles derrière vous. Le lieutenant va vous transférer les données, et à vous trois, vous allez devoir nous trouver un point de sortie.

Ricardo demande :

– Et si nous ne pouvons pas sortir du couloir ?

– Il ne nous restera qu'à prier pour que les intelligences en question soient des gentils.

Ricardo, d'une voix affolée ajoute :

– On s'y met.

Je divise le couloir restant à traverser et affecte une zone différente à chacun de nous. Nos trois scientifiques seront de dos à nous, mais je sens que Ricardo sera dans son élément et que les deux autres lui demanderont conseil assez rapidement.

Cela ne rate pas. Alors que Ricardo se balade dans sa zone, les deux jeunes femmes viennent lui demander ce qu'il faut chercher. De façon calme et pédagogique, il leur explique ce qu'il faut trouver.

Durant les minutes qui suivent, elles l'appellent de temps en temps pour qu'il valide avec elles les zones. Il leur explique qu'aux vues de notre vitesse, de l'angle maximal que nous pourrons obtenir avant, de la décélération, il faudra une zone qui respecte une trajectoire dégagée proche de la courbe de logarithme népérien, mais avec une échelle représentée par trois doigts sur les écrans.

Sur le coup, elles saisissent toutes les deux. Ce sont des scientifiques, et même si elles ne connaissent pas l'astronomie, les mathématiques, elles maîtrisent.

Il nous reste, maintenant, moins de deux heures avant d'atteindre l'exutoire du couloir, autant dire que chaque minute restante est précieuse.

Sur ma zone, il y a bien des zones où nous pourrions sortir, mais vu la densité des débris avoisinants, ainsi que leurs tailles, et le temps pour décélérer suffisamment pour que les manœuvres immédiates soient permises, nous nous écraserions inexorablement.

Poursuivre ma recherche, sans relâche, calculer, recalculer notre trajectoire probable, l'optimiser, au-delà même de l'optimisme, rien n'y fait, je ne trouve aucune sortie potentielle, et je commence à enrager.

Le capitaine maintient le cap tout en testant les changements de direction et en n'oubliant pas d'essayer les rétro-propulseurs.

Rien n'y fait, nous poursuivons notre marche forcée, et aucune solution ne semble apparaître.

La tension se fait de plus en plus intense, et nous ressentons bien que nos trois scientifiques sont bien conscients de l'importance de ce que nous sommes en train d'essayer de trouver.

Gisela appelle timidement Ricardo pour une vérification, et alors que nous ne nous y attendons plus, ce dernier m'appelle :

– Mon lieutenant, j'aurai besoin de votre confirmation, mais il me semble que Gisela a peut-être trouvé une porte de sortie.

Je me précipite vers la station de Gisela et me mets à vérifier que nous pourrons virer et ralentir à temps.

Après quelques calculs, il n'y a plus de doute : nous avons notre porte de sortie du couloir.

Je regarde Ricardo. Il a un sourire timide. Je lui rends son sourire et prononce à haute voix, pour que le capitaine entende :

– Nous avons notre bon de sortie. Bravo Ricardo.

Il me corrige instantanément :

– Ce n'est pas moi qu'il faut remercier, mais Gisela.

– Bravo Gisela, tu vas peut-être nous sauver la vie.

Elle rougit avant de jeter un regard empli de reconnaissance à Ricardo.

Ce dernier se poste à mes côtés pour calculer le temps que nous avons avant d'atteindre la zone : 17 minutes. Puis, nous calculons l'inclinaison que nous devrons avoir ainsi que la décélération que nous allons devoir réaliser.

Tout va bouger sévèrement, mais j'annonce que nous avons bel et bien notre porte de sortie.

Le capitaine annonce à l'équipage resté en chambre qu'ils doivent s'attacher, car nous allons rencontrer une zone fortement agitée, puis il se retourne vers nous et nous dit :

– Nous nous féliciterons une fois en sécurité. Pour le moment, il me faut toutes les données sur ma console. Après, vous vous attachez et je ne veux plus entendre un bruit. Ah si, un dernier détail. Lieutenant, je gère la direction, vous gérez les moteurs.

Le temps précédant notre tentative est interminable. Le silence est pesant, au point de percevoir les battements de chacun de nos cœurs, à l'unisson. Chacun se prépare à ce qui pourrait être un sauvetage ou un crash. Il n'y a, de toute façon, aucune autre alternative à part celle de se laisser porter et d'attendre ce qui nous attend à la sortie du couloir.

La pensée de se laisser porter doit traverser tout le monde vu qu'elle me traverse, mais personne n'ose en parler, de peur que ce qui nous attende soit pire que le crash. Trop d'éléments concomitants laissent à penser que nous sommes attendus et pas forcément les bienvenues, ou, si nous sommes les bienvenues, pas forcément pour les raisons que nous espérons.

Le sujet n'est donc pas abordé, même s'il brûle les lèvres de toutes les personnes présentes.

Deux minutes avant notre tentative : le capitaine serre les commandes de pilotages.

Une minute avant le saut dans l'inconnu : je vérifie les manettes des propulseurs et leur état de fonctionnement ainsi que la trajectoire.

Trente secondes avant notre fuite : j'entends les cinq cœurs accélérer.

Puis, c'est le moment où le recul n'est plus permis.

Le capitaine vire de bord.

Le passage apparaît, comme une route, étroite certes, mais qui représente notre sauvegarde. À cet instant, tout le monde espère que nous n'allons pas être déviés par une force non prévue avant d'atteindre l'orée du couloir.

Nous entrons dans ce passage à une vitesse folle. J'enclenche les rétro-propulseurs en évitant de regarder les débris qui frôlent notre unité spatiale à une vitesse ahurissante.

Tout en faisant cela, je prie qu'aucun débris n'ait eu la bonne idée, suite à un contact inopiné, de modifier sa trajectoire et de se retrouver sur notre passage. Ça en serait fini de notre moyen de transport et de nous par la même occasion.

Ces instants durent une éternité. Je crois que je n'ai pas dû respirer pendant les quelques dizaines de secondes qu'ont duré cette puissante décélération.

Puis tout se stabilise avant que nous percutions de plein fouet un zone de débris plus dense, mais sans gravité pour la coque de l'unité, apparemment.

Le capitaine me demande :

– Maxime, trouve-moi un débris plus important que les autres afin que nous nous posions, le temps de reprendre nos esprits.

J'en vois bien un, important, mais il va nous falloir frayer parmi une zone dense.

Le capitaine accepte ma proposition.

Avant d'atteindre notre piste d'atterrissage temporaire, nous percutons quelques débris qui, au-delà d'endommager l'unité spatiale, nous rappellent que nous sommes en terrain hostile.

Alors que nous approchons de l'astéroïde en question, le capitaine m'indique qu'il semble creux à l'intérieur.

Je lui propose d'essayer de nous introduire dans ce trou afin d'être réellement à l'abri.

Il acquiesce et au bout de quelques minutes de manœuvres intenses, nous sommes enfin posés, au cœur de ce gros caillou, nous sentant presque à l'abri.

Le capitaine annonce que nous sommes en sécurité pour quelques minutes.

À peine a-t-il prononcé ce dernier mot, qu'une vague de joie envahit le poste de pilotage.

Nous nous sautons dans les bras les uns des autres, et au milieu de l'effusion, Gisela embrasse Ricardo, avant de s'excuser en rougissant.

Ce voyage nous réserve bien des surprises, finalement.

Une fois les effusions terminées, il nous faut revenir à la dure réalité : qu'allons-nous faire maintenant ?

Je me pose cette question, mais, à l'air préoccupé du capitaine, je comprends qu'il se pose la même.

J'ose lui demander.

Le capitaine réfléchit longuement et me demande s'il est possible de tracer une route pour sortir de cette galaxie.

Je me poste aussitôt sur ma console et me mets à regarder le modèle pour y trouver une zone moins dense qui nous permettrait de sortir.

Voyant que je me remets sur la console, Ricardo, Gisela et Inès me proposent de m'aider en cherchant de leur côté. Je leur affecte chacun une zone et nous voilà à rechercher un chemin où nous pourrions espérer de minimes dégâts.

Facile à dire. Plus nous nous éloignons de la route qui nous a amenée ici, plus les trajectoires des débris sont aléatoires et leur densité ne semble pas faiblir en aucun autre lieu.

J'en informe le capitaine et il me demande de chercher encore. Nous ne pouvons pas rester ici une éternité, et l'éventualité d'un comité d'accueil ne nous pousse pas à essayer de quitter la zone de débris pour entrer dans la galaxie.

Nous cherchons encore quelques heures. Le sommeil arrivant et n'ayant toujours pas trouvé de solution de sortie, nous nous décidons à aller nous reposer quelques heures. Le sommeil est parfois le meilleur des conseillers.

***

Quelques heures plus tard, nous voilà à nouveau dans le poste de pilotage à essayer de découvrir un passage.

Durant ces heures de sommeil, aucune idée originale, autre, ne nous est venue.

À force de persévérance, nous finissons par trouver, à l'exact opposé de notre couloir d'arrivée, une zone où les débris se font, selon les modèles, moins denses.

Il ne nous reste qu'à nous frayer un chemin parmi les débris pour arriver jusque-là.

Mais, là aussi, nous nous apercevons rapidement que nous ne pourrons pas nous déplacer latéralement sans dégâts.

Inès propose d'entrer dans la galaxie, l'exutoire de la zone de débris étant proche et moins risquée, et de rester à la lisière, jusqu'à atteindre la zone semblant plus calme.

Le capitaine et moi nous regardons quelques instants, et nous lisons dans nos yeux que l'idée est loin d'être dénuée d'intérêt.

Le capitaine tranche pour cette solution.

Je vérifie sur ma console, et je discerne une zone où nous pouvons passer, avec force prudence.

La chose est entendue. Nous allons sortir de la zone de débris pour rejoindre une zone plus calme, en croisant les doigts pour ne pas faire une vilaine rencontre.

Nous proposons à nos trois ingénieurs de rejoindre la zone de nuit et d'essayer de se reposer.

Aucun des trois ne le souhaitant, et ne sachant pas ce que nous pourrions rencontrer, le capitaine n'insiste pas trop.

Le capitaine nous demande alors de nous attacher, et propose aux trois scientifiques de surveiller l'évolution de la zone que nous avons sélectionnée, le temps que nous l'atteignons.

Le capitaine décolle lentement et nous quittons notre satellite avec précaution.

La sortie se passe sans surprise et j'indique la direction à suivre au capitaine.

Les débris sont nombreux et denses et certains sont plus gros que notre unité, et nous naviguons en les frôlant.

Une concentration de tous les instants est requise et j'essaie de prévenir au mieux tout danger immédiat.

Plus d'une heure se passe ainsi, et nous commençons à fatiguer d'être dans ce mode alerte constant, à piloter au réflexe.

La lisière n'est plus qu'à plusieurs centaines de kilomètres, autant dire à quelques dizaines de secondes.

Deux gros débris très proches nous barrent la route et le capitaine décide de passer entre les deux.

Alors que nous sommes entre les deux astéroïdes, avec la sortie en ligne de mire, un des débris change de direction et l'espace où nous naviguons se réduit comme peau de chagrin.

Le capitaine accélère au maximum afin d'éviter que nous soyons broyés entre ces deux mastodontes.

Alors que nous sommes quasi sortis d'affaire, une crête, sur l'un des deux débris, apparaît, et nous ne pouvons l'éviter.

Pas le temps de réfléchir. Nous prenons l'impact de plein fouet sur notre flanc arrière droit.

L'unité spatiale part en vrille, et la direction n'est plus gérable.

Le capitaine coupe les moteurs, pour éviter de nous précipiter contre un autre débris, et nous voilà partis à tournoyer sans pouvoir rien maîtriser, dans une direction de plus en plus improbable.

Je ne sais lequel d'entre nous est né sous une bonne étoile, mais nous finissons par quitter la zone de débris tout en continuant notre tournoiement.

Lorsque nous sommes assez éloignés de l'orée de la zone de débris, le capitaine se décide à relancer les moteurs.

Pas de réponse.

Il essaie à nouveau.

Rien.

Il fait plusieurs essais avant de comprendre que l'impact a endommagé quelque chose sur l'unité spatiale.

Il ne nous reste plus qu'à trouver quoi.

Alors que nous sommes en rotation constante, les modèles en temps réels s'affolent. Il nous reste les modèles statiques pour essayer de nous situer.

Selon eux, et si la direction que nous prenons est bien celle que nous estimons approximativement, nous ne devrions pas rencontrer d'obstacles avant quelques heures, le temps pour nous d'essayer de réparer la panne.

Selon les ordinateurs, nous n'avons pas d'avaries extérieures, juste de la taule froissée. Mais comme les consoles ne nous remontent aucun problème, nous ne sommes plus sûrs de rien.

Le capitaine propose que nous allions essayer de voir tous les deux s'il est possible de réparer la panne, ce que je m'empresse d'accepter.

Il décide de demander aux trois scientifiques de rester au poste de pilotage, sans rien toucher, évidemment, et de nous tenir informé, grâce à nos émetteurs récepteurs intégrés dans notre combinaison, si quoique que ce soit, qui semble inhabituel, se déroulait.

Nous sortons, le capitaine et moi, du poste de pilotage, afin de rejoindre la partie des moteurs.

Pour ce faire, nous devons nous diriger au centre de l'unité, ouvrir une trappe, et descendre d'un niveau à l'aide d'une échelle métallique.

Nous vérifions le cœur des moteurs nucléaires. À priori, il leur reste beaucoup de puissance. Le problème ne se situe donc pas là. Nous vérifions les câblages visibles, mais rien ne paraît en mauvais état.

Le capitaine active manuellement la connexion entre le noyau nucléaire et les moteurs et le tout répond par une impulsion.

Ricardo nous dit, du poste de pilotage que nous avons légèrement changé de trajectoire.

Tout semble donc fonctionner de ce côté-là.

Trouver maintenant ce qui n'est pas fonctionnel entre la zone de pilotage et les moteurs.

À priori, le problème ne vient pas d'une zone visible. Nous allons devoir démonter les caches pour vérifier l'état des câbles. Comme la longueur est importante, cela risque de nous prendre un long moment. Mais de toute façon, nous n'avons pas le choix.

Par contre, si nous enlevons un cache et qu'il y a derrière un trou dans la paroi externe, nous risquons une dépressurisation de la zone, et, par conséquent, une mort instantanée.

Nous optons finalement pour une autre solution. Je vais remonter au poste de pilotage, et indiquer au capitaine quel moteur lancer manuellement afin de nous stabiliser.

Une fois que nous serons stables, nous verrons pour réparer.

Cela me paraît une excellente idée, mais, alors que je vais remonter seul, Ricardo nous demande :

– Vous avez fait quelque chose les dernières secondes ?

Le capitaine lui répond que non.

Ricardo ajoute :

– Il se passe quelque chose de bizarre vous devriez remonter.

Nous nous regardons, avec le capitaine, et décidons de retourner tous les deux au poste de pilotage.

En quelques secondes nous y sommes. Ce que nous découvrons défie toute logique et Ricardo n'a pas besoin de nous l'expliquer.

Notre unité spatiale est tout simplement en train de stabiliser sa trajectoire sans notre aide, comme animée par une force surnaturelle.

Alors que le vaisseau arrête complètement sa course folle pour s'immobiliser, nous nous regardons tous, ne comprenant pas ce qu'il se passe.

Quelques secondes ainsi et le vaisseau se met à changer légèrement de direction, sans notre intervention.

C'est très bizarre et je me permets de faire part de mon inquiétude au capitaine et lui proposer de nous attacher, on ne sait jamais.

Le capitaine ordonne à l'équipage de s'arrimer, ce que tout le monde fait instantanément.

Les consoles fonctionnent toujours, mais ce que nous découvrons soudain est au-delà de nos craintes. Deux planètes non répertoriées par nos sondes sont apparues.

Après vérification, toutes les deux sont plus grosses que la terre. En extrapolant la distance de ces deux planètes par rapport au soleil qui alimente cette galaxie, nous comprenons tous vite, dans le poste de pilotage, qu'elles peuvent réunir les ingrédients nécessaires à la vie. Ces deux planètes tournent autour du soleil, de part et d'autre de ce dernier, mais à une distance différente. Une doit être plutôt chaude, l'autre froide, mais à priori, les deux pourraient être vivables, ce que confirme Ricardo.

Comment se fait-il que les sondes ne les aient pas repérées ? J'essaie de trouver une explication logique, mais rien ne me vient. Je pose la question à l'assemblée présente dans le poste de pilotage, mais je n'obtiens pas plus de réponse.

Notre unité change à nouveau de direction, mais légèrement.

J'ai un mauvais pressentiment qui ne tarde pas à se confirmer.

Dans un premier temps, ce sont les lumières du poste de pilotage et de toute l'unité spatiale qui s'éteignent. Nous nous retrouvons dans l'obscurité, mais, visiblement, les batteries des consoles fonctionnent encore. Pas pour longtemps.

Les écrans des consoles se mettent à vaciller pour s'éteindre à leurs tours.

Nous sommes dans l'obscurité la plus totale.

Nous pouvons deviner les étoiles, les planètes, mais nous ne pouvons plus nous distinguer entre nous, à l'intérieur d'une même pièce.

Pour la première fois depuis notre départ, et peut-être même depuis ma naissance, j'ai vraiment peur. Que nous arrive-t-il ? Si c'est un rêve, il faut que tu te réveilles Maxime. J'ai beau me pincer à avoir envie de hurler, je ne suis pas dans un rêve. À en croire le petit cri d'Inès, je suppose qu'elle a fait la même chose.

Je voudrais bien écouter le battement des cœurs de mes compagnons, mais mon esprit est bien trop occupé à gérer sa propre peur et se ferme à tout ce qui lui est extérieur.

J'entends Inès murmurer qu'elle a peur.

Je lui réponds que nous sommes tous dans son état. Le capitaine ajoute qu'il ne faut pas s'affoler, que tout va s'arranger et que nous allons trouver une explication logique à tout cela.

À peine a-t-il dit cela que notre unité spatiale commence à accélérer progressivement.

Le capitaine me demande de vérifier les manettes de puissance, mais je ne peux que lui répondre qu'elles sont à zéro.

Il murmure :

– Là, nous avons un sérieux problème.

J'ai presque envie de rire à cette phrase, même si je sais que c'est tout, sauf le moment. Je me permets de rajouter :

– Si quelqu'un a une idée, un plan B ou C, c'est le moment.

Aucune réponse.

Et soudain, une accélération vertigineuse nous propulse contre nos sièges.

Je ne sais pourquoi, alors que je ferme les yeux pour essayer de me calmer, le visage de cette femme étrange, ce visage si blanc, que j'ai vu tant de fois dans mes rêves, m'apparaît et sa douce voix me dit de me calmer et que je ne risque rien.

J'ouvre les yeux, et, contre toute attente, me voilà calme et rassuré, sans autre explication logique.

Je peux entendre les battements de cœur accélérés de mes compagnons, je peux deviner leurs souffles affolés, mais je suis calme, comme par enchantement.

J'ai la sensation que rien de grave ne peut nous arriver et que nous sommes entre de bonnes mains.

Nous nous dirigeons, à une vitesse hallucinante, droit sur une des deux planètes qui viennent de nous apparaître, celle qui est la plus proche du soleil.

Le capitaine nous éclaire soudain. Il possède une lampe frontale qui doit dater du siècle précédent, mais qui fonctionne toujours. Je n'ose lui demander où il a trouvé de quoi les alimenter.

Il me demande de le suivre et je m'exécute.

Nous descendons, avec difficulté vue l'obscurité, vers la salle des moteurs.

Durant quelques minutes, nous essayons de faire démarrer les moteurs manuellement, sans succès.

Le capitaine rage contre ce qui nous arrive, contre l'unité spatiale, contre cette mission, avant d'ajouter :

– J'avais demandé à ce qu'ils nous laissent un moteur thermique pour les cas d'urgence. Mais les technocrates ont toujours de bonnes raisons, sans penser à la sécurité des équipages. Ce n'est pas eux qui voyagent dans ces caisses à savon. Ton père était d'accord avec moi, mais lui non plus, on ne l'a pas écouté.

Calmement, j'ose le contrarier :

– Vous savez, à cette vitesse, un moteur thermique, même à puissance maximale, ne nous aurait pas beaucoup aidé.

– Tu as raison, mais nous aurions une solution alternative et là, non.

– Voyons ce que nous réserve la suite.

– Nous allons nous écraser, ou filer droit vers ce soleil et finir calciné, voilà ce que nous réserve la suite.

– Ou, peut-être, sommes-nous transportés vers une destination calculée, et il ne nous arrivera rien de fâcheux.

– Je sais bien que l'on vous apprend de ne jamais paniquer, mais dans ce cas précis, je ne comprends pas que tu puisses conserver ton sang-froid.

– J'ai un bon pressentiment, c'est tout.

– Mais ce pressentiment ne nous aide pas à nous tirer de là.

– Même si nous essayions, leur technologie est plus puissante que la nôtre. Autant voir ce qu'ils nous veulent, non ?

– Tu crois qu'ils veulent nous rencontrer ?

– Je ne saurai dire pourquoi, mais, oui, je pense qu'ils le veulent.

– Vu les technologies qu'ils semblent avoir, je ne crois pas que nous pourrons leur apporter quoi que ce soit.

– Sur ce point, je suis d'accord.

– Alors, pourquoi ?

– Je l'ignore.

– Tu m'inquiètes. Soit tu es devin, soit un parfait innocent.

– Sauf votre respect, je ne crois être ni l'un, ni l'autre. S'ils avaient voulu nous détruire, vu les technologies qu'ils semblent posséder, ils auraient pu le faire sans tout cela. Ils cherchent autre chose. Mais ne me demandez pas quoi, je l'ignore.

– De toute façon, les moteurs sont HS, ainsi que tout le circuit électrique. Autant remonter au poste de pilotage et prier pour les dernières heures qu'il nous reste.

– Accessoirement, il serait bon d'essayer de rassurer l'équipage.

– En leur disant quoi ? Que tout est sous contrôle ?

– Non. Que nous ne risquons rien et que si ces entités voulaient nous détruire, elles avaient tout loisir de le faire bien avant.

– Tu as raison. De toute façon, quitte à mourir, autant le faire sans appréhension.

***

Nous remontons au poste de pilotage. Le capitaine essaye de rassurer nos trois scientifiques du mieux qu'il le peut, vu les questions vitales et existentielles que chacun des trois se posent. Mais le principal est fait et un calme apparent se fait.

Durant les quatre heures qui suivent, nous voyons se rapprocher cette planète qui n'apparaît sur aucune de nos cartes.

Alors que la planète nouvellement aperçue, se situant le plus loin de ce soleil, nous paraît blanche et pâle, celle vers laquelle nous nous dirigeons, semble tirer sur le vert. Inès, la biologiste, ne peut s'empêcher de rajouter que cette planète doit posséder une végétation dense. Je n'ose la contredire, tout en pensant que les végétaux, les roches ainsi que toute chose sur cette planète, peuvent posséder des caractéristiques chromatiques différentes de nos habitudes. Mais à quoi bon polémiquer, j'ai peut-être tort.

Plus nous fondons sur cette planète, plus nous pouvons percevoir ce vert intense.

Soudain, notre vitesse se met à diminuer, au fur-et-à-mesure où nous rapprochons de la planète. Des masses nuageuses importantes apparaissent, ainsi que des zones de couleurs autres que le vert. Nous pouvons admirer des zones ocre, quelques presque feus, certaines presque noires et différentes nuances de vert.

Sans que nous puissions faire quoi que ce soit, l'unité spatiale réduit sa vitesse et nous plongeons dans l'atmosphère, telle une boule de feu.

Notre vitesse se réduit et notre unité se positionne perpendiculairement à la planète.

Notre champ de vision se limite à la couleur du ciel, vert pastel. La vue est magnifique.

Notre lente descente dure une trentaine de minutes, mais je crois que toutes les personnes autour de moi, dans ce poste de pilotage, sont tout aussi excitées que moi de découvrir ce que nous réserve cette planète. Nous ne sommes plus inquiets, mais impatients.

Et puis, quelques cimes de ce qui nous paraît être des arbres, à priori inconnus, et gigantesques, avant un atterrissage en douceur et un arrêt total, sans presque aucune secousse.

Les lumières se rallument presque instantanément, ainsi que nos moniteurs de contrôle.

Une fois l'unité spatiale immobile, nous découvrons une immense zone ocre qui nous semble être de la terre. Au loin des arbres bizarrement constitués, car emplis de minuscules trous sombres d'où sortent ce qui semble être des épines, et d'une largeur improbable, vu leur hauteur.

Nous restons quelques minutes à observer ce paysage, avant que le capitaine n'intervienne :

– Réunion de crise, j'appelle Frantz et Loïc.

Il s'exécute.

Quelques dizaines de secondes plus tard, nos deux agents de sécurité pénètrent dans la cabine de pilotage.

Le capitaine présente rapidement notre situation aux deux agents, puis indique que, puisque nous sommes là, avec des scientifiques brillants, nous pourrions effectuer quelques prélèvements.

Tout le monde semble d'accord.

Avant de réaliser ces prélèvements, il propose que, le temps de vérifier le bon fonctionnement de l'unité, une équipe aille jauger la sécurité du lieu.

Là encore, nous ne trouvons rien à redire.

Le capitaine me demande si je me sens capable de vérifier le bon fonctionnement des moteurs et de la totalité des systèmes nécessaires à un décollage et un vol de plusieurs jours. L'ayant effectué à de nombreuses reprises, en formation, je ne peux que répondre oui.

Il informe donc qu'il sortira en repérage avec un agent de sécurité armé.

Alors que je veux rétorquer, déçu de ne pouvoir sortir marquer de mes empreintes cette planète, il me reprend, m'indiquant qu'il est le plus expérimenté pour gérer ce type de situation et que s'il arrivait quelque chose, il serait fâcheux que les deux seuls pilotes subissent le même sort. Je ne trouve rien à redire et n'insiste donc pas.

Après une étude rapide des relevés biologiques et chimiques de la planète, Gisela et Inès nous informent que l'air semble parfaitement respirable, que ce soit sur le plan de l'oxygène et des bactéries, et que la pression, même légèrement supérieure à celle de notre unité, ne nécessitait pas de tenue spéciale.

Je sens le capitaine peu confiant envers ces résultats, et il annonce que Loïc le suivra, en tenue pressurisée et autonome, armé, mais pas trop, de façon à pouvoir se déplacer rapidement, et qu'il portera la même tenue.

Quelques dizaines de minutes plus tard, nos deux explorateurs sont prêts. Ils ont leurs tenues hermétiques noires, moulant leurs corps et leurs visages, avec deux cercles convexes remplis de petits cristaux devant les yeux. Chacune des tenues est faite d'un géotextile totalement imperméable capable d'absorber toute pression, filtrant tout oxygène potentiel à l'extérieur pour le livrer sain, recyclant en eau toute humidité extérieure ou corporelle, et conservant une température acceptable pour le corps, ceci, dans les limites de nos sciences. Une température extérieure supérieure à deux cents degrés, commencera à éprouver les limites des combinaisons. Une couche intermédiaire en composite permet de stopper, non sans éviter la douleur due à l'impact, des balles de revolver. La couleur noire de ces équipements permet, comparativement aux tenues blanches d'antan, de pouvoir espérer passer un minimum inaperçu si besoin est. Pour les yeux, les cellules remplies de cristaux permettent une vision à 180°, certes non naturelle, mais terriblement utile dans les moments difficiles. Cette tenue légère, moulée sur le corps, permet des mouvements naturels, de se déplacer sans difficultés, mais également d'emporter quelques armes. Chacune des tenues est réalisée sur mesure, ce qui permet d'optimiser le résultat.

Les deux hommes sont maintenant prêts à entrer dans le sas de décontamination, dernier endroit avant de quitter notre unité et rejoindre l'extérieur.

Avant de partir, le capitaine me donne les dernières instructions. Je dois remettre l'unité en état de décoller et ensuite attendre leur retour. Si toutefois ils ne sont pas rentrés dans les vingt-quatre heures, il m'ordonne de ne pas quitter l'unité pour partir à leur recherche mais d'essayer d'évacuer de cette planète, quitte à revenir plus tard avec des renforts. Je lui demande d'essayer de ne pas trop s'éloigner tout de même. Accessoirement il me demande de vérifier si nous pouvons rétablir les communications avec Europa et si c'est le cas de signaler ces deux planètes non connues. Il rappelle également à tous ceux qui restent que durant son absence, les seuls ordres valables viennent de moi et ne souffrent pas de discussion, ce qu'acceptent Frantz, Gisela, Inès et Ricardo.

Le sas de décompression se referme sur les deux hommes.

Je sens une tension nerveuse intense des passagers restants. Il me faut les rassurer au plus vite.

Je leur indique que le capitaine et Loïc seront bientôt de retour et qu'il n'est pas nécessaire de s'angoisser.

La porte donnant sur le monde extérieur s'ouvre et libère les deux hommes.

Nous partons de suite vers la cabine de pilotage pour activer la connexion visuelle et auditive des deux combinaisons.

Les combinaisons sont connectées en onde courte ce qui est, de toute façon, largement suffisant. Ces ondes, même si elles sont de qualité médiocre, permettent de garder une réception sur un rayon de 200 kilomètres, ce qui peut être variable à quelques kilomètres près selon l'atmosphère et les conditions climatiques.

Pour le coup, la réception est parfaite pour l'image et pour le son.

Les premiers retours du capitaine sont que le sol est fait de terre ocre qui lui semble être équivalent à de la latérite terrestre.

Ils avancent plusieurs centaines de mètre vers ce qui nous semble être d'immenses arbres difformes, jusqu'à ce qu'ils s'arrêtent soudainement.

Au même instant l'image que nous recevons se brouille et nous ne percevons que quelques bribes de ce que le capitaine nous dit.

Nous lui indiquons que nous l'entendons mal, mais la connexion se coupe complètement.

Je demande à Ricardo de surveiller les écrans et de me tenir au courant s'il y a un changement et je cours vers la salle où se trouvent nos combinaisons pour en enfiler une. Je sais qu'ils ne sont pas loin et il faut les prévenir que notre communication est coupée.

Frantz me rejoint dans la salle et m'indique que nous devrions attendre leur retour avant de tenter une sortie.

Je m'y refuse. Frantz décide de m'accompagner tout en me disant que nous ne devons pas nous éloigner de l'unité, afin de préserver ce qui peut l'être.

Je suis d'accord avec lui, mais je sais aussi que si nous pouvons les apercevoir, j'irai à leur rencontre pour leur signifier notre perte de contact radio.

Nous revêtons la combinaison et quelques minutes plus tard je pose le pied sur cette planète non référencée.

Le sol est fait de particules fines ocre tassées avec une légère couche poussiéreuse, car nos empreintes se dessinent mais nous ne nous enfonçons pas. Je distingue les arbres et m'avance d'un pas décidé, espérant repérer Loïc et le capitaine. Je distingue bien de minuscules formes, au loin, mais qui ne me semblent pas ressembler à des formes humaines.

J'accélère le pas dans cette direction. Frantz me retient par le bras avant de me dire que nous ne savons pas si c'est eux et que nous devons faire demi-tour.

Je continue quelques pas et Frantz s'énerve :

– Vous êtes le pilote en second et notre chef en l'absence du capitaine. Vous ne devez pas vous éloigner de l'unité.

Je sais qu'il a raison, mais j'ai tout de même envie de poursuivre, afin de reprendre contact avec la présence rassurante du capitaine. C'est ma première mission et je ne suis pas sûr de pouvoir être à la hauteur si le capitaine venait à disparaître.

La voix de Ricardo se fait entendre :

– Vous devez revenir lieutenant, ce sont les ordres du capitaine.

Je poursuis ma marche.

Frantz ajoute :

– Vous devez rentrer. Si vous le souhaitez, je vais essayer de les trouver moi mais vous devez rentrer.

Je m'arrête. Je réalise soudain que si je m'égare ou qu'il m'arrive quelque chose, il y a d'autres vies en jeu que la mienne et celle du capitaine d'autant plus que les formes restent diffuses et qu'il me semble peu probable que ce soit eux.

Je fais demi-tour et annonce :

– Vous avez raison, Frantz. Rentrons. Nous avons une unité à rendre opérationnelle pour le retour du capitaine.

À peine avons-nous fait quelques pas pour rentrer que mon regard tombe sur un mur de ce qui semble être du sable ocre, à plusieurs centaines de mètres derrière notre unité.

Au même instant, un message affolé de Ricardo nous parvient :

– Vous devriez vous dépêcher à rentrer, une tempête semble fondre droit sur nous.

Frantz et moi nous mettons à courir vers l'unité.

Nous sommes à moins de deux cents mètres de notre objectif, mais le rideau de terre avance vite et nous sentons le vent essayer de nous ralentir.

J'attrape le bras de Frantz et lui indique que nous ne devons pas nous lâcher tant que nous ne serons pas à l'abri.

Nous courons le plus vite que nous pouvons, contraints pas nos combinaisons, le vent, et petit à petit, par la poussière ocre en suspens dans l'atmosphère qui se dépose sur nos combinaisons et obstrue peu à peu notre champ de vision.

Alors qu'il ne reste que quelques dizaines de mètres, je crie au micro de ma combinaison :

– Ricardo ouvre le sas, vite.

Même proche, nous commençons à ne plus bien distinguer l'unité spatiale.

La terre colmate peu à peu notre masque, et même en essayant de l'essuyer de ma main libre pour y voir mieux rien n'y fait.

Je situe, de mémoire, où est le sas d'entrée, malgré la visibilité quasi nulle que nous avons.

Je serre le bras de Frantz et lui dit :

– Nous allons y arriver, quelques secondes d'efforts.

Je ne sais plus où je vais, mais je vais droit devant, serrant Frantz de ma main gauche et avançant au mieux.

Des courtes distances et de courts instants peuvent parfois paraître interminables.

J'ai l'impression que nous avançons au ralenti, et je me sens suspendu dans le temps, à lutter pour avancer, pour faire les quelques derniers mètres. Je ne sais pourquoi, mais à aucun moment je ne doute de mon objectif, même si je ne le vois plus.

Malgré le vent contraire, la visibilité nulle, je finis par toucher la passerelle métallique synonyme de sauvegarde.

À peine sommes-nous à l'intérieur que je crie à Ricardo de fermer le sas.

***

Quelques minutes plus tard, nous nous retrouvons tous au poste de pilotage.

Après m'être excusé pour mon comportement, Ricardo prend la parole :

– La tempête secoue sévèrement l'unité. Vous pensez qu'elle tiendra ?

Avec tout cela je n'avais pas fait attention aux vibrations et secousses que subissait notre refuge.

J'ignore si la carcasse de l'unité est capable d'absorber cette tempête, mais je dois au reste de l'équipage une réponse rassurante :

– Nous ne risquons rien ici. Nous avons pénétré dans cette galaxie sans encombre, notre unité en a vu d'autres et est conçue pour résister à tout, en particulier à des tempêtes.

Alors que tout le monde est rassuré, notre unité se met à bouger sous le coup des rafales, puis je comprends que nous ne touchons plus le sol, vu la variation de l'inclinaison que nous devons subir.

J'ordonne à tout le monde de s'asseoir et de s'attacher.

Durant un temps qui nous paraît interminable, nous sommes secoués, retournés, brinquebalés, sans ne pouvoir rien y faire jusqu'à cet impact, d'une rare violence. Tout vole dans le poste de pilotage et nous entendons clairement et puissamment un bruit de métal brisé venant de notre unité.

Les lumières du poste de pilotage s'éteignent ainsi que tous les ordinateurs.

Nous sommes enfin immobiles, mais pas un mot ne sort de l'équipage.

Nous sommes penchés latéralement à presque vingt degrés, et tout le monde sait que l'unité a subi des dégâts importants.

Mais pour l'instant, le silence est absolu, et la crainte que ce ne soit pas la fin de la tempête est palpable.

Il va me falloir rassurer tout le monde, mais il me faut d'abord reprendre mes esprits.

Je tente de rallumer l'ordinateur, et Inès, Gisela et Ricardo font de même sur les autres postes pendant que Frantz s'occupe des interrupteurs, en vain. Le poste de pilotage n'est plus alimenté en énergie, et nous sommes coupés du monde. Il faut absolument trouver la cause de cette avarie avant que les choses ne s'aggravent.

Étant le seul présent à connaître l'unité, c'est à moi d'aller inspecter les dégâts de l'unité et tenter de réparer si cela est possible. Rien que d'imaginer que nous pourrions ne pas pouvoir réparer me glace le sang. Nous serions bloqués irrémédiablement sur cette planète, sans aucune chance de retour et la possibilité qu'une unité soit affrétée serait quasi nulle, sachant que nous n'avons plus donné signe de vie depuis notre entrée dans la galaxie.

Je balaye cette idée de mon esprit. Il me faut conserver mon sang froid si je veux être efficace et rassurer le reste de l'équipage par la même occasion.

Sachant que Ricardo et les filles ont une bonne connaissance des ordinateurs, je leur demande de rester au poste de pilotage, de le refermer derrière nous, le temps que moi et Frantz inspections l'appareil et tentions de réparer.

En temps normal le groupe de secours aurait dû prendre le relai sur l'alimentation générale. Pour le coup ce n'est pas le cas et je soupçonne que le travail à réaliser pour réparer soit dantesque.

Mais avant de penser à inspecter l'appareil, la première étape est de réussir à ouvrir la porte coulissante du poste de pilotage.

La fermeture électromagnétique est sans nul doute inactive mais la serrure quatre points est tout de même à désactiver, et pour le coup il n'y a pas de clé, mais un mécanisme de déverrouillage de secours proche de la porte qui n'a pas dû être utilisé depuis les tests de livraison de l'unité.

Comme je m'en doutais, le mécanisme est bien présent dans une trappe cachée, à droite de la porte, mais il semble grippé, car j'ai beau essayer de faire pivoter la poignée, elle ne cède pas, même en y mettant toute ma puissance.

Me voyant souffrir pour tenter d'ouvrir, Frantz me demande s'il peut essayer. Je lui cède la place volontiers d'autant plus qu'il est bien bâti et qu'il doit posséder une puissance musculaire nettement supérieure à la mienne.

Il s'installe prend la poignée et commence à faire jouer sa puissance. Je vois ses muscles se tendre au travers de ses vêtements, son visage rougir peu à peu, les veines de ses tempes saillir, comme si tout son corps demandait à exploser et le quitter. Cet effort intense de sa part dure quelques dizaines de secondes, mais le bruit d'une décompression finit par nous rassurer. Il a eu raison de ce mécanisme inusité depuis fort longtemps. Par moments, malgré la technologie, la science et la réflexion, un peu de force brute s'avère très utile.

Je félicite Frantz pour son exploit mais lui demande tout de même de sortir son arme de poing avant de faire coulisser la porte, on ne sait jamais.

J'ouvre la porte. Rien d'anormal sinon l'obscurité.

Nous inspectons la pièce suivante, qui n'est qu'un hall vide permettant d'accéder à d'autres parties de l'unité, à l'aide de lampes de secours présente sous chacun des sièges du poste de pilotage.

Alors que je demande à Ricardo de fermer derrière moi et Frantz, il m'indique, fort justement, que s'ils ferment le verrou, rien ne dit qu'ils pourront l'ouvrir à nouveau, Frantz n'étant plus là.

Deux solutions s'offrent à moi : faire l'état des lieux de l'appareil avec Frantz, en laissant Ricardo, Gisela et Inès désarmés et exposés ou explorer l'appareil seul, mais avec Frantz au poste de pilotage, le seul capable d'actionner l'ouverture.

La deuxième solution ne m'enchante guère, mais elle me semble la plus raisonnable pour la préservation du reste de l'équipage.

Alors que je soumets mon idée, qui semble satisfaire Ricardo, Gisela et Frantz, Inès rajoute :

– Et s'il t'arrive quelque chose, ou si tu as besoin d'une petite main pour réparer, tu vas demander à qui ?

Je ne peux que répondre :

– Je me débrouillerai, ne t'inquiète pas.

Inès ajoute, d'un ton décidé :

– Je t'accompagne.

Alors que Frantz et moi sommes sceptiques à cette idée, elle conclut :

– Lieutenant, vous choisissez. C'est soit Frantz, soit moi, mais nous n'avons pas le temps de tergiverser ni de perdre de temps, il faut réparer au plus vite, car il me semble que, sous réserve d'une confirmation du lieutenant, sans alimentation en énergie, nous risquons d'être rapidement à court d'oxygène. Lieutenant vous confirmez ?

Je ne peux que confirmer.

Inès poursuit :

– De plus, et sans vouloir me vanter, j'ai quelques notions en électronique qui pourraient s'avérer utiles.

Gisela l'interrompt :

– Mais tu es…

– Biologiste, oui je sais. Mais mon père était passionné d'électronique et il m'a transmis cette passion.

Finalement, Inès pourrait m'être d'une grande utilité et comme aucune objection ne vient interrompre le silence suivant la déclaration d'Inès, je ne peux qu'adhérer à l'idée.

***

Quelques minutes plus tard, nous voici dans la salle des machines, où se situe l'alimentation électrique de l'unité.

Inès m'a suivie au travers des différents couloirs, pour atteindre le centre névralgique de l'appareil.

À première vue, tous les éléments semblent fonctionnels, mais ils se sont tous positionnés en mode sécurité. Vu les secousses que nous avons subies, tout cela me semble de l'ordre de la logique, mais ce qui l'est moins, c'est le moteur alternatif qui ne s'est pas enclenché alors que j'ai testé le système avant de partir en mission.

J'essaie de redémarrer le système d'alimentation électrique. Il semble vouloir se lancer, car les leds s'allument : c'est bon signe.

Quelques secondes et il s'éteint dans de longs bips désagréables. Selon le manuel du parfait mécanicien d'unité spatiale que j'ai dû ingurgiter pendant mon apprentissage, il n'y a que deux solutions : soit le circuit principal présente une avarie provoquant un court-circuit, soit l'interface de pilotage n'est plus connectée à l'alimentation et ne fait qu'essayer de démarrer grâce à ses propres onduleurs. Personnellement je préfère la seconde solution, car nous n'aurons pas à faire le tour de l'unité pour trouver le problème.

Après vérification, c'est la première solution qui semble l'emporter. Je l'annonce à Inès, mais visiblement, elle a compris.

Elle me pose la question pragmatique de rigueur :

– Durant notre escapade pour échapper à l'attraction de la galaxie, nous avons heurté un astéroïde. Penses-tu que cela est créé une fragilité et potentiellement abîmé des circuits ?

Que répondre à cela. Qu'elle a sûrement raison, et que de toute façon il va nous falloir commencer à chercher quelque part. Autant démarrer par le plus probable.

Nous prenons la caisse à outils de secours, contenant le nécessaire pour des réparations électriques et Inès insiste pour amener du câble, au cas où.

Pour atteindre la zone d'impact, située légèrement sous l'appareil, vers sa zone la plus large, il nous faut décaisser la première couche de protection thermique et ramper en appui sur la seconde : une sinécure. Nous n'avons plus d'alimentation électrique, donc, plus rien pour climatiser l'unité. Dans ce couloir étroit dans lequel il faut ramper, la température dépasse les 40°c et chaque effort se paie de gouttes de sueur.

Dans cette zone, d'autant plus s'il y a un risque de fissure, un respirateur miniature est obligatoire. Cela ne protège pas d'un brusque changement de pression, mais permet de conserver une oxygénation vitale.

Je tire la caisse de secours et Inès me suit avec les câbles. Nous nous déplaçons lentement, mais au bout de quelques mètres nous tombons sur ce que nous redoutions : une fissure de quelques centimètres qui a corrodé les circuits électriques environnants. Il va nous falloir colmater la partie intérieure avec de la résine composite, faire de même à l'extérieur si l'on désire redécoller, mais également changer les câbles.

Inès se propose de refaire le câblage pendant que je prépare la résine. Je ne devrai pas, mais je lui fais instantanément confiance et accepte sa proposition.

Afin de pouvoir nous mettre en action, il faut qu'Inès passe devant moi et vu l'étroitesse du lieu, elle est obligée de ramper sur moi.

Je m'allonge sur le dos et Inès commence à ramper le long de mon corps.

Son visage au-dessus du mien, elle s'arrête et me dit :

– Habituellement, les hommes aiment profiter de telles situations.

Je la regarde dans les yeux, surpris de son annonce et ne sais quoi répondre.

Elle ajoute :

– S'il n'y avait pas un travail urgent à effectuer, je crois que, pour le coup, c'est moi qui profiterai de toi.

Je reste une nouvelle fois muet.

Quelques secondes plus tard, non sans avoir pu apprécier le moindre contact de ses formes féminines, elle est passée.

Durant une trentaine de minutes, malgré la sueur, la chaleur, l'inconfort, nous travaillons à proximité l'un de l'autre. Durant ces minutes, pas une fois je ne l'entends se plaindre, gémir, râler. Elle s'affaire minutieusement à sa réparation et moi à la mienne.

Je l'observe de temps en temps, et je dois bien avouer que, malgré la gêne que j'ai pu ressentir quelques minutes plus tôt, j'éprouve pour elle une attirance nouvelle, son physique agréable n'y étant pas pour rien, même si je sais, au plus profond de moi, que j'appartiens à une personne, toute mariée soit elle.

Nous terminons à peu près au même moment et elle me

demande si je veux vérifier.

Sachant qu'il me faudrait pour cela, ramper à mon tour sur son corps et lui faisant confiance, je préfère m'abstenir et lui indiquer plutôt que nous devrions aller tester nos réparations.

Elle rit, mais ne fais pas de remarques supplémentaires.

Il fait chaud, ma combinaison est trempée, et je me dirige vers la sortie avec mon outillage précédé par Inès.

De temps en temps je lui demande si ça va, et elle me répond que oui.

Nous sortons finalement de cette fournaise.

La température est plus agréable dans l'unité et, sans réfléchir, j'ouvre ma combinaison pour faire entrer l'air plus frais sur mon torse.

Contre toute attente Inès fait de même et je ne peux que remarquer qu'en plus d'être très jolie, elle a des formes tout à fait attirantes.

Je croise son regard. Elle a deviné mon trouble face à son impudeur et en sourit.

Me sentant un peu bête, je prends ma besace de secours et indique qu'il nous faut redémarrer l'alimentation au plus vite.

Inès me suit jusqu'à la salle des machines.

Je démarre la bête. Quelques secondes d'attente et la lumière revient.

Je saute de joie et prends, par réflexe Inès dans mes bras.

Nous sautons quelques instants ainsi jusqu'à ce que nos regards se croisent.

Je ne sais quel instinct me fait faire cela, mais je l'embrasse à pleine bouche et elle me rend mon baiser.

La voix de Ricardo se fait entendre dans les hauts parleurs de la salle des machines :

– Félicitations, nous avons la lumière et les ordinateurs

redémarrent.

Je prends le micro et annonce :

– Vous féliciterez Inès, elle a été extraordinaire. Maintenant nous devons vérifier les moteurs.

– Prenez votre temps.

Inès me regarde intensivement, s'approche de moi, me prend le micro des mains, le pose et me demande :

– En quel honneur ce baiser ?

Je rougis et ne peux que répondre en balbutiant :

– Parce que... désolé... un réflexe. Ne m'en veux pas. Je sais qu'il ne faut pas.

– Mais tu l'as fait.

Penaud, je ne peux que répondre :

– En effet.

– Et tu recommencerais ?

Je suis complètement déstabilisé et essaie de répondre en perdant toute contenance :

– Euh... il ne faut pas... et si...

– J'en ai très envie. Et toi ?

– Mais, moi aussi, mais...

– Embrasse-moi.

Comment lutter. Je m'approche d'elle et nous nous embrassons tendrement. Un baiser long et savoureux, de ceux qui scellent une relation, le départ d'un amour à vivre. Je sais que les circonstances dans lesquelles nous nous trouvons ne sont pas adaptées à ce type de relation, mais c'est peut-être aussi pour cela que nous le vivons, parce que rien n'est normal depuis notre départ d'Europa et que nous ne changeons pas et que nous avons, simples humains que nous sommes, encore plus besoin de tisser des liens en ces instants.

Après cet interlude inapproprié, mais tellement agréable, nous nous dirigeons vers la salle des moteurs. Avec la position penchée qu'a pris l'unité, et vu les secousses, des pièces se sont desserties et pour pouvoir réparer, il faudrait remettre le vaisseau à l'horizontale.

Nous revenons à la cabine de pilotage, non sans avoir échangé quelques petits baisers.

À notre entrée, nous profitons des applaudissements du reste de l'équipage.

Je leur indique qu'Inès avait fait un travail prodigieux mais calme leur joie en leur indiquant que le moteur ne sera pas réparable tant que nous serons dans cette position.

Alors que je leur annonce qu'il va me falloir sortir pour essayer de remettre l'unité sur pied, si cela est possible, et que Frantz va devoir sécuriser mon intervention, Gisela me demande :

– Tu as une idée de la façon dont tu vas t'y prendre ?

Je dois bien dire que je n'avais pas réfléchi à ce problème, tellement pris dans l'euphorie de notre réparation précédente, mais pas seulement.

Vu mon absence de réponse, Ricardo poursuit :

– De toute façon, il fait nuit dehors, et il ne sera pas possible de sécuriser ton intervention correctement.

Je ne peux que signaler que nous pourrions déjà faire un état des lieux des dégâts extérieurs, ce à quoi Gisela rétorque :

– Nous sommes tous fatigué et il fait nuit.

Je réfléchis quelques instants. Nous nous sommes déplacés et le capitaine va nous rechercher. Il faut donc réparer au plus vite. Mais nous ne connaissons pas cette planète et encore moins les dangers que nous pourrions rencontrer. Je dois garder mon équipage en sécurité et concentré sur les épreuves à venir.

J'annonce :

– Nous allons nous reposer jusqu'au lever du jour. Nous ferons l'intervention demain. Allez-vous coucher dans vos lits, je me reposerai ici et en profiterai pour jeter un œil aux écrans, on ne sait jamais.

L'équipage accepte l'idée et quitte le poste de pilotage, y compris Inès.

Me voilà seul à observer des écrans de contrôle qui ne me signalent rien d'autre que la topographie environnante. Nous sommes, à première vue, sur une plaine. À moins de trois cent mètres à l'ouest, une dense végétation se dessine, qui devrait ressembler à une forêt, et à moins de cinq cent mètres à l'est, il semble y avoir une falaise qui tombe sur près de 150 mètres tant les courbes de niveau sont rapprochées. Nous verrons bien demain, de visu.

À force de regarder les écrans, le sommeil me gagne peu à peu.

Je finis par fermer les yeux et à repenser à cette étrange journée, et surtout à ce baiser et à Inès. Comment est-il possible que ce petit acte d'amour prenne le dessus, dans mon esprit, sur la situation dans laquelle nous nous trouvons. La disparition du capitaine et de Loïc, le moteur hors service. Mais le cerveau est ainsi fait, et, je me plonge dans le visage d'Inès, dans ces baisers, au point de presque pouvoir les ressentir, voire de retrouver ses douces lèvres. Cela paraît tellement réel que j'en ouvre les yeux pour vérifier.

Je sursaute en découvrant le visage d'Inès penché au-dessus du mien.

Elle me rassure :

– Je ne voulais pas te réveiller, mais tu avais le sourire et je n'ai pu m'empêcher de t'embrasser.

Je me relève légèrement de mon siège, la prend dans mes bras et nous nous donnons un baiser long et délicat.

Une fois le baiser terminé, je lui dis :

– Je pensais à toi.

– Moi aussi.

– Je sais qu'avec tout ce qui nous arrive, ce n'est pas sérieux, mais j'ai la sensation d'être dans un cocon, c'est bizarre.

– Je ressens ça aussi.

– Mais, tu ne devrais pas être dans ta chambre ?

– Gisela avait besoin d'intimité et je dois bien dire que je mourrai d'envie de te voir. Je n'ai pas mal fait ?

– Non au contraire. Je suis ravi de ta présence.

– J'avais envie de profiter de ces instants, tous les deux, pour que nous puissions nous connaître mieux.

– Alors assieds-toi sur le siège du capitaine et faisons connaissance.

***

Nous discutons une bonne partie de la nuit. Je découvre ainsi ce que je ne connaissais pas d'elle, sachant que j'ignorai tout d'elle jusque-là.

Elle m'explique ses origines, quelques moments clés de sa vie, ses attentes, ses déceptions, et j'essaye de faire de même en évitant certains événements gênants, notamment récents.

Nous échangeons ainsi nos intimités, tout du moins une partie, presque sans retenue.

Sa famille est d'origine espagnole et plus précisément de Catalogne. La mienne vient de France, d'une région appelée les Pyrénées. Inès me fait remarquer que la Catalogne est une région pyrénéenne. Nous avons donc cela en commun : une chaîne de montagne. Mais pour nous deux, et nous avons cela en commun également, la France, l'Espagne, les Pyrénées, cela ne représente rien d'autre que des lieux sur une planète que nous n'avons jamais vu. Même la notion de pays nous parait quelque peu diffuse. Alors, imaginer que des pays, espaces de terres limités par des frontières parfois très discutables et dont

98

les êtres les peuplant, travaillaient, à peu de choses près, de la même manière, pour en obtenir un même gain, se loger et s'alimenter, puissent se faire la guerre nous semble incompréhensible, nous qui sommes nés sur Europa, de la même manière et en parfaite harmonie.

En essayant de comparer notre jeunesse respective nous essayons de découvrir, un lieu, un moment, où nous aurions pu nous croiser, mais nous nous apercevons bien vite que nous n'avons pas du tout fréquenté les mêmes lieux, étant, chacun, d'un côté différent d'Europa.

Nous en éprouvons un petit soulagement. Imaginer que nous nous soyons croisé, voire fréquenté amicalement, sans s'en souvenir aurait été source de malentendus.

Puis, elle me parle d'elle. Son don de tomber amoureuse rapidement et d'être déçue à chaque fois, son amour de la vie, de sa famille, son côté légèrement garçon manqué, sa soif de liberté. Elle parle et son visage s'illumine au point de la rendre irrésistible.

Je lui raconte nos points communs, et nos différences, notamment sur le côté relations amoureuses où mes expériences restent tout à fait anecdotiques, en évitant sciemment le cas Delilah.

Nous nous embrassons par intermittence, pour sceller nos confidences.

Elle finit par s'asseoir contre moi, sur mes jambes, pour que nous évitions de nous déplacer, pour nous montrer notre amour naissant et nous ressentir un peu plus.

Je n'ai jamais eu ce contact et cette découverte, presque infantile, de l'autre. Je connaissais Delilah depuis tout jeune, et le reste de mes relations n'étaient que des instants fugaces.

Alors que nous sommes proches de nous endormir, ensorcelé par cet instant, je lui avoue :

– Je crois que je pourrais tomber amoureux de toi.

Elle me met son index sur la bouche et me murmure :

– Chut. En mission, ce n'est pas toléré.

Quelques instants plus tard, nous nous endormons l'un contre l'autre, malgré notre position inconfortable.

***

Le réveil du poste de pilotage, réglé sur la luminosité extérieure, se met en branle, beaucoup trop tôt à mon goût, nous tirant du sommeil, trop court, lui aussi. Mais qu'importe la fatigue, un baiser d'Inès et me voilà prêt à affronter une longue journée.

Je découvre ces premiers instants où je me sens tomber dans le bonheur, envahit d'un irrésistible optimisme, où le moindre regard sur Inès décuple mon énergie.

Le temps de faire une toilette succincte et de réveiller l'équipage restant, je planifie notre journée et soumet l'ordre du jour à chacun.

Je propose à Ricardo, Gisela et Inès de rester au poste de pilotage pour surveiller d'éventuels mouvements extérieurs et nous prévenir, Frantz et moi, en cas de danger potentiel. J'indique à Frantz qu'il devra être armé et assurer mes arrières, le temps que j'effectue les réparations afin de remettre l'unité sur pied.

Tout le monde est d'accord excepté Inès qui me fait remarquer que j'aurai certainement besoin d'un coup de main pour réussir à réparer, que Frantz ne doit se concentrer que sur ma sécurité, et que deux personnes sont suffisantes pour surveiller les écrans.

Elle a raison. Je propose donc à Ricardo de m'accompagner dehors, ce qui me semble ne le ravir qu'à moitié.

Inès prend la parole :

– Je t'accompagne dehors et vais t'aider à réparer.

Je suis à la fois ravi de sa décision mais terriblement inquiet pour sa sécurité et ne peux que répondre :

– Dehors, cela peut être dangereux, et...

Elle me coupe :

– Et c'est moins dangereux pour Ricardo ?

Je la regarde en fronçant les sourcils, en essayant de lui faire comprendre que je souhaite qu'elle reste en sécurité, parce que je tiens à elle, mais elle poursuit :

– Ne serait-ce pas un peu de misogynie ?

Je ne trouve rien d'autre à répondre que :

– Ce n'est pas ça du tout, d'ailleurs, si Gisela veut m'accompagner, je n'y vois aucun inconvénient.

Gisela regarde Inès et lui demande :

– Il y a un souci entre vous deux ?

Inès lui répond :

– Pas que je sache, mais sait-on jamais.

Elle me regarde et me demande :

– Il y a un problème avec moi ?

Voyant la tournure que cela prend je baisse les armes :

– Non, aucun.

Gisela ajoute :

– Dans ce cas, Inès peut très bien venir te seconder. En plus, elle l'a déjà fait avec brio.

Que répondre à cela.

J'espérais juste qu'Inès reste tranquillement en sécurité, mais maintenant, tout le monde pense que j'ai, soit un souci avec les femmes, soit un problème avec Inès. Et j'ai la sensation qu'Inès pense la même chose. L'état de grâce aura été de courte durée.

***

Quelques minutes plus tard, nous sommes en tenue d'exploration, moi, Frantz et Inès, et prêts à sortir.

J'ai prévu quantité d'outils qui pourraient m'être nécessaires pour la réparation, le tout posé sur un gros chariot tout terrain motorisé. Frantz est armé jusqu'aux dents et nous sommes tous les trois dans nos combinaisons noires ajustés. Je ne vois plus le visage d'Inès, mais même dans cette tenue qui compresse les formes, elle est jolie et je ne peux m'empêcher de l'observer, en conservant une pointe d'inquiétude.

Comme je tarde un peu à indiquer au poste de pilotage de nous ouvrir, Inès me demande si je compte passer ma journée dans le sas.

La lourde porte métallique coulisse quelques instants plus tard, et nous découvrons l'environnement dans lequel nous nous sommes posé. C'est une large prairie remplie d'une plante qui pourrait faire penser à du blé si elle n'était si verte, et d'une hauteur de près de 80 centimètres. Nous descendons pour tâter le sol de nos pieds. Il est meuble, sûrement dû à l'humidité environnante. Quelques centaines de mètres plus loin, une forêt d'arbres gigantesques se dessine.

Nous tentons de faire le tour de l'unité pour rejoindre le côté où les pieds semblent avoir cédé. Autant le chariot avance sans soucis, autant nous nous enfonçons et chaque pas est un effort.

Nous finissons par atteindre le pied arrière de l'unité. Je découvre avec satisfaction qu'il n'est pas rompu, mais que seul le plateau permettant de se poser sur terrain meuble est brisé. J'ai ce qu'il faut pour réparer. Le pied avant a subi le même traitement.

Alors que je fais l'état des lieux des dégâts et des réparations à réaliser, Inès s'approche de moi et me demande :

– C'est réparable ?

– Oui. Ça va être un peu compliqué, mais c'est réparable.

– On s'y met ?

– OK.

Je regarde Frantz et lui indique de commencer à bien surveiller la zone, car nous allons débuter les travaux.

Comme les pieds ne sont pas au maximum de leur extension, il va juste falloir soulager les pieds, remplacer un premier plateau et faire de même pour le second. Cela va être compliqué mais cela est faisable, tant soit peu que le sol ne nous réserve pas de nouvelles surprises.

Je positionne le premier cric de relevage, possédant un pied très large sous le pied avant. Alors que je suis à genou, enfoncé dans le sol de quelques centimètres, Inès me demande :

– Pourquoi tu ne voulais pas que je vienne ?

– Je voulais que tu restes en sécurité.

– Pourquoi ?

– Je n'ai pas envie qu'il t'arrive quoique ce soit.

– J'avais compris, t'inquiète. J'espère que tu ne m'en veux pas, mais je voulais être auprès de toi. J'aime travailler avec toi, et…

– Et quoi ?

– Je crois que moi aussi, je pourrai tomber amoureuse de toi.

J'ai très envie de l'embrasser sur le champ mais nos combinaisons permettent tout sauf un rapprochement physique.

Je lui dis :

– Je sais que ce n'est pas possible de suite, mais j'ai très envie de t'embrasser.

Elle me répond mutine :

– Si tu remets cet engin sur pied, tu auras droit à beaucoup plus qu'un baiser.

J'imagine la scène quelques instants et me remet à pied d'œuvre. Il ne faut pas laisser passer une telle invitation, c'est clair.

Au bout de près de deux heures d'efforts, aidé par Inès, les crics sont ancrés et prêts à faire leur œuvre.

Je l'indique à Inès, qui me saisit par le bras, me tourne vers elle, met son visage à ma hauteur et cogne mon masque avec le sien en ajoutant :

– C'est le baiser des spationautes amoureux. Pas très intime, mais c'est déjà ça.

J'adore ce petit bout de femme.

Il ne nous reste plus qu'à faire lever les crics pour pouvoir remonter un premier pied, souder un nouveau plateau et faire de même pour le second.

Tout cela devrait être simple et ne durer que quelques heures, si les crics jouent bien leur rôle que le sol ne bouge pas plus, et que tout le matériel fonctionne.

Cela fait beaucoup de si, mais je suis confiant.

Je m'installe près du cric avant, demande à Inès de venir à mes côtés pour lui montrer comment cela fonctionne :

– Il y a un bouton vert pour lever le cric, un orange pour le stabiliser et un rouge pour le faire baisser.

– Il n'y a pas de boutons pour les pauses câlin ?

– Ne plaisante pas. Tu vas devoir aller à l'arrière et à mon signal faire la même chose que moi, sinon le sol risque de ne pas supporter une trop forte pression d'un seul côté.

– Bien compris chef.

– On y va ?

– Un bisou de cosmonaute avant ?

– Oui.

Nous restons, casque contre casque, quelques instants. Avec ces combinaisons, on ne peut même pas deviner la couleur des yeux. Nous ressemblons plus à des caricatures animées entièrement noires, qu'à des êtres humains et nous nous mettons à rire tous les deux.

Après ce bref instant de détente, Inès se dirige vers le pied arrière.

Quelques instants plus tard, je lui donne le signal pour actionner le cric.

L'unité se redresse légèrement, et les pieds commencent à remonter. Je vais pouvoir les relever un par un. Je demande à Inès d'arrêter le cric, ce qu'elle fait. Elle me seconde parfaitement.

Ayant peur que le sol cède subitement, je lui demande de s'éloigner de l'unité, le temps que j'essaie de remonter le pied.

La réparation des deux pieds se fait en quelques dizaines de minutes, le temps de désolidariser l'ancien plateau abîmé et d'en souder un tout neuf. Tout le temps de la réparation, Inès reste à l'écart derrière moi à me regarder faire.

La réparation terminée, je me redresse, fier de moi, en observant le bel ouvrage.

La voix d'Inès, d'une froideur inhabituelle, me lance :

– C'est parfait, merci.

Je me retourne vers elle et tombe sur son regard bizarrement glacial et déterminé. Elle semble tendre vers moi un objet, que je n'ai pas le temps de découvrir, car, au même instant, un éclair bleu venant de la prairie, percute Inès qui s'effondre instantanément.

Je me relève aussitôt pour courir vers elle en criant son prénom.

Tout en me précipitant vers Inès sans la perdre du regard, je devine de multiples rais de lumières bleus fuser autour de moi, mais je poursuis ma course vers celle qui m'est chère depuis peu.

Arrivé à ses côtés, je m'agenouille auprès d'elle. Tout son corps tremble intensément, comme si elle s'électrocutait, puis cela s'arrête.

D'une voix faible, elle murmure dans la douleur :

– Je veux te voir.

Sans penser aux conséquences, je retire les attaches de son casque et lui ôte délicatement.

Son visage est toujours aussi beau, mais il est anormalement blanc et de ses lèvres perle un filet de sang.

Je défais mon casque, par réflexe, et la regarde dans les yeux, avant d'essayer de la rassurer :

– Je vais t'amener en sécurité, tu vas voir, tout va aller mieux.

Sa main touche mon bras, le serre et elle ajoute :

– Embrasse-moi avant. Je veux savoir que tu me pardonnes. Je n'ai pas eu le choix. Embrasse-moi, les baisers de cosmonaute ce n'est pas très intime. Pardonne-moi.

Sans bien comprendre ce que je dois pardonner, je lui indique qu'elle l'est et j'approche mon visage du sien pour lui donner un baiser doux et tendre qu'elle commence à me rendre avant que ses lèvres ne se figent.

Je relève la tête et découvre ses yeux figés dans le vide.

Affolé, je crie son nom, la secoue, essaie de l'embrasser à nouveau mais le sang dans sa bouche m'indique qu'il n'y a plus rien à faire. Elle est morte.

Non, pas toi. Nous n'avons même pas eu le temps de nous aimer, de nous dorloter. Pas toi, pas maintenant.

Je me mets à pleurer, et quelques instants plus tard, une vague de douleur et de colère m'envahit.

Je me redresse, me retourne pour observer la situation. Les éclairs bleus continuent à venir s'écraser sur l'unité, laissant une trace noire à chaque impact.

Frantz est allongé par terre, ses armes au sol. Je me dirige vers lui, me baisse, lui arrache ce qui me semble être un fusil laser, me redresse et me mets à tirer dans la direction d'où viennent ces rais de lumière meurtriers.

Dans mes écouteurs, j'entends Ricardo et Gisela demandant ce qu'il se passe dehors, et Frantz m'ordonner de rester à couvert.

Ne pas parler, juste avancer vers l'ennemi en tirant. Ils ont tué Inès, je ne lui survivrai pas de beaucoup, et au mieux, j'aurai fait des dégâts.

Soudain, voyant que rien ne me touche, je me mets à courir vers cet inconnu tout en poursuivant mes tirs. Et comme si ce n'était pas suffisant, je me mets à crier, déversant toute ma rage dans cette course et dans cette arme.

Un impact sur mon épaule gauche me déséquilibre et me fait tomber à terre. Mon ivresse de rage est telle que je ne ressens rien.

J'essaie de me relever, mais mon bras gauche ne veut plus répondre à mes ordres. Je me redresse tant bien que mal, d'un seul bras, et me remets à tirer de mon bras valide.

Quelques instants plus tard, je reçois un impact en pleine poitrine qui me projette sur le sol.

Je me relève avec difficulté. J'ai du mal à respirer et je sens le goût de mon sang dans ma bouche, mais je dois continuer.

Je tire, sans savoir sur qui, sans voir personne. J'avance à découvert sachant que je fais une parfaite cible. Ma rage corrompt mon esprit et inhibe ma douleur.

Un impact sur mon épaule gauche. Je vacille, mais poursuis.

J'ai de plus en plus de mal à respirer, mais il faut que je continue.

J'avance lentement, maintenant, et je continue de tirer sans viser.

Je crie à nouveau, profitant du peu d'air et de haine qu'il me reste à cracher à ces êtres.

En regardant autour de moi, je m'aperçois que plus aucun rai de lumière n'apparaît.

La prairie s'agite autour de moi, sans que je puisse voir pourquoi.

J'avance de plus en plus difficilement et de plus en plus lentement.

Mon champ de vision se rétrécit peu à peu.

Je ne peux pas tomber comme cela, pas sans avoir vengé Inès.

Avancer, un pied devant l'autre, et tirer.

Je ne peux plus respirer.

Tirer une ultime salve en espérant qu'elle touchera quelqu'un, qu'importe ce que ce soit.

Mes jambes cèdent soudain sous mon poids et sans mon bras gauche, inerte, pour me retenir je finis la tête dans la terre humide.

L'absence d'air me paralyse.

Je sais instantanément que tout va se finir ici, sans savoir, ni pourquoi, ni par qui.

Alors que c'est la haine de la mort d'Inès qui m'a fait agir ainsi, seul le visage de Delilah me vient à l'esprit.

Elle m'aura obsédée jusque devant la mort et je serai mort, pour une autre, sans même avoir vu les habitants de la planète potentiellement vivable que nous avons découvert. Quelle ironie.

Chapitre 7

30 juin 2115,

Je me trouve au poste de pilotage, confortablement installé dans mon fauteuil. Le capitaine est à son poste, pianotant sur son clavier pour faire apparaître des cartes dont je ne saisis pas la localisation.

J'attrape mon clavier, regarde mon écran, désespérément noir, et reste quelques instants ainsi à me demander ce que je dois faire. Que fais-je habituellement dans ce cas-là ? Je réalise qu'en principe je sais ce que j'ai à faire, mais, pour le coup, j'ai totalement oublié.

Je demande au capitaine ce qu'il faut que je fasse, mais je n'obtiens aucune réponse.

Il doit être concentré sur sa recherche.

La porte du poste s'ouvre. Je me retourne et découvre Inès se dirigeant vers moi d'un pas décidé.

Je ne sais par quel miracle, mais elle est en vie. Fou de joie à cette idée je me lève de mon siège, fond vers elle et la prend dans mes bras.

Je n'obtiens aucune réaction tendre de sa part et finis par la relâcher me reculer d'un pas et lui demander ce qu'il y a.

Sa réponse est froide :

– Je suis morte à cause de toi.

Je ne comprends pas ce qu'elle dit :

– Mais tu es en face de moi tu n'es pas morte.

– Si je le suis.

Une étrange sensation me traverse le corps pour atteindre mon esprit. Je réalise que rien n'est normal ici. Le capitaine n'est pas censé être ici, encore moins Inès, à moins que nous soyons tous les trois dans le même état, c'est-à-dire mort. Je suis peut-être en train de vivre une phase de vie après la mort. Rien n'est écrit sur le sujet, car personne n'en est revenu, mais peut-être est-ce ainsi que tout se passe.

Cet état ne me perturbe pas plus que cela et, à tout hasard, je dis à Inès :

– Je le suis également.

Elle me répond glaciale :

– Et alors ? Cela reste de ta faute.

En pleine incompréhension, j'ajoute :

– J'ai essayé de te venger.

– Je sais.

– Je suis mort pour toi, pour te venger.

– Non. Tu es mort à cause de moi, en pensant à une autre.

– Non.

– Tu sais bien que je dis vrai.

Elle a raison, mais ce n'était pas réfléchi et je le lui indique.

D'un ton toujours aussi glacial elle poursuit :

– Tu as tué ma mort. Tu m'as oubliée dans tes derniers instants alors que je ne pensais qu'à toi dans les miens. Je suis dans les limbes de l'oubli et c'est ta faute.

Je panique et lui demande :

– Je peux faire quelque chose pour changer ça ?

– Oui.

– Quoi ?

Elle lève la main, tend son doigt derrière moi et me dit :

– Dis-lui que tu ne l'aimes plus, et que tu m'aimes moi.

Je me tourne dans la direction indiquée par le doigt d'Inès et découvre Delilah, merveilleuse, resplendissante, qui me regarde avec un sourire bienveillant. Je ne peux pas faire ça.

Je regarde à nouveau Inès et le lui avoue, que la seule chose que je peux faire est de lui indiquer que je vous aime toutes les deux.

Inès crie qu'elle me hait avant que son image ne s'évapore dans la pièce.

Je me retourne pour faire face à Delilah, mais elle aussi a disparu.

À la place, le capitaine me regarde méchamment et m'assène :

– Tu devais venir me sauver. Au lieu de cela tu as préféré un amour de pacotille. Vois où cela te mène. Je t'attends, ton équipage t'attend. Et que fais-tu ? Tu te sacrifies pour rien. Tu avais des responsabilités. De grandes responsabilités. Mais tu as préféré la bagatelle et ne plus réfléchir. Je comptais énormément sur toi. Tu n'es pas à la hauteur. Je crois bien que tu ne l'as jamais été. Delilah avait vu juste et c'est pour cela qu'elle n'a pas voulu de toi. Tu n'es même pas bon pour les seconds rôles. Elle a eu pitié de toi, de ton incapacité à te passer d'elle. J'ai eu pitié de toi, mais j'aimais ton père et le respectai. Lui, c'était un grand homme. Toi, tu n'es qu'un enfant gâté, indécis, pleutre, et sans aucune réflexion. Le moindre coup dur et tu perds les pédales. Et le pire c'est que tu viens de tourner le dos à la seule femme qui t'aimait à part ta mère. Quelle déception. Je ne t'en veux même pas, mais je m'en veux à moi. Tu es médiocre, tu ne vaux rien. Tu m'entends ?

Je m'effondre sur le sol en pleurant :

– Oui, je vous entends.

– Tu es médiocre. Tu comprends ?

– Je comprends.

Je prends ma tête dans mes mains et ne peux m'empêcher de pleurer de haine envers moi-même.

Je m'en veux tellement que je souhaite mourir une seconde fois, pour ne plus penser, me quitter moi-même, m'oublier.

Et puis cette voix, sortie de nulle part, prend le relais de mon rêve. Une voix douce et envoûtante, légère comme le vent, apaisante comme le baiser d'une mère pour un enfant :

– Ce n'est qu'un rêve Max, c'est ton cerveau qui te joue des tours, qui te renvoie des moments qu'il a du mal à digérer. Personne ne t'en veut et tu as fait ce qu'il fallait. Calme-toi. Maintenant, tu dois reposer ton corps et tes pensées afin qu'ils récupèrent. Je m'occupe de toi. Écoute simplement ma voix et laisse-toi bercer. Ne te tends pas. Reste concentré sur mes ondes et tout ira bien, tu verras. Tu n'es pas en danger et personne ne l'est. Je sais que tu viens de loin, mais tu as trouvé ta destinée. Tu as quelques blessures de bravoure, mais rien qui ne soit important. Il te faut juste engager ton esprit dans la sérénité et tout ira bien. Tu es chez toi maintenant, nous t'attendions. Je t'attendais.

***

Je reviens à moi progressivement. J'ai la sensation d'être posé sur un cocon de coton tellement je ne ressens aucune contrainte autour de moi. Je vis un pur bonheur et je ne peux m'empêcher de penser que tous les réveils devraient être ainsi, aussi doux. Je bouge mes membres, mais aucune douleur ne me vient, je me sens simplement bien. Alors que dans mes derniers souvenirs, j'étais presque mort, me voici serein, dans une sensation de bien-être absolu. Je dois être mort et ce que je vis est le paradis dont on m'a parlé en cours de religion, lorsque j'étais plus jeune.

À cet instant, une voix me sort de mon extrême quiétude :

– Attendez quelques secondes avant d'ouvrir les yeux. Laissez-vous guider par ma voix.

Cette voix, issue de mes si nombreux rêves, est tellement en harmonie avec le reste que je n'ose ouvrir les yeux, même par curiosité. J'ai tout mon temps… je suis mort maintenant.

La voix ajoute :

– Avant d'ouvrir les yeux, il va vous falloir accepter que vous n'êtes plus chez vous.

– Tout ce que vous voulez.

– Et que vous n'êtes pas mort.

J'ouvre les yeux instinctivement.

Tout est blanc autour de moi.

La voix inconnue ajoute :

– Nous avons reproduit les couleurs de vos salles de soin pour éviter tout traumatisme.

– C'est gentil.

– Maintenant, si vous voulez me voir, je suis sur votre gauche, mais faites doucement.

Je me tourne brusquement pour découvrir qui me parle ainsi, mais au lieu de m'arrêter sur ma cible, je me mets à tourner sur moi-même telle une toupie, sans discontinuer. Je vois bien qu'un être est à mes côtés, mais je tourne trop vite pour discerner le moindre détail.

La voix me dit :

– Je vous avais dit doucement… J'espère que vous ne serez pas toujours aussi têtu.

Tout en tournoyant, je réponds :

– Je l'espère.

Une main ferme stoppe ma rotation.

Mes yeux mettent quelques instants à retrouver la mire, mais lorsqu'ils se stabilisent, je découvre l'inimaginable : elle.

Elle, que je devine dans mes rêves depuis si longtemps. Elle que je croyais sortie tout droit de mon imagination. Elle, encore plus surprenante que je ne l'imaginais.

Ses yeux sont profonds, mais la couleur entre le violet et le pourpre est indéfinissable. Sa peau est laiteuse et je devine des veines bleues sur son visage. Elle a un petit nez adorable et sa bouche est minuscule. Elle porte une blouse blanche, comme les infirmières sur Europa, mais ses cheveux semblent, en dehors des mèches bleu turquoise, être plus blancs que le blanc de sa tenue. Un rêve qui devient réalité.

Alors que je l'observe ainsi, à la fois stupéfait par cette rencontre issue de mes rêves, curieux de ce qui pourrait être une des premières rencontres du troisième type, et apeuré par cette situation improbable, elle m'observe également puis ajoute :

– Je vous imaginais plus grand.

Elle dit cela sans remuer la bouche, telle une ventriloque de haut vol.

Je ne réponds pas à cette observation sur mon physique qui me paraît dérisoire en rapport à cet échange entre deux êtres issus de planètes différentes.

Elle poursuit :

– J'ai toujours pensé que des êtres grands, faisaient de grands êtres. Je me trompais. Je ne vous ai pas vexé, j'espère.

– Pas le moins du monde. Je m'attendais juste, sans avoir imaginé quoi que ce soit de tel auparavant, à un premier contact… disons, différent.

– Mais vous me découvrez. Moi, je vous attendais.

Je ne comprends pas ce qu'elle vient de me dire, mais une question commence à me tarauder et je n'hésite pas à la poser :

– Où suis-je ?

Toujours sans remuer quoi que ce soit, elle me répond :

– Vous êtes sur Chuto, planète vivable la plus proche de notre soleil, que nous appelons Rhétan. Vous êtes en sécurité ici et vous devez vous sentir comme chez vous.

– Mais je ne suis pas chez moi.

– Pas plus que vous ne l'êtes sur Europa, en effet.

Elle connaît Europa, mais comment diable est-ce possible ?

Elle coupe court à toute réflexion :

– Si vous n'avez pas d'autres questions, je pense que vous devez avoir faim.

J'ai faim, en effet, mais j'ai d'innombrables autres questions et la première me vient sans réfléchir :

– Qu'est-il arrivé à Inès ?

Survient un silence qui en dit long.

Je poursuis :

– Elle est morte, c'est ça.

D'un ton froid, elle ajoute :

– Elle est morte en effet. Nous ne pouvions vous sauver tous les deux.

– Et pourquoi moi ?

– Parce que c'est vous, justement.

Mon cœur se serre tel un étau en apprenant cela, mais je dois garder la tête froide. J'ignore où je suis, et qui est cet être, cette entité, je ne sais pas comment la dénommer.

Elle coupe court à ma réflexion :

– Comme je vous l'ai dit, vous êtes sur Chuto. Je ne viens pas de Chuto, mais d'Ofra, l'autre planète habitable de notre galaxie. Vous n'êtes pas prisonnier ici, mais je doute que pour l'instant vous puissiez sortir sans mon aide.

– Pourquoi cela ?

– Je suis la seule, ici, à vous comprendre.

– Vous parlez notre langue, je vois ça.

– Je ne parle pas votre langue. Vous recevez des informations électriques que je vous envoie et qui vous donnent l'impression de me comprendre et je perçois les vôtres en retour.

– Des influx électriques ?

– Oui. C'est ça. Le cerveau est stimulé pour comprendre, analyser, etc. Ces stimuli sont d'origine nerveuse, électrique, énergétique, mais nous appelons cela les ondes électriques vitales. C'est ce que vous traduisez chez vous par télékinésie.

– De la télépathie.

– Ça y ressemble, en effet.

– Comme je ne suis pas prisonnier, pouvez-vous me dire où se trouve mon équipage ?

– Ils vous attendent.

– Ils m'attendent où ?

– Dans la zone réservée aux visiteurs.

– Peut-on aller les rejoindre ?

– Bien sûr, j'étais venu pour cela. Mais avant, nous avons une coutume ici qui est de se présenter à un inconnu avant d'avoir une conversation.

– Je m'excuse, je ne me suis pas présenté. Mon nom est...

– Maxime, nous savons. Mais je parlais de moi.

– Ah ?

– Je m'appelle Shalimbaradja Tetolimodro Shulimanodra.

– Enchanté Sha... ba... Je suis désolé, je n'ai pas retenu. Vous pourriez répéter ?

– Ce ne sera pas nécessaire. Ici, tout le monde m'appelle Shadja.

– Shadja. Enchanté.

– Nous pouvons y aller.

Shadja dit un mot que je ne comprends pas et tout mon corps descend pour atterrir doucement sur une plaque métallique glaciale.

Elle m'annonce :

– Vous pouvez vous lever maintenant.

Je pose les pieds sur le sol blanc et me mets debout. C'est à cet instant que je réalise que je suis complètement nu devant Shadja. Mon premier réflexe est de cacher mes attributs masculins. Elle se retourne aussitôt, et de dos à moi, s'excuse :

– J'oubliai que pour votre espèce, la nudité était réservée au couple. Vous trouverez des vêtements à votre taille au pied du suspenseur.

– Qu'est-ce que le suspenseur ?

– Ce sur quoi vous avez récupéré.

***

Une fois que je suis habillé, nous sortons de la pièce.

Je découvre un couloir sombre, peu éclairé, oscillant entre le marron et l'ocre. Nous l'empruntons et tout en marchant je découvre des portes comportant des inscriptions bizarres. Au bout d'une centaine de mètres, nous nous arrêtons devant une double porte métallique gigantesque qui s'ouvre à notre approche. L'intérieur est une pièce de peut-être cinquante mètres carrés. Nous entrons. La porte se referme, puis la sensation que nous montons.

Shadja me dit alors :

– Rheito. Retenez ce mot. Cela veut dire bonjour et vous allez devoir l'employer très souvent dans les prochaines minutes.

– Rheito.

– C'est ça.

La porte s'ouvre sur... l'intérieur d'un arbre.

Comment est-il possible de faire entrer cet ascenseur immense dans un arbre ?

117

L'odeur de bois est très forte, mais plus encore cette odeur d'humidité. Il fait une chaleur étouffante et Shadja doit en être également incommodée, car elle se précipite vers la porte de sortie taillée à même l'écorce, et l'ouvre.

Elle sort et je la suis. Le bruit dehors est intense de vie. L'air me manque soudain et je me mets à suffoquer et à paniquer. Shadja s'approche de moi et me murmure de respirer doucement et de rester calme, que ce n'est qu'une question de secondes, le temps que mes poumons s'adaptent à la chaleur et l'humidité de l'air. En effet, quelques secondes plus tard, je respire normalement. Le corps humain est tellement adaptable. Je réalise que je n'ai pas ma combinaison pour respirer et que, malgré tout, mon corps réagit bien, à la fois à l'air et à la pression.

Le brouhaha autour de moi a fait place, pendant mon laps de temps en introversion, au silence presque total.

Je réalise que de nombreux être m'observent, et que ces derniers ne ressemblent en rien à ce à quoi je m'attendais.

Ce qui me marque à la première vision est leur peau, marron clair ou beige foncé, reptilienne, constituée de petites alvéoles, et leur tête est arrondie, dépourvue d'oreilles, mais avec des orifices à la place, tout comme pour le nez, inexistant, et une bouche fine mais très large. Ils possèdent tous des différences physiques notoires, mais ils sont essentiellement ainsi, à première vue.

Un des êtres me faisant face dit à voix haute ; 'Rheito'. Comme expliqué par Shadja, quelques instants plus tôt, je réponds de même.

Une vague de 'Rheito' se fait entendre, et je ne sais plus à qui répondre. Je pousse ma voix pour faire un 'Rheito' général.

À cet instant précis, des cris stridents commencent à fuser et des êtres me semblant identiques affluent d'un peu partout.

Shadja me prend la main et me dit :

– Ce sont les chitos. Suivez-moi avant que ce ne soit l'émeute.

– Je vous suis.

Shadja se fraie un chemin au milieu de ces chitos, d'un pas décidé, et je la suis sans broncher. Alors que j'avance, tous essaient de me toucher, je reçois des 'rheito' à la pelle, auxquels je réponds sans trop bien savoir à qui ils sont destinés, tout en continuant à suivre Shadja. Une foule s'est formée sur notre passage et s'écarte juste pour nous laisser la place de passer. Je ne sais pour quelle raison, mais cela me rappelle un documentaire que mon père m'avait montré, il y a quelques années, sur le tour de France cycliste, où, plus les coureurs s'approchaient de l'arrivée – c'était en montagne – plus la foule était importante et ne s'écartait qu'au dernier moment, au passage du coureur. Je me souviens avoir eu peur pour lui et pourtant cet homme continuait à pédaler, comme s'il n'y avait personne, poursuivant son effort, son tee-shirt jaune ouvert, dévoilant son torse imberbe, mais les traits tirés par l'effort.

Puis une entrée, presque triangulaire, d'un bâtiment qui ressemble plus à une case qu'à une réelle maison.

Lorsque j'entre, je découvre Ricardo, Gisela et Frantz, assis à même le sol, regardant dans ma direction. Ricardo se lève très vite, suivi des deux autres, et ils courent vers moi et me prennent dans leurs bras.

Je suis heureux de les revoir sains et saufs et je le leur dis.

Ricardo ajoute :

– C'est nous qui sommes heureux de te revoir en vie. Tu étais profondément blessé.

En les voyant ainsi, tous réunis autour de moi, une vision me vient et je demande :

– Et Inès ?

Aucune réponse, mais Ricardo me prend par le bras pour m'amener au milieu de la salle avant de me dire :

– Assieds-toi. Tu dois avoir faim.

Je découvre un sol en feuilles séchées et tressées subtilement et ce qui me semble être sept énormes calebasses positionnées en rond tout autour de moi.

Il m'indique de m'asseoir sur l'une de ces calebasses. Je lui obéis.

À peine ai-je posé mes fesses dans la calebasse que cette dernière se redresse et se lève légèrement. Je me fonds dans ce siège original et qui épouse parfaitement mon corps. Ces calebasses sont finalement d'un confort que lui envieraient les fauteuils les plus sophistiqués.

Après quelques secondes à analyser ce curieux objet, je redresse la tête et découvre Ricardo, Gisela, Frantz et Shadja, confortablement installés dans les mêmes objets.

Deux calebasses restent vides et je demande à Shadja si nous attendons d'autres personnes, réveillant le secret espoir de voir apparaître le capitaine et Loïc.

– En principe, la responsable de la cité et son époux doivent nous rejoindre plus tard pour t'accueillir comme il se doit.

– D'accord, ce sera un plaisir.

Gisela me demande alors :

– Qu'est-ce qui sera un plaisir ?

Je regarde Gisela surpris par sa question et le lui dis :

– La venue de la responsable de la cité et son époux, comme l'a indiqué Shadja.

Ricardo ajoute :

– Shadja, dis-lui pour ce que tu fais.

Ils se regardent quelques secondes et Ricardo finit par dire :

– Ce sera plus simple si tu lui expliques.

Shadja me regarde et me dit :

– Je t'ai expliqué pour les ondes électriques.

– Oui.

– Imagine que chacun d'entre vous à une longueur d'onde particulière.

– Oui.

– Lorsque je m'adresse à l'un de vous, aucun autre ne peut m'entendre.

– Une communication ciblée.

– C'est exact.

– Merci pour cette explication.

– Ne me remercie pas. Ici, les choses se font ou ne se font pas. Ici, la gratitude n'est due que pour des faits importants. Point de remerciements pour un oui ou pour un non.

– Je retiens.

Le repas arrive quelques instants plus tard. Je peux ainsi découvrir que mon fauteuil calebasse, en plus d'être d'un grand confort, comporte un repose plateau qui apparaît au moment voulu. Une chito, du moins j'imagine vu sa tenue me semblant plus féminine, nous dépose à chacun des plats servis dans une assiette qui semble être un morceau d'écorce d'arbre travaillée. Alors que je m'apprête à dire merci, Shadja m'indique de m'abstenir.

Ce que j'ai dans l'assiette est une viande blanche, qui pourrait être du poulet si le morceau n'était pas si gros, servi avec une sorte de céréale qui ferait presque penser à du boulgour, sauf la taille des grains, beaucoup plus gros.

Shadja me confie, à l'arrivée de ces plats, que tout se mange avec les doigts.

J'ai très faim et je ne demande même pas ce que c'est, saisis un bout de viande et avale une première bouchée. Elle est tendre et délicate, avec un goût un peu fort, mais agréable. En prenant ce qui me semble être des céréales, je réalise qu'elles fondent dans la bouche et sont savoureuses. En bref, c'est délicieux.

Après quelques bouchées, je finis tout de même par demander à Shadja ce que nous mangeons. Elle me répond que c'est le plat des invités de marque : du tourazi accompagné de folet.

Ne sachant à quel aliment correspond ces deux mots, j'ose lui demander.

Elle m'explique alors que le tourazi est un oiseau carnivore gigantesque, que ces oiseaux attaquent parfois les chitos, mais que leur chasse est régulée malgré tout, car ils sont en voie d'extinction. Manger du tourazi est donc réservé aux grandes occasions. Le folet est beaucoup plus commun, cultivé par les chitos, et ils en raffolent.

Une fois cette présentation alimentaire faîte, je prends des nouvelles auprès de l'équipage. Ils m'expliquent que pour le moment ils sont très bien traités et qu'à part la chaleur, la vie est très agréable ici. Ils m'expliquent qu'ils sont logés tous les trois dans des cases proches de la case dédiée au repas des invités, donc celle où nous nous trouvons.

Après m'avoir répété une bonne dizaine de fois qu'ils sont heureux de me voir en vie, voyant mon air soucieux, ils comprennent vite que je veux comprendre ce qui est arrivé à Inès, une fois que je suis tombé au sol.

Ils m'expliquent que les chitos l'ont ramené à la cité, ont essayé de la sauver, en vain. Mon cœur se noue à nouveau, mais j'essaie de garder le contrôle sur ma colère, contre moi-même, contre ces êtres qui ont tué celle que je commençais à aimer. Mon équipage a beau m'expliquer que les chitos semblent être une espèce pacifique et adorable, j'ai du mal à me faire à l'idée.

Shadja ajoute, visiblement consciente de mes doutes :

– Les chitos sont des chasseurs, pêcheurs, cueilleurs, constructeurs, cultivateurs, mais pas des guerriers. S'ils se sentent en danger, ils se défendent. Ils ne connaissent pas l'envie, la jalousie, la possession. Ils vivent en famille, mais sont profondément liés à la collectivité.

– Mais ils ont tué Inès.

– Ils ne savaient pas qui vous étiez.

– Mais nous n'étions pas belliqueux. Nous ne les avons même pas vus.

– Je suis d'accord. Mais quand nous aurons le temps de discuter tous les deux, je vous expliquerai qui ils sont, et, comme vous êtes un être intelligent, je n'ai pas de doute sur le fait que vous comprendrez.

– J'en doute.

– S'ils avaient su qu'ils s'apprêtaient à tuer la femme de leur Rheitajra, ils se seraient abstenus, même s'ils n'avaient que peu d'autre choix.

– Leur Rheitajra ? C'est quoi cette histoire ?

– C'est une très longue histoire, et je ne peux pas vous la raconter maintenant. Mais Rheitajra signifie 'celui qui ramènera le soleil'.

– Et qui est cet être ?

– Vous.

– C'est une plaisanterie.

– Non. S'ils vous avaient reconnu, ils n'auraient jamais tiré.

– Mais comment peuvent-ils me reconnaître, je ne suis jamais venu.

– Mais vous êtes attendus depuis longtemps.

– Je ne comprends rien.

– Il n'était pas prévu que vous arriviez en tenue noire, et encore moins en couple.

– Parce qu'il était prévu que je vienne ?

– Oui.

– Et pour quelle raison ?

– Il est trop tôt pour que je vous en parle. Mais essayez d'aimer les chitos, car eux vous aiment déjà.

– Et pourquoi ils m'aimeraient ?

– Pour ce que vous allez devenir : le Rheitajra.

– Cette discussion n'a aucun sens.

– La responsable de la cité va venir. Essayez juste de ne pas lui manquer de respect.

– Sinon ? Ils vont nous tuer ?

– Non. Mais ils seront très mécontents et risquent de faire punir les personnes qui vous ont attaqué.

– Et si je souhaite qu'ils soient punis.

– Ce serait indigne de vous et cela ne la ramènerait pas.

– Je vais réfléchir.

– Si vous ne le faîtes pas pour eux, faîtes le pour moi. Je ne vous regarderai plus pareil après.

Un brouhaha se fait entendre à l'extérieur, qui coupe court à notre discussion.

Quelques secondes plus tard, deux chitos entrent dans la case. Un n'est pas vêtu différemment du reste de la population que j'ai pu voir, mais l'autre arbore une robe d'une blancheur éclatante. Ils ont tous les deux cette tête ronde et la peau reptilienne mais me délivrent ce qui me semble être un sourire radieux.

Cette impression me détend quelque peu.

Ils s'assoient chacun, sur les calebasses restées libres, me sourient à nouveau et me saluent par un 'Rheito'. Je leur réponds. Ils font de même avec chaque membre de l'équipage ainsi qu'avec Shadja.

Malgré cet aspect reptilien, la rondeur de leur visage et le respect qu'ils semblent dégager, je me rappelle les mots de Shadja. Peut-être ne sont-ils pas ce que j'imagine.

Shadja me présente la responsable de la cité, habillée de blanc, et son mari. Elle a pour nom Kotia Lira Kotia et lui Sasso Lira Tapé.

Après que tout le monde se soit présenté par le biais de notre traductrice en chef, Kotia me dit, par l'intermédiaire de Shadja, qu'elle est honorée de ma présence, qu'elle aurait souhaité participer à tout le repas, mais, saison des récoltes oblige, les priorités sont dans les champs. Je lui indique que je comprends.

Survient alors une discussion tout à fait surréaliste.

Kotia explique que pour éviter que les récoltes soient détruites, voire pillées, ils doivent faire cela très vite et sous protection armée, pour se protéger des animaux sauvages, mais pas seulement.

Pendant cette courte explication, Kotia parle à Shadja, qui me traduit et je transmets oralement à mon équipage.

Ces derniers, tout comme moi, veulent maintenant découvrir quels sont ces animaux sauvages, mais aussi en savoir plus sur le 'pas seulement'.

Je transmets donc à Shadja, qui traduit à Kotia.

Mais, alors que je l'imagine nous énumérer des espèces inconnues, et poursuivre la chaîne de transmission entre elle et mon équipage, elle nous demande si nous voulons participer à la récolte de demain, ce sera plus parlant.

Mon équipage étant emballé, je ne peux qu'accepter.

Kotia et Sasso se lèvent alors, indiquent qu'ils doivent aller se reposer et que nous devrions faire de même.

Avant de quitter la pièce, Kotia dit quelques mots à Shadja, puis ils quittent la case.

Shadja m'indique alors que Kotia est désolée pour Inès, et que si je le souhaite, le fautif sera puni. Elle ajoute qu'elle espère que je me sentirais bien ici et de ne surtout pas hésiter à demander si j'ai un quelconque besoin, car les chitos essaieront de me combler dans la limite de ce qu'ils peuvent m'offrir.

Je dis à Shadja que c'est très gentil, mais que je n'ai besoin de rien, à part peut-être de me reposer.

***

Quelques minutes plus tard, après avoir raccompagné les membres de mon équipage dans leurs cases respectives, je me retrouve seul avec Shadja, au milieu de cette cité de bois et de feuilles, qui semble endormie.

La nuit est tombée et le village reste un peu éclairé, mais plus personne n'est dehors. J'en fais la remarque à Shadja, qui m'explique que la durée de la nuit est courte et que tous ont un travail intense la journée, étant en période de récolte.

Je comprends mieux.

Alors que nous marchons en direction de ma case, Shadja me dit :

– Kotia m'a demandé de te parler.

– À quel sujet ?

– Au sujet d'Inès.

Je réponds froidement :

– Me parler de quoi ?

– Son corps est conservé en salle réfrigérée et ils veulent savoir ce que tu souhaites en faire.

– Elle est là ?

– Oui.

– Je veux la voir.

– Ce n'est pas possible maintenant, mais nous pouvons y aller demain à la première heure.

– Nous irons demain à la première heure.

– Tu sais ce que tu veux faire de son corps ?

– La ramener à ses parents.

– Et nous quitter ?

– Elle n'est pas d'ici et moi non plus.

Elle ajoute d'une voix apaisante :

126

– Pour le moment, il faut te reposer. Et moi aussi, j'ai besoin de dormir.

Nous arrivons devant une case identique aux autres et Shadja me fait signe d'entrer. La case est divisée en deux parties et dans chacune se trouve un couchage sommaire.

Shadja m'indique que je dormirais dans la partie droite et elle dans la gauche.

Je lui demande :

– Pourquoi partageons-nous la même case ?

– Ça te dérange ?

– Non, mais…

– Je veux être sûre que tu sois bien rétabli. De plus, je suis chargée de te protéger quoiqu'il arrive.

– Et que peut-il m'arriver ?

– Je t'expliquerais demain.

– À demain, alors.

– À demain.

Chapitre 8

1er juillet 2115,

À peine sommes-nous levés que je demande à Shadja s'il est possible d'aller voir Inès, ce qu'elle accepte sans discuter.

Nous traversons la ville pour le lieu où repose Inès, et je découvre toutes ces cases qui se ressemblent, faites de branchage et de feuillage, séchés, ressemblant à de gros igloos. Le sol est en terre presque rouille et je suis saisi par la différence entre ce que j'ai pu voir en sous-sol et ce que je vois en surface. Cette différence technologique est tout à fait surprenante.

La chaleur commence à se faire intense et l'humidité à coller mes vêtements, malgré le peu de distance que nous avons à faire.

La ville est remplie de jeunes chitos qui me regardent, me montrent du doigt en appelant je ne sais qui, viennent me frôler, me toucher. Il semble que je suis l'attraction.

Soudain, un petit, plus audacieux que les autres, se poste devant moi pour me forcer à m'arrêter, puis il se met à me parler.

Je ne comprends pas ce qu'il me dit, mais Shadja traduit aussitôt :

– Il te demande si tu es bien le Rheitajra.

– Je ne crois pas non. Tu peux traduire cela.

Elle lui dit quelques mots et l'invite à s'éloigner, ce qu'il fait.

Nous reprenons notre marche, mais je veux être sûr qu'elle a bien traduit :

– Tu lui as bien dit ce que je t'ai demandé ?

Sa seule réponse est oui. Je n'ai plus qu'à la croire.

Nous nous arrêtons devant un arbre gigantesque, dont la base fait peut-être 20 mètres de diamètre. Elle approche sa main de l'arbre et une porte creusée dans l'écorce s'ouvre. Un ascenseur nous attend à l'intérieur.

128

Nous le prenons et quelques instants plus tard, nous nous retrouvons en sous-sol, dans un couloir entouré de murs sombres.

Nous marchons quelques mètres avant de nous arrêter devant une porte métallique.

Shadja m'annonce :

– Ici, c'est le funérarium où est conservé le corps d'Inès.

– Alors, entrons.

Shadja ouvre la lourde porte, nous entrons et elle se referme aussitôt.

Elle me dit :

– C'est ici que nous entreposons les êtres décédés, dans l'attente du moment où nous les amènerons aux critas.

Se trouvent ici de multiples casiers, comme dans une morgue terrienne.

Je repense aux critas, sûrement un nom original pour parler d'une tombe ou d'un dieu. À tout hasard, je lui pose tout de même la question :

– Qu'est-ce que les critas.

– Un mangeur de morts.

Je suis stupéfait de sa réponse et elle le voit :

– Les critas sont une espèce en voie d'extinction, mais extrêmement dangereuse, car ce sont des carnivores. Ils mesurent près de 15 mètres de longueur et 7 à 8 mètres de haut. Il y a quelques années, suite à la raréfaction de leur gibier, ils se sont mis à attaquer les villes faisant d'énormes dégâts. Il a alors été décidé de ne plus faire décomposer les corps pour faire de l'engrais et accroître la fertilité, mais de les donner à manger aux critas, sur leur territoire, afin qu'ils évitent de venir nous attaquer. Depuis ce jour, nous n'avons presque plus d'attaques.

– Ce sont des mœurs tout à fait sauvages tout de même. Vous n'aviez pas prévu de faire subir le même traitement à Inès, j'espère.

– Non. Nous savons que vous avez vos rituels et nous les respectons. Et ce n'est pas sauvage. Chaque mort participe à la sauvegarde des vivants.

– Je peux voir Inès maintenant ?

Elle appose sa main sur un casier, la porte de celui-ci s'ouvre automatiquement et un plateau métallique en sort, sur lequel repose Inès, encore dans sa tenue noire. Malgré la pâleur de sa peau, elle est toujours aussi jolie et si elle s'éveillait à cet instant, cela ne me surprendrait pas.

J'observe froidement son visage de longues secondes avant que Shadja ne me propose de me laisser quelques minutes seul avec elle, ce que j'accepte.

Une fois que Shadja a quitté la pièce, l'émotion me gagne, tout mon être se contracte, une profonde tristesse m'envahit jusqu'à ce que quelques larmes coulent le long de mes joues.

Je lui donne un tendre baiser sur son front glacial et ne peux m'empêcher de lui parler tout en pleurant :

– Inès, je suis désolé. Tout cela est de ma faute. Je n'aurai jamais dû accepter que tu m'accompagnes pour cette réparation. J'avais tellement envie de passer du temps avec toi, de te connaître mieux, que je n'ai pu résister à ta proposition. Pour de mauvaises raisons. J'aurai dû m'inquiéter de ta sécurité avant de penser à passer du temps avec toi. Mais, le peu de temps que nous avons partagé était si intense, si nouveau pour moi. Moi, qui n'avais aimé qu'une femme, j'ai, grâce à toi, découvert que mon cœur pouvait basculer pour une autre, pour la toute première fois. J'étais heureux ces quelques moments volés à l'immensité. J'étais heureux au point que j'aurai pu mourir pour toi. J'aurai dû. Mais c'est une autre histoire que je ne parviens pas encore à comprendre. Il paraît que j'ai une mission ici. Ma mission, je la connais. Retrouver le capitaine et Loïc et te ramener sur Europa pour que tes parents puissent découvrir l'atroce vérité et faire leur deuil. Je ne peux te ramener à la vie, mais sois sûre que tu ne seras pas servie en repas aux critas, ça tu peux me croire. Je vais te ramener, nous ramener tous à notre point d'origine. Nous sommes peut-être apatrides, mais il y a des règles auxquelles nous ne pouvons déroger. Une mort digne et un deuil familial en font partie. J'aurais aimé te connaître plus, tu sais. Tu me manques, mais j'ai si peu de toi. Une nuit, une petite journée, quelques baisers. Tu aurais dû rester en vie pour que je te découvre, que j'aime tes petits défauts, que nous nous imprégnions de nos chairs, de nos odeurs, que nous marquions nos sens à jamais. Mes souvenirs sont pauvres de toi, mais suffisants pour que je me doive de te donner une cérémonie d'héroïne. Car tu es une héroïne. Je vais te laisser sur un dernier baiser et la prochaine fois que nous nous verrons, c'est pour repartir sur Europa et rejoindre tes proches.

Après avoir donné un dernier baiser sur le front d'Inès, j'appelle Shadja qui ne tarde pas à arriver.

Elle referme le casier dans lequel Inès est conservée au froid et nous sortons de la salle mortuaire.

Une fois dehors, elle observe mes yeux rougis et me demande :

– De la voir t'a rendu triste.

– Oui.

– Nous vivons tous des pertes de proches, il faut se relever.

– Je sais, et je vais relever la tête pas plus tard que tout de suite.

– Comment ça ?

– Je dois aller voir mon unité spatiale, essayer de la faire décoller et tenter de retrouver le capitaine.

– Mais...

– Je souhaite y aller dès maintenant.

– Mais ton équipage t'attend pour aller dans les champs.

– Qu'ils y aillent. Je dois m'assurer du bon état de l'unité et l'utiliser pour essayer de retrouver le capitaine.

– Cela va être compliqué...

131

– C'est possible que quelqu'un me mène à mon unité ?

– Oui.

– Tu peux m'organiser cela ?

– Oui.

– Alors, j'irai récupérer mon unité et à partir de là je n'ai plus besoin de personne.

– Il te faudra un guide de la région si tu veux la survoler et espérer les trouver.

– Tu peux m'en trouver un ?

– Oui.

– Alors occupe mon équipage, ils ont eu assez d'émotions. Et trouve-moi un guide et ce sera parfait.

– La politesse ne fait pas partie de ton éducation ?

– Pardon. S'il te plaît.

– J'aime mieux ça.

***

Quelques minutes plus tard, je suis debout devant ma case attendant Shadja et mon guide. Mais, à ma grande surprise, seule Shadja arrive, presque habillée en tenue militaire humaine et lourdement armée.

Alors que je lui demande où est passé mon guide, elle me répond que ce sera elle, étant sous sa protection.

Je veux réprouver sa décision, mais elle me fait comprendre que c'est ça ou je rejoins mon équipage aux champs. Je n'ai pas d'autre choix que d'accepter.

Elle me tend une arme qui ressemble à une épaisse mitraillette et me dit :

– C'est un fusil à impulsions électromagnétiques. Mon peuple fabrique cela. C'est très efficace contre tout type de protection. Cela ne tue pas, en principe, mais cela raisonne n'importe quel organisme vivant. C'est très léger, tu verras.

J'attrape le fusil et je conviens qu'il est très léger. Puis elle me tend une dague sans lame et poursuit :

– Ça, c'est pour achever tes proies. Une dague laser. C'est radical pour découper tout type de viande sans effort. À n'utiliser qu'en cas d'urgence. Pour le reste, je gère.

– Tu es surprenante Shadja.

– Ai-je le choix ?

Afin de rejoindre l'unité spatiale plus rapidement, elle me propose de prendre un véhicule tout terrain. Étant plutôt impatient de retrouver l'unité, je ne peux qu'accepter.

Nous nous dirigeons vers un arbre géant et lorsqu'elle ouvre la porte, je découvre six engins stockés. La première chose que je remarque est que ces véhicules ne possèdent aucune roue, mais reposent sur de larges pieds. La seconde est que le design ne fait pas partie des prérogatives du créateur. Les véhicules sont de grosses bulles vitrées sur une large base métallique. La dernière chose est qu'ils possèdent quatre places, mais n'ont visiblement pas de coffre.

Nous montons dans l'un de ces engins et je ne peux m'empêcher d'ironiser :

– Comme il n'y a pas de roue, je suppose qu'il y a de petites pattes qui vont se mettre à s'agiter pour nous faire avancer.

Shadja me répond très sérieusement :

– Nul besoin de pattes. Ces véhicules avancent grâce à une impulsion électrique, mais sont soulevés du sol grâce à un mécanisme antigravitationnel. En bref, ils se trouvent toujours quelques centimètres au-dessus du sol, de même dès qu'il y a un obstacle. Ça aussi c'est une invention de ma planète.

– Ta planète est une mine d'inventions.

– Si tu savais. Ofra invente, Chuto produit et nous vivons en parfaite harmonie. C'était ce qui devait être pour l'éternité.

– Mais ?

– Mais les aryotes…

– Qu'est-ce ?

– Je t'expliquerai plus tard, nous avons du travail pour le moment.

Elle démarre et le véhicule se met en suspension au-dessus du sol.

Un joystick permet de se diriger latéralement et en hauteur et une poignée sert à accélérer. Rien de particulièrement compliqué de prime abord.

Nous empruntons un chemin tracé entre les arbres qui permettrait à peine à deux véhicules de ce type de se croiser puis nous entrons dans une zone non boisée, mais parfaitement entretenue. Elle m'explique que c'est un champ de céréales, mais que celui-ci ne sera récolté que dans quelques semaines, n'étant pas suffisamment sec.

Après plusieurs minutes à survoler cet immense champ, la végétation devient complètement chaotique et désordonnée. Elle m'explique que nous entrons dans une zone frontière et qu'aucune culture ne se fait ici.

Quel immense gâchis que de voir tout ce terrain inexploité.

Soudain, je devine un bout de notre unité qui dépasse du champ et le signale à Shadja. Elle me répond qu'elle sait.

Nous nous approchons de l'unité et nous posons près de l'entrée.

Je suis heureux de revoir notre unité en un seul morceau.

Après quelques minutes à inspecter minutieusement l'unité, nous rentrons le véhicule tout terrain de Shadja à l'intérieur, l'ancrons de façon sûre et nous dirigeons vers le poste de pilotage.

Après quelques vérifications d'usage, tout semble fonctionnel. L'alimentation électrique, grâce à la réparation d'Inès, est fonctionnelle, les ordinateurs de bord répondent présents. Il ne reste plus que les moteurs à démarrer, ce qu'ils font sans problème.

Alors que je me sens prêt à décoller, Shadja me demande :

– Nous allons où ?

– Récupérer le capitaine.

– Sais-tu où il est ?

– Non. Il a disparu alors que nous nous trouvions sur une sorte de zone d'atterrissage, proche d'arbres gigantesques, mais nous étions le seul engin, à priori. Une tempête nous a poussées ici alors que le capitaine était sorti.

– Bon. La première chose : il y a 99 % de chances pour que ton capitaine soit prisonnier des aryotes. La seconde : la zone dont tu parles est inhabitée et ne leur sert qu'à recevoir des intrus. Crois-moi, la tempête est bien tombée pour vous. La troisième est qu'ils savent que vous avez atterri sur Chuto vu qu'ils vous y ont certainement forcé. Donc, ils vous recherchent et ont peut-être déjà trouvé cette unité. J'ai un doute sur ce point, car ils auraient déclenché des représailles. À moins qu'ils cherchent à tracer l'unité pour mieux découvrir qui vous aide.

– Je ne comprends pas. Pourquoi ils déclencheraient des représailles. Nous avons été pris par une tempête et vous nous avez recueillis. Et d'ailleurs, qui sont ces aryotes ?

– Je t'expliquerai qui ils sont plus tard. Ils savent que les tempêtes ne naissent pas par hasard. Ça, c'est le quatrième point. En principe, nous devons les laisser gérer les intrus, mais nous avons fait une exception pour vous.

– Pourquoi ?

– Pour toi. Pour ce que tu vas devenir sans le savoir, pour nous, pour tant de monde.

– Où pas...

– Si tu t'enfuis, ce sera certainement le 'pas'.

– Je ne cherche pas à m'enfuir, mais à rentrer chez moi.

– Et es-tu sûr qu'Europa est chez toi ?

– Mes parents m'y attendent, donc je pense que oui.

– Mais revenons à notre sujet : retrouver le capitaine. S'il est prisonnier, il y a deux solutions : soit il est questionné, dans ce cas, il est encore ici, soit il a été amené en prison, dans ce cas, il est sur Ofra. S'il est encore libre, des chitos l'ont repéré et recueilli, c'est certain.

– Et si, ni les chitos, ni les aryotes ne l'ont trouvé ?

– C'est qu'il est mort.

– Il n'est pas mort. Comment savoir où il est ?

– Je peux, dès notre retour, demander aux différentes villes s'ils ont recueilli un étranger ou s'ils ont vu partir une navette prison. Une fois que nous aurons le retour, nous pourrons envisager de nous renseigner auprès de certaines personnes, mais ce n'est pas sans risque.

– Si je comprends bien, il nous faut attendre.

– Oui.

– Il va tout de même falloir mettre l'unité à l'abri.

– Oui.

– Mais il faut être sûr que nous ne sommes pas tracés.

– Exact.

– Tu as une idée ?

– J'en ai bien une, oui, mais elle est risquée.

– Dis-moi tout, y compris les risques.

– Nous allons survoler la mer à basse altitude sur plusieurs centaines de kilomètres. Il y a un chapelet d'îles volcaniques actives qui rejettent tant de poussière que les radars ne détectent plus rien. Je connais un lieu où nous pourrons nous poser et surveiller si nous avons été suivis.

– Les risques me semblent mineurs.

– En effet. En excluant le fait que nous allons devoir voler à très basse altitude avec des obstacles potentiels, que nous pouvons nous faire abattre à tout moment par des chasseurs, que la poussière des volcans est tellement dense qu'elle peut compromettre l'appareil, que nous devrons nous poser à l'aveugle et qu'une fois posé, si nous sommes suivis et que l'appareil est en état, nous ne savons pas quelles représailles les aryotes ont envisagé, je suis d'accord, les risques sont mineurs.

– Y a-t-il d'éventuels risques pour des populations ?

– Tu deviens, jeune homme, tu deviens. Oui, il y en a.

– Ne serait-il pas plus simple que je me livre, que je discute avec ces aryotes et que nous repartions.

– Si tu veux mourir, ce serait plus simple, et pour le coup, la ville de Komé, qui t'a recueillie, sera détruite.

– Nous allons suivre ta première proposition et espérer que tout se passe pour le mieux. Si c'est risqué, tu n'es peut-être pas obligée de m'accompagner. Si tu me donnes les informations, je me débrouillerai seul.

– Tu n'y arriveras pas sans moi. Et, même si tu l'ignores encore, nous sommes liés. Le monde en a décidé ainsi. Mais nous en reparlerons plus tard. Pour le moment, je te suis et ce n'est pas négociable.

– Alors, qu'attendons-nous ?

Alors que nous allons décoller, un message d'intrusion apparaît sur le tableau de bord.

En activant les caméras extérieures, je découvre mon équipage, accompagné d'un être que je ne connais pas, ressemblant fort à Shadja.

Nous sortons les accueillir et Ricardo m'annonce qu'ils préféraient poursuivre l'aventure avec moi plutôt que de découvrir la vie aux champs, ce que je ne peux qu'apprécier. Après une longue accolade avec mon équipage, et le départ du sosie de

Shadja pour la ville, il est temps de décoller. Je suis heureux de retrouver ce petit monde, mais inquiet de leur faire courir des risques. Il faudra aussi, quand nous aurons le temps, que je demande à Shadja, qui est cette personne qui accompagnait mon équipage.

***

Quelques minutes plus tard, nous survolons la mer de 4 à 5 mètres. Dans la cabine de pilotage, nous n'avons qu'une visibilité partielle et lointaine, mais les ordinateurs nous signalent, du moins je l'espère, les reliefs. Nous volons au ralenti, à environ 700 km/h, mais à cette altitude, la moindre petite île détectée trop tardivement pourrait s'avérer fatale. Mon unité spatiale est très bien pour l'espace, mais son utilisation façon avion n'est pas prévue. Le vol au réflexe, à l'instinct est tout sauf conseillé sur cet engin. J'imagine le confort que pouvaient ressentir les pilotes d'avion de chasse sur la Terre. Une visibilité presque totale et une réactivité des appareils sans commune mesure avec mon unité. Par contre, les pilotes devaient absorber la pression, alors que mon unité sait le faire sans mettre à mal mon organisme. C'était une autre époque.

En regardant au loin, les rares instants où je décroche de mon ordinateur de bord, je peux apercevoir une mer qui tire sur le gris vert, mais à en croire Shadja, elle peut, par endroits, se parer de tous ses charmes et devenir vert émeraude. Je ne la soupçonne pas d'embellir ce qu'elle a vu, mais j'attends de découvrir un tel lieu pour donner crédit à son affirmation.

Voilà un peu plus d'une heure que nous volons. Personne ne semble nous suivre, tout se passe bien.

Nous atteignons enfin la zone volcanique. Le ciel est chargé et la visibilité devient, peu à peu, nulle. Les ordinateurs semblent, pour le moment, détecter les reliefs. Plusieurs îles se dessinent sur mes écrans. Ce sont de petites îles, de quelques dizaines à quelques centaines de kilomètres carrés, possédant chacune un point culminant qui m'oblige à voler plus haut.

Shadja choisit cet instant pour m'indiquer où nous devons aller. Je dois trouver la plus grosse île de toutes, qui doit former un rond presque parfait, puis me diriger à l'ouest sur une cinquantaine de kilomètres. Une île minuscule devrait apparaître, avec une forme de sabot. C'est là que nous devrons nous poser. J'aperçois la grosse île ronde, met cap à l'ouest et rapidement je tombe sur l'île en question.

Elle m'indique qu'il faut que je fasse le nécessaire pour me positionner face au talon du sabot. Ensuite, je dois voler à 3 mètres au-dessus de la mer, en réduisant ma vitesse, mais en maintenant le cap sur la roche et ralentir presque à s'arrêter au moment de l'impact sur la roche. Elle essaie de me rassurer en me disant qu'elle s'occupe du reste, mais aller me crasher sciemment contre des rochers est un peu perturbant, même si l'on vous répète d'avoir confiance.

J'applique pourtant ce qu'elle m'a indiqué à la lettre et au moment de percuter la roche elle m'ordonne de couper les gaz.

Je les coupe et nous continuons à avancer vers la roche en perdant de l'altitude. Mais au moment de l'impact inévitable, nous traversons la roche comme si c'était un hologramme pour atterrir sans délicatesse sur un sol qui me semble bétonné, mais lisse. L'unité glisse sans que je puisse la contrôler sur quelques dizaines de mètres avant un impact sourd et l'arrêt complet.

Dans quel piège nous ai-je fourré, sans le savoir, moi et mon équipage ?

Lorsque mon équipage et moi, accompagnés de Shadja, sortons de l'unité pour découvrir à quoi ressemble notre point de chute, nous n'en menons pas large. Nous découvrons un grand hangar creusé dans la montagne, et la roche apparaît tout autour de nous. Elle est d'un gris très foncé, mais sans granularité apparente, comme le sont, si mes souvenirs des cours de science de la terre sont bons, les roches basaltiques sur la Terre. Un éclairage faible pour le volume nous permet de deviner que tout ce qu'il y a autour de nous n'a rien de naturel.

Shadja nous entraîne d'un pas rapide vers une porte dissimulée dans la roche, qui s'ouvre à peine a-t-elle positionnée sa main dessus. Nous suivons un long couloir tout aussi sombre, aux parois quelque peu humides, puis prenons un escalier étroit aux marches hétéroclites par leur hauteur, leur profondeur, leur aspect.

Arrivés en haut de cet escalier de fortune, Shadja ouvre une porte grâce au contact de sa main et nous nous retrouvons dans un petit centre de contrôle, avec des écrans éteints un peu partout.

Shadja positionne sa main droite sur un petit écran et aussitôt tous les autres s'allument comme par magie.

Shadja s'explique :

– Nous sommes ici sur un îlot de sauvetage. Il fut construit il y a de nombreuses années par les pêcheurs afin de pouvoir se reposer et réparer le cas échéant, car cette zone était très prolifique en poissons, mais également très dangereuse. Au début de l'invasion, nous avons adapté cet îlot pour qu'il puisse nous aider également. Personne ne vit ici, mais nous maintenons ce site dès que c'est possible. Vous trouverez ici de quoi vous nourrir, vous reposer, mais également de quoi jauger la situation et éventuellement se sauver.

En regardant les écrans je découvre un radar et des caméras longue portée nous montrant, en temps réel, ce qu'il se passe autour de notre îlot, sur la mer, et dans les airs.

Sur l'écran radar, deux petits points clignotent dans la zone et les images nous montrent deux objets volants.

Shadja poursuit :

– Nous avons été suivis.

Je lui demande :

– Et que peut-on faire ?

– Attendre qu'ils partent ou qu'ils nous trouvent.

– Et s'ils partent ?

– Ils reviendront sûrement avec du renfort, mais ils seront loin et nous aussi.

– Et s'ils restent ?

– Des renforts pourraient arriver également.

– Que faire ?

– C'est toi le stratège, pas moi. Je peux juste rajouter trois informations. La première est que nous avons de quoi fuir par la mer ici.

– Je ne suis jamais monté sur un bateau.

– La seconde est que cette zone est réputée pour être un cimetière pour tous les engins motorisés, en mer ou en l'air.

– Mais ils volent un peu haut.

– Oui. La troisième est que nous avons ici des missiles guidés qui peuvent détruire ce type d'engin, mais nous en avons peu et à portée limitée.

– Cela met de l'eau à mon moulin.

– Pardon ?

– C'est une expression. Voilà des informations intéressantes.

– D'accord.

– Et je pense que nous allons pouvoir résoudre notre problème. Il y a des risques, mais cela pourrait être amusant.

***

Quelques minutes plus tard, mon plan expliqué et un repas pris, nous nous dirigeons vers nos postes respectifs. Ricardo et Gisela aux commandes des missiles guidés, Frantz pour assurer la sécurité de l'îlot si cela s'avérait nécessaire et Shadja et moi dans l'unité. Je voulais qu'elle reste sur l'îlot, mais elle m'a expliqué que sa fonction principale était de ne pas me quitter et de me protéger quoiqu'il arrive, ou elle ne me laisserait pas décoller. J'ai cédé facilement, car à deux, j'aurai sûrement plus de courage que seul.

Mon plan est risqué, tiré par les cheveux, mais je n'imagine pas fuir devant un adversaire que je ne connais pas, aussi puissant fût-il. Et je n'ai pas envie que l'unité tombe entre des mains malveillantes.

Je fais décoller l'unité, accompagné de Shadja, et nous quittons l'îlot pour prendre rapidement de l'altitude et sortir ainsi de cette purée de pois.

Une fois à découvert, les deux engins ne mettent pas longtemps à nous repérer et à fondre sur nous. Je connais le trajet à prendre dès qu'ils me filent au train et je suis plutôt confiant. C'est sans compter sur l'agressivité de mes poursuivants.

Au moment où ils sont suffisamment proches pour que je nous redirige vers la brume des îlots, chacun des deux engins tire un missile dans notre direction.

Je réussis à éviter le premier sans trop savoir comment, mais l'unité étant plutôt lourde, le second nous percute légèrement sans pour autant exploser, mais suffisamment pour mettre hors service les propulseurs auxiliaires permettant d'accélérer.

Je me décide tout de même à fondre vers la mer avec une visibilité quasi nulle, sachant qu'un missile attend mon poursuivant, mais je sais pertinemment qu'il me faut redresser et reprendre de la vitesse afin que ce dernier touche l'engin et pas nous.

Alors que nous descendons, le radar nous montre qu'un de nos poursuivants est hors service. Comme prévu, il a été abattu par un missile.

Je tente de redresser avant l'impact de la mer, toujours suivi par le second engin, réussi tant bien que mal, mais au moment de reprendre de la vitesse, il ne se passe rien, et au lieu que ce soit l'engin qui nous suive qui se fasse toucher par le missile venant de l'îlot, c'est l'unité.

Cette dernière part en vrilles incontrôlables en direction de la mer et l'impact est inévitable.

Le choc de la pénétration dans l'eau à grande vitesse est violent, et toutes les lumières de l'unité s'éteignent. Après quelques instants, nous sentons l'unité remonter lentement, puis une fois la surface atteinte, nous pouvons ressentir la houle provoquée par l'impact durant plusieurs dizaines de secondes, pendant lesquelles nous n'osons aucun mouvement, hésitant à croire que nous sommes en vie.

Une fois l'émotion passée, Shadja se met à rire et moi à m'inquiéter. L'unité est-elle encore en état de fonctionner, sachant que le second engin ne va pas tarder à essayer de vérifier si nous avons disparu ou pas.

Je décide de lancer le programme de relance complet du vaisseau. Les lumières s'allument progressivement et tout redevient à peu près normal, excepté la quantité d'éléments de l'ordinateur de bord clignotant en rouge. Les propulseurs sont HS, certaines zones très endommagées, l'alimentation en oxygène défaillante, l'alimentation en énergie minimaliste, plus de nombreuses petites avaries moins inquiétantes.

Il est tout à fait improbable que nous puissions décoller avec si peu d'énergie et quand bien même, nous n'irions pas loin. Je me décide à désactiver toutes les alimentations énergétiques des zones non essentielles, des chambres, aux zones de vie, pour économiser au maximum. Une fois cela fait, je coupe tous les ordinateurs non essentiels pour ne conserver que le vital permettant d'activer la propulsion maritime, car l'unité est également conçue pour pouvoir amerrir et s'utiliser comme un bateau, si besoin était.

Je modifie les paramètres de l'unité pour qu'elle puisse avancer sur l'eau et cela prend quelques secondes supplémentaires.

Je demande à Shadja d'essayer de contacter l'îlot pour les avertir de notre incident, ce qu'elle fait.

Alors qu'elle explique que nous allons essayer de venir les chercher au plus vite, un point sur le radar m'indique que le second engin se dirige vers nous et je le signale à Shadja :

– Dis-leur que nous les récupérerons quand nous pourrons, mais là, nous avons un problème à régler.

Elle voit le point sur l'écran et leur explique rapidement notre souci avant que je lui ordonne de couper la communication.

Une fois cela fait, deux options s'offrent à moi et je n'ai pas de possibilité d'erreur : soit nous restons en mode économe et tentons la navigation lente pour pouvoir naviguer un long moment, tout en étant une cible parfaite pour l'engin qui nous suit, lui, par les airs, soit je mets en route les propulseurs afin de lui échapper, en prenant le risque d'épuiser très vite nos ressources avant d'atteindre une zone sécurisée et dériver ensuite pendant je ne sais combien de temps, et potentiellement être retrouvé par l'engin.

N'étant pas seul, j'évoque les deux solutions avec Shadja. Comme je m'en doute, elle choisit la seconde, qui nous permet de sortir de la ligne de mire de l'engin dans l'immédiat.

À cet instant, le radar nous indique qu'un missile vient d'être tiré de l'engin dans notre direction.

J'ai à peine le temps d'activer la propulsion nautique à sa puissance maximale, en oubliant de prier pour que cela fonctionne, et l'unité se met à accélérer de façon incroyable sur l'eau, nous permettant d'éviter l'impact du missile. Maintenant il ne nous reste qu'à avancer le plus loin possible dans la direction d'un endroit sécurisé en évitant de toucher un îlot ou un quelconque rocher affleurant.

Shadja m'indique la direction la plus adéquate pour que l'engin nous perde sur son radar, et, en effet, l'atmosphère se fait de plus en plus dense, pour finir par devenir, après quelques minutes, complètement sombre. Au point que l'unité semble recouverte de cendre.

Shadja m'avertit que je peux ralentir, ce que je fais aussitôt.

Elle m'explique que nous sommes tout proche de la plus grande montagne hurlante de la mer dentée et que la hauteur et la quantité de cendres que crache Drakkon ne permettent pas aux objets volants de s'approcher, ni aux radars de fonctionner.

Je comprends qu'elle parle d'un volcan marin à priori gigantesque qu'ils appellent Drakkon, mais j'aime bien le terme de montagne hurlante et omets de lui dire le terme dans notre langue de façon tout à fait volontaire.

Quelques instants plus tard, le voyant du propulseur se met à virer au rouge et le moteur s'arrête. Il reste de l'énergie, mais il semble que quelque chose bouche les propulseurs et je comprends rapidement que c'est sûrement la cendre.

Shadja ne dit rien, mais semble inquiète. J'essaye à de nombreuses reprises de relancer les propulseurs, en vain.

Je me décide à aller contrôler les propulseurs et, comme je le craignais, il n'y a aucun souci au niveau des moteurs. Les propulseurs extérieurs sont bel et bien obstrués.

En revenant auprès de Shadja, je me propose de faire une sortie à la nage pour essayer de nettoyer les propulseurs ce qu'elle m'interdit formellement en argumentant que la température de l'eau est élevée, les courants très forts, les vagues lourdes de cendres et que je serais vite enseveli sous le poids de ces dernières. De plus, elle m'explique que la nature qui s'est développée ici avec ces conditions extrêmes est tout sauf accueillante. Elle ajoute que son but étant de me garder en vie, si je sors, elle aussi, car quitte à ce que je meure, autant qu'elle périsse avec moi.

Je me décide donc à oublier l'idée d'une sortie. Nous allons donc nous laisser dériver, en espérant que de bons vents nous mènent en un lieu plus vivable.

En regardant l'état du vaisseau sur l'ordinateur de bord, la conclusion est irrémédiable : en l'état nous avons cinq heures d'alimentation en oxygène tout au plus, alors que l'énergie ne nous manquerait pas avant une trentaine d'heures. Il me faut donc, en priorité, rétablir l'alimentation en oxygène au niveau du poste de pilotage et essayer de concentrer l'énergie restante sur cela.

Après avoir désactivé l'alimentation en énergie des propulseurs, éteint tous les ordinateurs de bord sauf celui de maintenance et conservé le minimum de lumière, je me mets à rechercher s'il est possible d'effectuer une pareille dérivation, tout en ne relançant qu'une alimentation locale.

La réponse est claire : il va me falloir lancer l'alimentation en oxygène proche de la cabine de pilotage et la programmer pour qu'elle n'alimente que cette dernière. Mais ce n'est pas tout. Ensuite, il va me falloir dériver l'alimentation en énergie vers la cabine de pilotage, mais pour le coup, ce n'est plus par logiciel, mais bel et bien par manipulation. Le temps de manipulation nécessaire le plus optimiste étant de six heures et n'étant pas un spécialiste, je suis inquiet et me décide à commencer par l'alimentation en énergie, car cette dernière n'est pas dans la cabine et que si je dérive l'alimentation en oxygène vers cette dernière, j'aurai du mal à effectuer la seconde étape. Malgré tout, le temps est mon ennemi.

Alors que je viens d'expliquer ce que je veux faire à Shadja, elle me répond, très calmement, qu'à ma place elle vérifierait si l'alimentation en oxygène du poste de pilotage peut fonctionner. Je lance, via le poste de maintenance, une vérification des conduits d'oxygénation et du moteur local. Le moteur est fonctionnel, mais les conduits complètement obstrués. Mon plan tombe à l'eau.

Elle me demande alors :

– Vous avez des combinaisons avec masques à oxygène ?

– Oui.

– Cela pourrait peut-être faire l'affaire et nous aider à tenir quelques heures de plus, non ?

– Oui. Nous devons en avoir 4 restantes.

– L'autonomie de chacune ?

– Entre 5 et 6 heures chacune.

– Nous avons donc au moins 15 heures devant nous, tout va bien.

– Tu es toujours aussi optimiste ?

– Je suis avec toi.

– C'est gentil, mais insuffisant.

– Tout va bien se passer. Allons chercher les combinaisons, au cas où.

***

Quelques minutes plus tard, les combinaisons sont posées à côté de nous.

Nous nous asseyons tous les deux, moi au poste de pilotage, par habitude, et elle, à ma droite, à la place du copilote.

Nous restons silencieux quelques minutes, mais ma tête ne me laisse pas en paix. J'étais sur Europa il y a encore si peu, personne parmi les personnes, et je me retrouve sur une planète qui n'est pas censée exister, avec une autochtone, charmante, mais non humaine, et considéré comme une sorte de sauveur, moi qui accumulais les échecs. Ne suis-je pas simplement en plein rêve ? En me pinçant fortement, je m'aperçois que ce n'est pas le cas.

Il me faut lui parler, car si nous devons mourir ici, autant que j'ai certaines réponses.

J'attaque :

– Je peux te poser quelques questions ?

– Oui, mais je ne suis pas sûre de pouvoir répondre à tout.

– Cette histoire me concernant, c'est faux, non ?

– Je ne serais pas là si tel était le cas.

– Nous sommes tout de même mal embarqués.

– Sois optimiste.

– J'essaie. Qu'ai-je de si particulier pour devenir quelqu'un que je ne suis pas ?

– Ça, tu le découvriras.

– Si j'en ai le temps.

– Tu l'auras.

– Qui êtes-vous ?

– Comment ça ?

– Je voudrais comprendre où je suis et parmi qui je suis.

– C'est compliqué, mais je vais essayer de faire bref. Je suis une Ofrate, de la planète Ofra, l'autre planète vivable de la galaxie Otos. Nous vivons depuis des centaines d'années en parfaite harmonie avec les chitos. Leur planète permet une agriculture variée et abondante alors que la nôtre est froide et moins fournie en alimentation. Par contre, nous avons beaucoup d'avance technologique sur les chitos. Comme nous sommes pacifistes, nous avons instauré, il y a des centaines d'années, une collaboration gagnant-gagnant. Ils pouvaient fournir notre planète en produits agricoles et nous pouvions leur amener toute notre technologie. Cela durait depuis des générations en totale symbiose jusqu'à, il y a quatre-vingts ans et l'arrivée des aryotes.

– Les aryotes ?

– Oui, ceux qui nous ont tirés dessus et forcés à nous retrouver ici.

– Et ?

– Leur objectif étant l'asservissement et la jouissance personnelle, et étant, en ce qui concerne l'armement, véritablement en avance sur nous qui sommes pacifistes, ils se sont servis, nous ont asservis, ne nous laissant que le minimum pour survivre. Chaque récolte est ponctionnée et nous devons nous diviser le restant, nous avons dû partager nos avancées sur la santé, et toutes les autres technologies qui les dépassaient. Les armes contre les cerveaux et les travailleurs. Les armes gagnent systématiquement. Depuis, ils nous laissent vivres, mais ont le droit de vie ou de mort sur nos deux planètes, sans que

148

nous puissions lutter.

– Mais votre technologie ?

– Nous sommes pacifistes, du moins depuis ma naissance.

– C'est-à-dire ?

– Il semblerait que dans l'histoire de la galaxie, il y a bien longtemps, les Ofrates étaient extrêmement avancés, militairement parlant et étaient de redoutables commerçants et colons. Nos ancêtres ont asservi les chitos, développé l'économie, construit des villes et prospéré au détriment des populations, des animaux, de la végétation et de la biodiversité. Étant un peuple intelligent, nos ancêtres ont compris leurs erreurs et décidé de devenir pacifistes et de respecter les planètes et l'environnement. La légende veut que les armes n'ont pas été détruites, mais camouflés dans une cité cachée, au cas où la galaxie serait menacée. Mais ce n'est qu'une légende et personne ne l'a jamais trouvée. Dans la légende, il est dit que seul le juste pourra la découvrir et l'utiliser.

– Belle histoire. Et moi ?

– Toi c'est une autre histoire.

– Une autre légende ?

– Justement non. Tu as été conçu pour devenir. Mais il fallait que tu aies l'âge approprié.

– Comment ça, j'ai été conçu ?

– J'en ai trop dit.

– Mes parents savaient ?

– Non.

– Je ne comprends pas.

– J'en ai trop dit et je m'en excuse. Tu apprendras le reste plus tard.

Je me mets à crier :

– Comment ça plus tard ? Tu dois me dire ce que tu sais et

maintenant !

À cet instant un impact se fait sentir sur toute l'unité.

Je sursaute, mais Shadja dit calmement :

– C'est notre sauvetage.

***

Après quelques dizaines de minutes où l'unité est bousculée, nous voilà au calme et Shadja m'indique que nous pouvons sortir.

En sortant, je découvre un immense hangar taillé à même la roche, noire, et l'unité flotte sur l'eau, accostée à une sorte de quai. Plusieurs autres engins de taille différente sont à quai également, mais avec des formes et des tailles diverses, mais tous possédant une forme arrondie, sans angles.

Un comité de réception est présent, et je découvre une centaine d'êtres. Il y a une majorité de chitos, quelques ofrates et Ricardo, Gisela et Frantz qui s'empressent de courir vers moi.

Après l'effusion des retrouvailles, je m'aperçois que la foule autour de nous ne s'est pas atténuée et que le silence est complet.

Je suis surpris et je pose mon regard sur celui de Shadja pour comprendre ce qu'il se passe.

Elle me murmure :

– Maintenant tu dois t'avancer vers la foule, la traverser et toucher quelques personnes pour qu'ils comprennent qui tu es.

– Et qui suis-je sensé être ?

– Toi, pour commencer. Et si tu peux prononcer une petite phrase, qu'ils ne comprendront pas, ce serait encore mieux.

– Hein ?

Tous ces êtres ont les regards figés sur moi et je ne sais que dire.

Je ne sais même pas où nous sommes.

Ricardo me murmure à l'oreille :

– Nous n'avons pas eu droit à cet accueil alors, soit à la hauteur.

Elle est bien bonne celle-là. Je ne suis que moi, Maxime Carrère. Je n'ai jamais fait d'études politiques, ne suis pas réputé pour mes dialogues interminables et je me sens mal à l'aise dans une foule. Alors, là, devant ces êtres, qui n'ont rien en commun avec des êtres humains, dans un lieu que je ne connais pas et pour des raisons que j'ignore, il me faut dire quelques mots, sachant qu'ils ne me comprendront pas non plus. C'est une situation ubuesque.

Voyant qu'ils ne semblent pas agressifs, bien au contraire, et qu'ils viennent tout de même de nous tirer d'un mauvais pas, je lance, sans trop réfléchir :

– Bonjour, chers amis. Merci de nous avoir secourus et de nous accueillir ainsi.

Une clameur intense démarre, des cris, qui me semblent être de joie, des bras qui se lèvent, et le tout se poursuit crescendo.

Shadja me prend la main et me fait avancer vers ces êtres, suivis de mes trois compères. Alors que je suis à quelques mètres de la foule, elle s'écarte légèrement pour créer un chemin vers une immense porte. Je suis Shadja dans cette direction. Elle me murmure de saluer un peu et d'essayer de les toucher au maximum.

Je m'exécute en levant le bras et en ouvrant ma main. Le bruit de la foule s'accentue et, suivant les instructions de Shadja, je me mets à toucher quelques mains, à regarder ces êtres dans les yeux, comme je l'ai vu faire par des hommes politiques terriens dans les vidéos d'Histoire. Ils sont emplis de gratitude envers moi, mais j'ignore pourquoi. Je pense que Shadja va devoir me l'expliquer au plus vite.

Alors que nous avançons au cœur de la foule, où j'ai la sensation d'être une rock star, comme j'ai pu le voir dans les concerts que me diffusait Maria, ma famille numérique, un petit chito sort de la foule pour courir vers moi. Des personnes se mettent à courir vers lui pour le rattraper et je lâche la main de Shadja pour aller vers lui et le lever dans mes bras avant qu'il ne soit intercepté.

Un silence complet se fait soudain, aussi subit que glaçant. J'ai dû faire une grosse erreur, mais comment savoir.

Je lève ce petit être à bout de bras devant moi, et il me dit quelque chose que je ne comprends pas. Comme le silence se fait et que plus aucun mouvement n'est fait, je réponds :

– Je ne te comprends pas petit, mais j'espère que tu ne seras pas puni pour mon acte.

Je me retourne vers Shadja et lui demande :

– J'ai fait quelque chose de mal ?

Elle me murmure que non.

Je profite de la situation pour lui demander :

– Que m'a-t-il dit ?

– Rien d'important, c'est un enfant.

– Que dois-je faire ?

– Ce qui te semble bien.

Aussitôt, je repose le jeune chito à sol, m'agenouille devant lui et lui dis :

– Ravi de t'avoir rencontré. Maintenant, va rejoindre ta famille et soyez heureux.

Le jeune chito court vers la foule et y disparaît.

Shadja me reprend la main et nous nous remettons à avancer. La foule fait à nouveau un bruit immense qui ne cesse pas.

La grande porte coulisse et nous laisse découvrir une immense salle très claire. Alors que nous entrons, la porte se referme derrière nous, nous isolant de la foule.

Je me retrouve avec mes quatre comparses et alors que je veux demander des explications à Shadja, elle m'indique de me taire.

Une musique sort de je ne sais où, rythmée, mais à l'instrumentation douce et deux êtres apparaissent et s'avancent vers nous.

Shadja se met à genou et tire sur mon bras pour que je fasse de même. Je m'exécute, et regarde le sol.

Quelques instants plus tard, Shadja me fait signe de me relever.

Je découvre un chito de grande taille paré d'une superbe tenue dorée et une ofrate, ressemblant à s'y méprendre à Shadja avec un regard plus clair, mais tout aussi envoûtant, dans une tenue blanche flamboyante.

J'imagine que ce sont des personnes très importantes de ces deux peuples, et je ne me trompe pas. Shadja me murmure que ce sont le roi des chitos accompagné de la reine des ofrates.

La reine se met à parler d'une voix douce et enivrante, mais contre toute attente, je la comprends :

– Alors, c'est toi, Rheitajra.

Je veux répondre, mais Shadja me murmure de me taire.

La reine poursuit :

– Nous sommes ravis de ta venue, tant attendue. Nous allons faire de grandes choses ensemble. Nous te souhaitons la bienvenue à Drakkon. Toi et tes amis devez avoir envie de vous détendre et de vous mettre plus à votre aise après toutes ces aventures. Shadja va vous mener à vos appartements et nous nous retrouverons pour dîner. D'ici là, mon frère, tu es chez toi et tes amis aussi. Bienvenue parmi nous.

La reine ofrate et le roi chito font demi-tour et s'en vont comme ils sont arrivés, avant de disparaître derrière une porte coulissante.

Alors que je suis complètement tétanisé par ce qu'il vient de se passer, Shadja dit en se relevant :

– Suivez-moi jeunes gens, je vais vous mener à vos quartiers.

Que d'émotions.

Nous nous relevons à notre tour et suivons Shadja. Une porte s'ouvre vers un couloir translucide et nous nous y engouffrons à sa suite. De nombreuses portes se trouvent de chaque côté et Shadja explique que ce sont les appartements des personnes importantes. Ricardo et Gisela entrent ensemble dans un appartement, mais Shadja m'invite à ne pas y entrer. Puis, c'est le tour de Frantz. Quelques dizaines de mètres plus loin, nous atteignons le bout du couloir, et une porte coulissante.

Shadja m'indique que ce sera mes appartements jusqu'à nouvel ordre. La porte s'ouvre sur une grande pièce blanche, presque translucide.

Quatre ofrates, visiblement femelles, sont à l'intérieur, en ligne, en position droite et figée.

Shadja me murmure qu'elles sont toutes à mon service.

Je lance un bonjour, mais n'obtiens aucune réponse.

Alors que la porte se referme derrière nous, je demande à Shadja :

– Et toi, où sont tes appartements, si j'ai besoin de traduction.

– Ici.

– Comment ça ?

– Je n'ai pas le droit de te quitter.

– Ça me va.

– Tu veux que je te fasse visiter ?

– Oui.

Mes appartements se composent d'une grande pièce blanche avec des fauteuils et des canapés tout aussi blancs.

Puis j'entre dans une nouvelle salle, tout aussi blanche, avec ce qui me semble être une grande table basse au centre. Shadja m'indique que c'est ma chambre, et que je trouverais, dans les placards muraux, des tenues pour la nuit, les soirées, les représentations et pour le quotidien.

Une deuxième salle m'est présentée, toujours blanche. Au

centre, ce qui ressemble à un énorme jacuzzi, mais contenant une eau de couleur laiteuse.

Une troisième porte jouxtant ma chambre reste fermée.

Je demande ce qu'il y a dans cette salle à Shadja. Elle me répond que c'est sa chambre et que je n'y ai pas accès, sous aucun prétexte.

Ne voyant pas d'endroit pour faire la cuisine, et ayant un peu faim, je demande à Shadja :

– Et où cuisine-t-on ?

– La nourriture est amenée des cuisines et si tu as faim, tu n'as qu'à demander à ces jeunes ofrates qui t'appartiennent le temps de ton séjour.

– Comment ça, qui m'appartiennent ?

– Tu es un homme important, tu as le traitement dû à ton rang.

– D'où je suis important ?

– Tu comprendras plus tard.

Elle m'agace à me dire que je comprendrais tout plus tard. J'ai des questions et je veux des réponses.

Alors que je veux parler, Shadja se dirige vers les quatre ofrates sensées être à mon service, leur parle sans que je la comprenne. Aussitôt, elles se dirigent vers moi et alors qu'elles m'entraînent avec elles, Shadja me dit :

– C'est l'heure de te nettoyer un peu.

– Comment ?

Je me retrouve sans rien comprendre dans la salle de bain, attiré par ces quatre êtres femelles qui sont, ma foi, tout à fait somptueuses, hormis leur couleur de peau presque laiteuse. De plus, leurs tenues, tout à fait légères, laissent entrevoir le peu de différences extérieures qu'elles ont avec une humaine.

Shadja nous suit et alors qu'elles commencent à poser leurs mains sur moi et à vouloir m'ôter mes vêtements, je lui

155

demande :

– Je peux me déshabiller et me laver seul ?

Shadja répond :

– Leur travail est de te servir selon les égards dus à ton rang et le mien est de te protéger. Si tu es timide, je peux me retourner quelques instants, mais leur refuser l'acte de s'occuper de toi serait une honte pour elles. Elles ont été élevées dans cette optique.

– D'accord. Mais toi, tu n'es pas obligée de rester là.

– Et si. Je suis là pour te protéger.

Elle se met à rire avant de commencer à ôter ses vêtements. Sous les mains expertes de mes quatre magnifiques ofrates, je ne me suis pas rendu compte que j'étais presque nu. À la fois par pudeur pour elle et pour moi, je tourne le dos à Shadja et demande.

– Tu vas te laver avec moi ?

– À quel autre moment pourrai-je le faire. Je te protège et je me dois de ne pas te quitter.

Cette remarque me semble suffisamment logique pour n'y trouver rien à redire.

Les jeunes ofrates me retournent, nu, pour me diriger délicatement dans la gigantesque baignoire laiteuse. Shadja est déjà dedans, mais de dos et à l'autre bout.

Trois marches dans ce liquide blanchâtre que je descends, aidé par deux ofrates, l'une de chaque côté de moi que je découvre dans le plus simple appareil également. Le liquide m'arrive à la taille désormais, et je découvre qu'il est à une température parfaite et qu'il est très doux et dense, vu le peu de remous que je fais. Mes accompagnatrices me positionnent assis sur une sorte de chaise d'un côté de cette baignoire unique et je découvre Shadja faisant de même, de l'autre côté. J'entraperçois légèrement ces seins en forme de poire. Une légère gêne pudique s'empare de moi, qui doit certainement se voir sur mes joues, avant que mon siège ne bascule en arrière et que je ne me retrouve en position allongée avec seul le visage hors du liquide.

La position est agréable, mais je me tends lorsque quatre paires de mains se mettent à pétrir les muscles de mon corps.

J'informe Shadja de ce qu'elles font et elle se met à rire à nouveau avant de répondre :

– Vous êtes bien pudique, Mr Carrère. Elles ne font que vous masser. Et vous allez découvrir que votre corps va récupérer de toutes vos aventures à grande vitesse et que vous allez y prendre un certain… plaisir.

En effet les massages sont doux et vivifiants à la fois, mais je ne peux m'empêcher de remarquer que personne ne s'occupe de Shadja.

Je lui demande donc :

– Et vous, vous n'avez pas de personnes pour vous occuper de vous ?

– Si, bien sûr, mais je crois que vous n'auriez pas aimé voir quatre ofrates mâles s'occuper de mon corps.

– Je suis déjà très gêné devant vous.

– De plus, c'est votre suite. Vous savez, mon cher Rheitajra, notre peuple a une relation, à la sexualité et aux corps, beaucoup plus ouverte que le vôtre. Mais vous le découvrirez bien assez tôt.

Je deviens subitement froid, le visage et le corps d'Inès me revenant en mémoire.

– Où pas. L'amour, même de courte durée, doit être respecté.

– Je ne dis pas le contraire. Mais qu'est-ce que l'amour pour vous ?

– Une sensation d'appartenance, d'harmonie entre deux personnes, de respect mutuel, l'impossibilité d'imaginer un autre corps, un autre cœur, une autre âme.

– C'est très beau ce que vous dîtes. Enfantin, mais beau. Vous l'avez vécu, cet amour ?

– J'aurai pu si…

Elle me coupe :

– Les choses peuvent être si différentes de ce que l'on imagine. Vous découvrirez tout cela, mais votre innocence est votre force et je trouve cela touchant, voire même admirable. Toutes vos certitudes vont s'effacer dans les jours, les semaines, les mois qui viennent. J'espère de tout cœur que vous garderez cette innocence et je ferai le maximum pour vous préserver.

– Je n'ai pas besoin d'être préservé. Encore moins que l'on s'occupe de moi et je suis assez intelligent pour conserver ce que je crois nécessaire et sacrifier ce qui me semble l'être moins.

– Mais je le sais. N'êtes-vous pas le Rheitajra.

– Je ne suis que moi, quoi que vous pensiez. Je ne désire pas être traité autrement. D'ailleurs, que je sois ou pas le Rheitajra, comme vous dîtes, je suis capable, même si mon traitement est fort agréable, de me nettoyer seul. De plus, je pense que la prochaine fois, vous pouvez aller prendre votre bain dans votre suite, avec vos quatre mâles, car je ne crois pas être en danger en ces instants.

– J'informerai votre… ma cousine, de votre requête concernant le bain, mais en ce qui me concerne, même si cela vous perturbe, je ne dois pas vous quitter pour quelque raison que ce soit. Il faudra vous y habituer. Ma mission est de vous protéger.

– Et d'informer votre hiérarchie sur mon cas ?

– Tout ce qui se dit et se vit entre nous reste entre nous. Mais vous le découvrirez aussi. Vous n'êtes pas un prisonnier et je ne suis pas une espionne. Personne, ici, ne vous veut de mal. Vous êtes chez vous. Mais…

– Je comprendrai tout cela plus tard. J'ai intégré le principe. Maintenant, et sans vouloir vous manquer de respect, il y a certaines choses que je sais. La première, c'est que je suis pilote d'unité d'exploration sur Europa. Je ne suis pas l'élite de mon peuple, mais bel et bien un parmi tant d'autres. La seconde est

158

que ma famille et moi-même venons d'une planète qui s'appelle la Terre. Je ne l'ai, certes, pas connue, mais mes gènes sont là-bas quoique vous pensiez. Je n'ai rien d'exceptionnel à part de m'être perdu sur cette planète lors de ma première mission de pilote. Autant dire que ce n'est pas une gloire. Mon capitaine est je ne sais où, et je suis incapable d'aller le chercher parce que mon unité est hors d'usage. J'ai été incapable de sauver Inès, comme je l'ai été de gagner l'amour de la femme que j'aime depuis toujours. Je suis un homme tout ce qu'il y a de plus banal, et malgré la gratitude que je ressens pour le traitement privilégié auquel j'ai droit, mêlée de colère pour la mort d'Inès, il va bien falloir que vous compreniez que je ne suis pas celui que vous pensez que je suis. Et que je ne le serai jamais. Je ne suis pas le Rheitajra et ne le serai jamais. Mon but est de récupérer les personnes qui sont encore en vie et de rentrer sur mon unité, hors service pour le moment, dans ma famille.

Je ne peux retenir des larmes en disant cela. Je pense à ma mère, mon père, Delilah, Inès, Maria, le confort de tout ce petit monde clos et défini et je ne souhaite que rentrer chez moi.

Quelques instants de silence suivent, pendant lesquels je peux pleurer à souhait. Les quatre paires de mains arrêtent leurs massages alors que je pose mes mains sur mon visage.

Une main se met à caresser mes cheveux tendrement. J'ouvre les yeux.

C'est Shadja qui est au-dessus de moi, debout.

Je regarde autour de moi et les quatre masseuses ont quitté la pièce.

Shadja murmure, rassurante :

– Ce n'est pas parce que tu n'y crois pas toi-même que ce n'est pas la réalité. Je ne vais pas te répéter que tu verras tout cela plus tard. Laisse-toi guider et vis la vie qui t'est offerte. Je voulais juste t'indiquer que, ce n'est pas parce que tu sembles banal dans ton peuple de croissance que tu le seras toute ta vie. De plus, je sais que Maria t'a inculqué ce qui t'était nécessaire.

– Je me redresse en sursaut :

– Tu connais Maria ?

Shadja sort de l'eau, d'une démarche des plus sensuelles, et me dit :

– Nous sommes attendus et bientôt en retard. J'appelle ton escorte personnelle pour qu'elles s'occupent de t'essuyer et t'habiller et accessoirement, de me fournir de quoi me vêtir décemment.

– Tu connais Maria ?

– Chaque réponse en son temps.

Elle m'agace à éluder mes questions ainsi, de façon systématique.

Les quatre jeunes ofrates entrent dans la pièce, et deux ont des vêtements dans les mains. Voyant que l'une des tenues semble être une robe, j'imagine que l'autre porte mes vêtements.

En moins de temps qu'il n'en faut pour le dire, je suis séché et habillé. Je me retourne et découvre Shadja habillée dans une longue robe bleue ciel brodée de blanc et de pourpre qui met en valeur sa blancheur et ses sublimes yeux en amande. Ses cheveux remontés en chignon au-dessus de son crâne finissent par la rendre presque irrésistible. Je sais bien que nous ne sommes pas de la même espèce, et bien que je ne lui avouerai pas, c'est certain, je la trouve absolument ravissante et je ressens un léger trouble à cette vision.

Elle doit ressentir cela, car elle me lance :

– Je suis si repoussante que cela, que tu ne puisses détourner ton regard de l'horreur qui se présente à toi ?

Je balbutie :

– Non, je vous trouve ravissante dans cette tenue.

Elle me répond :

– Vous n'êtes pas mal non plus, habillé ainsi. Vous devriez vous regarder dans un miroir.

– Une des ofrates appuie sur le mur et un énorme miroir apparaît.

160

Je me découvre en tenue presque militaire, blanche avec quelques décorations mauves sur les épaules et bleu ciel au niveau de la ceinture. Le col officier me donne une allure très sûre de moi et j'arrive à me trouver un certain charme ainsi vêtu.

Shadja ajoute :

– Vous voyez, pour un humain, vous pouvez paraître civilisé.

– Merci.

***

Quelques minutes plus tard, nous entrons, moi et Shadja, dans une grande pièce blanche, avec beaucoup de décorations, de babioles très colorées le long des murs et une table ronde en son centre.

La reine, que j'ai entrevue plus tôt, est là, ainsi que le roi des chitos et plusieurs de ses semblables. Ricardo, Gisela et Frantz sont déjà là.

Shadja s'approche de la reine pour discuter avec elle. Les chitos discutent entre eux. Je me dirige naturellement vers mes compères d'Europa pour échanger avec eux. Vu le sourire de Frantz, j'ai la sensation qu'il a découvert les joies du bain accompagné de jeunes ofrates. Gisela et Ricardo se regardent énamourés et je ne doute pas qu'ils aient découvert la joie des bains à deux.

Après qu'ils m'aient raconté la façon dont les chitos sont venus les récupérer sur l'île, qu'ils ont pris un petit sous-marin pour arriver ici, je leur explique les ennuie que nous avons eu avec Shadja, jusqu'au sauvetage que je ne saurai décrire.

À peine le temps de terminer mon histoire que la reine s'assoit à la table ronde et nous invite à la rejoindre, à ce que m'indique Shadja, qui s'est rapprochée de moi durant ma discussion.

Toute l'assemblée s'installe autour de cette table ronde. Shadja est à ma droite, Ricardo à ma gauche, suivi de Gisela. La reine

161

me fait face.

Lorsque tout le monde est assis, le silence se fait durant quelques instants et je découvre la reine dans une grande concentration, les yeux clos.

Aucun mot, aucun son et puis elle ouvre les yeux et souri, et son premier sourire m'est destiné. Un sourire assorti d'un regard profond, qui vous transperce et vous emporte dans une sensation de bien-être presque plus efficace qu'un bain ofrate. Et puis soudain, elle annonce dans notre langue :

– Avant que nous nous présentions, moi et le roi des chitos, j'aimerai que chacun de vous, vous présentiez à l'assemblée.

Le premier chito, à la gauche de la reine, prend la parole. C'est le responsable de Drakkon. Au second chito qui se présente, je réalise qu'ils parlent notre langue. Je me tourne vers Shadja et lui murmure :

– Vous m'aviez caché que vos maîtrisiez parfaitement notre langue.

Elle me répond :

– Personne ici, à part vous, ne la connaît. C'est la reine. Elle sait faire communiquer les êtres entre eux sans qu'ils ne partagent le même langage. C'est la reine.

Je suis impressionné. Les présentations se poursuivent, avec les responsables de l'exploitation, de la sécurité et vient Shadja. Je découvre que c'est la cousine de la reine, la ministre de la communication et vice-ministre aux affaires intergalactiques.

Alors que c'est mon tour, après les titres importants, j'indique que je suis lieutenant d'une unité d'exploitation en provenance d'une ville spatiale nommée Europa.

Ricardo prend la suite, et nos titres sont tellement moins édifiants que les autres êtres étant autour de cette table que je me sens presque gêné d'autant d'égards à notre sujet.

Vient le roi de Chuto, se présentant sous le nom de Souma Lira Kotia.

Enfin vient le tour de la reine.

Elle se lève lentement, alors que le silence est total, et débute :

– Je suis Mednée Tarminaj Shulimanodra, connue sous le nom de reine Mednée. Je suis la reine des ofrates. J'ai d'autres titres, comme presque chacun sait, mais cela, en ce jour, n'a pour moi aucune importance.

Un silence de quelques secondes se fait, puis la reine poursuit :

– En ce jour, je suis heureuse et j'aimerai que nous partagions ensemble ce bonheur. Comme vous le savez, amis chitos, nous attendions depuis des décennies l'arrivée du changement. Le changement est là, et ce, d'autant plus, qu'il est mon frère d'origine, et qu'il est et sera votre frère de cœur. Il était annoncé depuis tant d'années, que moi-même, je doutais des oracles. Mais la réalité est bien là. Certes, il ne va pas sans dire qu'il n'est pas encore, mais que nous devons l'aider à devenir. S'il devient, nous serons. Je tiens à vous prévenir qu'il faudra lui laisser du temps, car il ne sait pas qui il est. Moi-même, en dépit de mon bonheur, je pleure qu'il ignore encore qui je suis et qui il est. Ne le brusquons pas, protégeons-le comme un joyau, et l'histoire et le temps feront le reste. Malgré tout, je comprends que vous puissiez être sceptique. Je vais donc vérifier par moi-même à l'instant ce que je ressens afin de faire taire toute possibilité de falsification.

La reine se lève. Personne ne dit rien autour de la table.

Elle fait le tour de la table en silence et contre toute attente se positionne dans mon dos et me demande :

– Frère. Puis-je poser mes mains sur votre crâne ?

Je regarde Shadja, un peu affolé, mais elle me fait oui de la tête.

J'accepte donc, non sans une crainte immense.

Alors qu'elle positionne ses mains sur mon crâne, j'ai la sensation d'être éjecté de mon corps et de ce lieu. Me voilà au milieu de mes parents, dans notre appartement. Je veux leur parler, mais ils ne m'entendent pas. Ils semblent si jeunes. Ma mère annonce à mon père qu'elle ne pourra jamais avoir d'enfant naturellement, mais qu'une fécondation in vitro reste faisable. Mon esprit s'évapore et je vois une main qui récupère une dose d'ovocytes annotée origine non identifiée. Puis, comme dans un film, je me retrouve en salle d'opération, où ma mère est allongée. À cet instant je me découvre, tout juste né, et, sans rien contrôler, je me dirige vers deux professeurs qui discutent.

Le premier annonce :

– L'ADN de cet enfant n'est pas normal.

Le second répond :

– Il va falloir le signaler.

À cet instant, un homme ressemblant étrangement au père de mon ennemi d'enfance, Killian, apparaît et annonce :

– À votre place, je ne ferais pas de vagues. Il est normal et tout ce qui prouve le contraire doit être effacé. Je compte sur vous. Je n'aimerai pas qu'il vous arrive quoi que ce soit, ni à votre famille.

Les deux hommes répondent en cœur :

– Compris.

L'homme, froidement :

– Bien. De toute façon, il sera sous surveillance et risque de ne pas vivre bien longtemps. Mais, vous qui êtes des hommes de science, vous savez que nous devons réaliser des tests pour faire évoluer la médecine.

Je reviens à moi à cet instant.

La tablée me regarde et soudainement, alors que je suis complètement perturbé par ce que je viens de vivre, les chitos se mettent à applaudir, suivis par mes compères, la reine et Shadja.

Je ne comprends pas ce qu'il vient de se passer, mais je me sens fatigué.

La reine annonce alors :

– C'est bien lui. Cela ne fait aucun doute. Mais nous en avions peu.

C'est bien moi quoi. Je ne comprends pas la vision que je viens d'avoir, mais c'est bien moi. Que viennent faire mes parents dans cette affaire ?

Je n'ai pas le temps de m'appesantir plus avant sur ce qui vient de se passer que la reine poursuit :

– Avant de poursuivre, et afin de m'ôter les derniers doutes, je souhaiterai faire une autre captation, si cela ne vous gêne pas. Mais celle-ci restera confidentielle. Donc, si vous souhaitez reprendre vos discussions, n'hésitez pas.

Alors que je m'imagine qu'elle va à nouveau poser ses mains sur mon crâne, la reine s'approche de Frantz et lui murmure quelque chose à l'oreille. Ce dernier semble surpris que la reine s'adresse à lui, se raidit, mais elle dépose tout de même les mains sur son crâne.

Alors que les discussions entre les chitos débutent, comme s'ils avaient vu la scène des centaines de fois, j'observe ce qu'il se passe entre la reine et Frantz. Alors qu'il ferme les yeux, je vois son visage se décomposer et il devient blême. La reine retire ses mains du crâne de Frantz au bout de quelques secondes et se penche pour murmurer aussitôt quelque chose à l'oreille de ce dernier. Je le sens, soudain, très mal à l'aise.

La reine reprend sa place à table et tout le monde se tait.

Elle reprend son discours :

– Je souhaite la bienvenue à nos voyageurs de l'espace. Bienvenue à Drakkon, bienvenue sur Chuto et dans cette petite galaxie qu'est Otos, que nous partageons amicalement, ofrates et chitos. Vous nous visitez dans une période fort agitée, mais c'est aussi une des raisons pour laquelle vous êtes là, amis terriens, cher frère. Je ne vais pas vous cacher que depuis beaucoup trop longtemps, une civilisation de guerriers sans âmes est venue parasiter notre galaxie, mettant à mal notre harmonie et notre rayonnement, nous qui sommes, par conviction, contre les conflits armés. Nous n'avons que trop observé des civilisations belliqueuses, haineuses, se mener elles-mêmes à leurs propres fins, de façon lamentable pour utiliser ces moyens primaires. Malgré tout, il va nous falloir déloger cette espèce primaire de notre galaxie avant qu'ils ne nous mènent à notre perte. Le temps de réagir n'est pas tout à fait là, mais il approche et il faudra sûrement en passer par la perte d'êtres chers et par d'autres moyens que de façon naturelle. Nous avons, ofrates, chitos, toujours vécu en parfaite harmonie, et nous allons devoir, dans l'adversité, passer de mauvais moments, mais pas pour nous, pour notre avenir commun. Mais vous savez déjà tout cela. Avant de débuter le repas, je voulais vous demander de commencer à organiser les villes et villages en fonction. Nous nous tiendrons prêts également. Que chacun sache que nous sommes désormais plus forts et que le soleil ne va pas tarder à briller à nouveau sur nos cultures et sur notre harmonie.

Les chitos présents applaudissent la reine et leur roi poursuit :

– Merci Mednée, c'était un très beau discours comme vous seule savez en produire. Je souhaitai intervenir pour vous confirmer le parfait soutien de notre espèce et l'espoir que ces derniers événements ont fait naître. Maintenant, et pour paraître moins sombre, je vous propose, si votre excellence est d'accord, de nous détendre et fêter dignement l'arrivée de nos visiteurs autour d'un plat qui rappellera certainement à nos amis terriens des saveurs qu'ils connaissent bien. Je tiens à préciser que la reine m'a particulièrement aidé sur le choix.

Le roi des chitos plonge son regard dans le mien et me demande :

– il me semble que les humains apprécient particulièrement le beu.

Je comprends instantanément qu'il veut dire bœuf et j'acquiesce poliment.

Il poursuit, toujours le regard dans ma direction :

– Ici, il est certainement un peu différent, d'aspect et de goût, mais vous devriez retrouver des saveurs très similaires. Je vous propose donc de déguster en plat principal des côtes de fomeu grillées juste ce qu'il faut pour préserver la saveur optimale de cet animal. Vous m'en direz des nouvelles. Pour le reste du repas, je vous laisse découvrir nos spécialités.

Puis il se tourne vers la reine et demande :

– Reine Mednée, vous souhaitez ajouter quelque chose ?

– Non. Enfin oui. Les chitos sont des agriculteurs, des éleveurs, des cuisiniers, absolument prodigieux, et ce ne sont qu'une partie de leurs compétences. Nous sommes différents, ofrates et chitos, mais si complémentaires. Encore merci pour ce repas, roi Souma et je n'ai plus que deux mots à dire : bon appétit.

Ces mots justes prononcés, des chitos arrivent dans la pièce, tenant des plats et se mettent à servir chacun des convives autour de la table avec élégance.

Durant ce service, j'observe Frantz qui me paraît extrêmement préoccupé et fermé.

Je veux lui demander ce qu'il ne va pas, mais Shadja me prend le bras et me dit :

– S'il a quelque chose à dire, il te le dira. Laisse-lui le temps.

Je m'adresse à Shadja d'un ton mêlé de contrariété et d'énervement :

– Que lui a-t-elle fait pour qu'il soit dans cet état ?

Elle me répond calmement :

– Elle lui a montré une réalité. C'est maintenant à lui de t'expliquer de quoi il retourne.

– Je ne comprends pas.

– Tu comprendras.

– Shadja, est-il possible que tu me donnes une réponse concrète sans toujours m'indiquer que je comprendrais plus tard.

– Oui, mais seulement lorsque c'est utile et que tu es en parfaite disposition pour l'accepter.

– Et je ne suis pas en état de l'accepter ?

– Non.

– Pourquoi ?

– Tu…

– Comprendras. J'ai saisi le concept. Une dernière question. Tu estimes – que je serais en état de comprendre quand ?

– Le moment venu.

– Merci Shadja.

Elle commence à m'agacer à me prendre pour un enfant en permanence. Je sais que je ne suis pas roi, ministre où que sais-je, mais je suis en état d'assimiler des nouveautés. D'un côté, on me donne des Rheitajra par ci, et on me snobe par là. C'est énervant et je commence à me poser des questions sur la volonté exacte de ces deux peuples.

Je dois rester calme, car je ne suis pas seul dans cette galère. Rester calme, mais prudent et aux aguets.

D'un autre côté, s'ils avaient voulu nous tuer, ils auraient pu le faire depuis bien longtemps. Par contre, ils ont tué Inès. Ils nous considèrent comme des êtres importants. Ils nous infantilisent également. La reine m'appelle son frère. J'ai eu une vision déstabilisante. J'ai du mal à me faire une idée sur ce que je dois faire, sachant que je suis le plus haut gradé de l'équipage présent. On m'a appris à piloter, à m'adapter dans la nature, à protéger, à maîtriser un homme voulant en découdre, à utiliser une arme, à rester calme quelle que soit la situation, mais je me sens désemparé. Rien de ce que j'ai appris ne m'a préparé à pareille situation. Et le pire, c'est que si je me base sur mon instinct, j'aurais envie de leur faire une totale confiance.

Je me décide à faire confiance tout en étant méfiant, dans un premier temps.

Le repas avance et je découvre le plat principal vanté par le roi Souma, la côte de fomeu. Le goût est très proche du bœuf, je le concède, mais les saveurs sont beaucoup plus prononcées. Peut-être est-ce dû à l'élevage au grand air et non dans l'espace, dans un environnement terrestre reproduit. J'en profite pour demander au roi Souma s'il me sera possible de découvrir à quoi ressemble un fomeu, ce qu'il accepte sans problème.

Je remarque que durant le repas, la reine Mednée me regarde fréquemment, me scrute avec insistance, mais lorsque mon regard tombe sur le sien, ses grands yeux en amandes profonds me laissent à penser qu'il n'y a que de la bienveillance de sa part.

Frantz reste très fermé et son regard se dérobe dès que je tombe dessus. Il va me falloir avoir une discussion avec lui, une fois le repas terminé.

Durant ce repas, je discute longuement avec Shadja, mon charmant garde du corps attitré. Elle m'explique que Drakkon, l'endroit où nous sommes, est un des sièges de la résistance contre les aryotes. Les aryotes sont arrivés sur Chuto et Ofra il y a près de quatre-vingts ans et ils ont démarré une colonisation progressive et sans pitié des deux planètes, comme ils l'ont fait dans d'autres galaxies. Elle m'explique que ce sont des guerriers, plutôt primaires qui récupèrent la technologie des espèces qu'ils colonisent pour l'utiliser dans l'armement d'une manière ou d'une autre. Lorsqu'ils colonisent, ils font bien attention à asservir et non à détruire, afin de pouvoir profiter du travail, agricole, technologique, sans pour autant devoir effectuer le travail eux-mêmes. Lorsque je lui demande de me les décrire, elle m'explique qu'elle m'en montrera en image numérique et que ce sera plus parlant pour moi qu'une longue description. Elle m'explique ensuite Drakkon, un des sites de résistance. C'était un volcan très actif de la mer dentée, il y a encore quelques centaines d'années, et nul n'osait s'approcher de cette zone. Les machines s'étouffaient sous les braises, les chitos mourraient sous la chaleur, et une fois sous la pluie de cendre, il n'était plus possible de se repérer, ni de se déplacer comme bon vous semblait, car les instruments se déréglaient et il n'y avait aucune visibilité. À l'arrivée des aryotes, l'idée de faire renaître artificiellement ce volcan, pour créer un point de ralliement, un point de sauvegarde pour les chitos et ofrates ayant besoin de protection a émergé. La technologie était là. Elle me fait remarquer qu'il n'y a pas vraiment d'armes à Drakkon, mais des machines pouvant résister aux cendres, capables également d'en créer artificiellement, et quelques autres forts utiles pour se déplacer. Je suis impressionné qu'ils possèdent la technologie pour faire vivre artificiellement un volcan éteint. Elle m'explique alors que les chitos maîtrisent la nature, sur leur planète, et que les ofrates sont très inventifs en termes de technologie. Les matières premières nécessaires proviennent de Chuto même. Après, des scientifiques ofrates ont réalisé les plans, les outils et formé des chitos à leur maintenance. Je lui demande s'il me sera possible de voir la façon dont ils s'y prennent pour provoquer ces éruptions artificielles. Elle m'explique qu'elle le fera, mais pas tout de suite, car elle doit tout d'abord pouvoir être sûre de moi. J'ai envie de lui dire que c'est le monde à l'envers, mais je m'abstiens.

Alors que je suis en pleine réflexion sur ce que vient de me dire Shadja, que Frantz est toujours aussi fermé sur lui-même, que Ricardo et Gisela sont dans leur bulle d'amour, ne s'intéressant à rien d'autre qu'à eux, une ofrate entre dans la salle, se dirige vers la reine et lui murmure quelque chose à l'oreille.

À cet instant, la reine se lève et annonce d'un ton grave :

– Un communiqué urgent vient d'arriver et, pour être parfaitement transparente avec vous, va être diffusé en direct. Il provient des aryotes.

Un bruit se fait entendre dans mon dos. Je me retourne. Le mur derrière moi se change en écran et je découvre, avec stupéfaction, un être tout droit sorti d'un roman de science-fiction. Cet être s'exprime avec une voix robotisée, dans une langue que je ne peux comprendre. Il ne possède pas de tête, pas de bouche, pas d'yeux et il est entièrement argenté et métallique. Une ligne droite sans tête relie les deux épaules. À chaque extrémité, les bras, mais une autre paire de bras est au milieu du torse, presque carré, en dessous des autres. Deux paires de jambes musclées et des pieds, ou pattes, possédant huit orteils, longs et épais, symétriquement situés autour de l'axe de la jambe. Je pense aussitôt à des pieds tout-terrain et cette pensée me fait sourire, ne comprenant pas ce que ce personnage dit. Mon sourire se fige rapidement lorsque je découvre à l'écran le capitaine Pirlo, Loïc, la responsable de la cité où nous avons atterri et son mari. Même si je ne comprends pas les sons émis par cet être, j'imagine de suite qu'un ultimatum est en cours, et qu'un échange est demandé.

L'image se coupe alors.

Je me retourne vers la reine et je découvre son visage fermé ainsi que celui du roi des chitos.

La reine se lève subitement et explique froidement qu'elle doit se retirer pour s'entretenir avec le roi Souma et qu'elle nous verra demain.

Ils quittent la pièce ainsi que tous les chitos.

Je me tourne vers Shadja et lui demande ce qu'il se passe, et pourquoi j'ai vu le capitaine Pirlo, Loïc, Kotia lira Kotia et son mari dans cette vidéo.

Elle me prend le bras, me tire légèrement avant de dire :

– Il est l'heure d'aller nous coucher.

– Mais…

– Tu auras tes explications, mais dans ta suite.

– OK.

Je devine Ricardo, Gisela et Frantz très inquiet. Shadja appelle deux chitos pour les raccompagner et nous les suivons.

À peine, moi et Shadja sommes arrivés dans ma suite que je lui demande :

– Alors que se passe-t-il ?

Elle se met à faire les cent pas devant moi, visiblement anxieuse, avant de subitement me dire :

– Je ne devrais pas t'en parler.

– J'en sais trop ou pas assez, mais tu ne peux pas me laisser comme ça. Il y a mon capitaine en jeu.

– Tu me promets de rester calme ?

– Je suis calme.

171

– Ils ont détruit une partie du village où nous t'avons recueilli et kidnappé la responsable et son mari.

– Non.

– Si. Et ils veulent un échange contre la vie de ces êtres, dont tes amis.

– Quel échange ?

– Le fils des soleils contre eux et la survie du village.

– Et qui est le fils des soleils ?

– À ton avis ?

– Je n'ai pas d'avis. Je te pose une question dont j'ignore la réponse.

– C'est toi.

– Moi quoi.

– Ils te veulent en échange.

– Pour quoi faire ? Pourquoi moi ? Je ne suis personne. C'est un véritable cauchemar.

– Parce que tu es le Rheitajra. Ta légende est partout dans les galaxies.

– C'est une blague ?

– Non. Et, visiblement, ils savent qui tu es et que tu es là.

Je prends ma tête dans mes mains, et me mets à paniquer sérieusement, car je commence à croire que tous pensent que je suis réellement ce Rheitajra. Comment leur expliquer que ce n'est pas moi. Je ne suis qu'un simple pilote. Il y a forcément erreur sur la personne. D'un côté purement humain, si me livrer permet de libérer le capitaine, Loïc, Kotia et son époux, ce sera toujours cela de gagné, même si je doute que je vais passer du bon temps une fois en détention, si toutefois ils ne m'abattent pas pour l'exemple.

D'ailleurs que veulent-ils faire de moi ? Autant le demander à Shadja :

– Sais-tu ce qu'ils comptent me faire, une fois livré ?

Elle semble réfléchir un instant et me répond :

– franchement, je ne sais pas. C'est un peuple guerrier, plutôt violent, et morphologiquement constitué pour le combat. La réflexion n'est pas forcément ce qui les caractérise. Par contre, il semblerait qu'ils prennent ton existence et ta présence très au sérieux. Pour cela, j'imagine qu'ils te réservent, soit une mort violente et publique, soit une détention longue et inconfortable pour t'exhiber auprès des colonies et mater toute velléité de résistance. Dans les deux cas, nous n'y gagnerons rien, et toi d'autant moins.

– Mais cela permettrait de sauver quatre vies et le reste du village.

– Pour combien de temps.

– Le capitaine Pirlo est un homme bien et il est mon supérieur. Je me dois de lui sauver la vie, même s'il faut sacrifier la mienne.

– Il est ton supérieur sur Europa. Ici, et partout en dehors de votre ville flottante, ta vie, ta position sociale, ton importance est bien au-delà de toute notion humaine. Ma mission est de te protéger, quoiqu'il en coûte et il est absolument hors de question que tu te livres pour sauver quelques vies. La reine et Souma sont d'accord sur ce point et il n'y a pas de vies qui valent la tienne.

– Si.

– Qui donc ?

– La tienne, celle du capitaine, de la reine, d'un petit chito. Je sais qui je suis et je suis désolé de t 'annoncer que je ne suis pas le fils des soleils, comme tu dis et qu'il m'est absolument impensable de les laisser mourir sans rien faire, que cela vous plaise ou non. Je me livrerai demain et tout sera oublié.

– Non.

– Je ne pourrai plus me regarder en face si je ne le fais pas. Et je ne pourrai plus regarder personne dans les yeux, même pas mes

173

parents.

– Mais c'est trop tôt Maxime, tu ne comprends pas.

– Je comprends que, si je suis effectivement ce que tu dis, je ne peux laisser cela se passer. Et si je suis ce que tu dis, il ne m'arrivera rien.

Je devine des larmes translucides sur son visage et elle ajoute :

– Si tu te livres, je t'accompagne.

– C'est absurde. Qui essaiera de me sortir de là ?

Une sonnerie retentit.

Surpris, je demande à Shadja ce que c'est. Elle m'indique que Frantz est à la porte extérieure et souhaite entrer.

Elle le fait entrer sans attendre mon accord.

Je lui propose de s'asseoir à nos côtés au salon.

Il s'installe face à moi et je lui demande ce qu'il se passe.

Son visage est fermé et il semble porter le poids du monde sur ces épaules. Que va-t-il m'apprendre de plus ? Comme si tout cela n'était déjà pas suffisant.

Il attaque timidement :

– Mon lieutenant. J'ai un lourd secret à vous avouer. J'ai été engagé par Mr Marveaux pour vous accompagner sur ce trajet.

– Killian ?

– Oui. Nous devions vous faire sentir en totale confiance en notre compagnie et profiter d'un moment où le capitaine serait absent pour nous occuper de vous.

– Vous occuper de moi ?

– Vous tuer ?

– Et qui est le nous ?

– Inès.

Je bondis de mon fauteuil et crie :

– Tu es un menteur. Inès m'aimait et je...

– Elle était payée pour cela. Elle devait vous séduire et vous abattre, et je devais assurer ces arrières.

Je me rassois. Tout mon être se dérobe sous ces révélations.

Il poursuit :

– Elle était capable de ramener l'unité à bon port, elle avait été formée pour. La disparition du capitaine et de Loïc facilitait l'acte. Nous n'avions qu'à vous faire disparaître et rentrer sur Europa. Il y avait des réparations à réaliser avant de pouvoir repartir et nous avions encore besoin de vous. Elle allait vous abattre lorsque les chitos l'ont tuée. Vous n'aviez rien vu. Nous avions presque réussi. Je suis désolé. Je sais que je ne pourrai jamais me rattraper, mais plus je vous connais, moins je regrette que tout ne se soit pas déroulé comme prévu. Vous êtes un homme intègre et une âme forte.

Je suis anéanti par ce qu'il vient de me dire. Je trouve la force de lui demander :

– Pour quelle raison Killian souhaitait m'abattre ?

– Je n'en ai aucune idée. Nous étions juste assigné pour cet acte.

– Et vous alliez laisser le capitaine et Loïc sur cette planète ?

– Oui.

Je me lève et quitte le salon pour me diriger vers la chambre en titubant.

Je m'assieds sur le rebord du lit flottant et prends ma tête entre mes mains. Rien n'est ce qu'il paraît être et je commence à ne plus rien comprendre. Killian, cet homme important, malgré le peu de compétences qu'il possède, a payé des personnes pour me tuer. Après m'avoir pourri la vie, jeune, m'avoir volé la femme de ma vie, il veut me faire tout simplement disparaître. Pour quelle raison ? Ne m'a-t-il pas suffisamment dépossédé qu'il faille encore qu'il me vole ma vie ? Et imaginer un tel scénario, venant de lui, cela me paraît si peu probable. C'est un idiot, comment aurait-il pu imaginer cela seul ? Qui est derrière tout cela ? Delilah ? Non, je sais qu'elle m'aime encore un peu. Je ne saurai sûrement jamais qui est le commanditaire. De toute façon, ce fût un échec. Et demain, ma vie va sûrement s'arrêter, mais je commence à ne pas le regretter. Finalement, j'ai déjà perdu l'amour de ma vie, et l'homme qu'elle a choisi à ma place, a voulu me tuer, ainsi que cet être pour lequel j'aurai donné ma vie et que j'ai aimé quelques instants. Comment suis-je le fils des soleils, moi, avec un passif comme ça. D'un autre côté, j'ai découvert qu'il y avait de la vie ailleurs, intelligente, attachante, bizarre, et je serai l'un des pionniers. Et puis, j'ai l'impression, même si je dois, dorénavant, faire attention aux sentiments, que Shadja est honnête avec moi, et qu'elle ne joue pas. Mais je dois faire ce qui doit être fait.

J'ai soudainement envie d'un verre d'alcool. Me mettre la tête à l'envers, une dernière fois, pour dormir comme un bébé et ne plus penser.

Shadja entre dans la chambre à cet instant et me dit avec tristesse :

– Je suis désolée que tu l'ais appris de cette façon.

Je me lève et lui dit d'un ton faussement enjoué :

– Pas de soucis. Par contre, j'aurai bien envie d'un verre d'alcool. Ça existe ici ?

– Oui, bien sûr, mais il est préférable que ce soit avec modération.

– Tu peux m'en avoir ?

– Il y en a ici.

– Dans l'appartement ?

– Oui.

Nous nous retrouvons dans le salon, et elle a une bouteille transparente au contenu violacé en main. Elle remplit deux verres de ce liquide.

Elle me demande :

– Je peux me joindre à toi ?

Je ne peux qu'accepter sa requête. Après avoir trinqué tous les deux, je goutte le breuvage. Il est épais, fruité, agréable en bouche, mais je ressens l'alcool instantanément. Exactement ce qu'il me faut. Je termine mon verre en quelques secondes et me ressers aussitôt.

Shadja me dit :

– N'abuse pas, c'est très fort.

– Je profite de cette soirée en ta compagnie.

Je bois une grosse gorgée qui me brûle l'œsophage et ajoute :

– En quelle circonstance buvez-vous habituellement, chez vous ?

Shadja me répond du tac au tac :

– Avant l'acte d'amour, pour désinhiber le corps et l'esprit.

Cette réponse me fait sourire et je demande :

– Tu as déjà fait cela pour arriver à l'acte ?

– Oui.

– Avec ton amour ?

– Non. Des actes sexuels pour me préparer à celui qui m'est promise.

– Tu le connais ?

– Oui.

– Et tu l'aimes ?

– Oui.

– Et il t'aime aussi ?

– Peu m'importe. Il est ma destinée.

– Mais l'amour c'est à deux, non ?

– Tu comprendras plus tard.

– Encore une fois, le "plus tard". Si tu veux. Mais l'être à qui tu es destinée a bien de la chance et, si je suis toujours là, je veillerai à ce qu'il t'aime et te respecte.

Je finis la phrase difficilement et mon regard se trouble, mon corps s'alourdit, et…

Chapitre 9

5 juillet 2115,

Je reviens à moi progressivement. J'ai la bouche pâteuse, mal au crâne jusqu'aux yeux, même s'ils sont encore fermés. L'alcool local m'a vraiment fait de l'effet et je me dis que j'aurai dû écouter Shadja.

Lentement émerger pour ne pas brusquer ma machine interne qui ne me semble pas dans son meilleur état de forme. Je me souviens soudain qu'aujourd'hui va être une journée plus que particulière. Je dois être échangé contre Le capitaine Pirlo, Loïc, Kotia et son mari. C'est peut-être mon dernier réveil, autant en profiter. Et si certains autres jours suivent, ce ne sera sûrement pas dans le confort d'un suspenseur où, quoi qu'il arrive, il est impossible de s'attraper un torticolis, ni d'être mal à l'aise à se tourner et se retourner pour trouver une position.

J'ai un regret tout de même concernant la soirée d'hier. Elle m'a semblé si courte. J'aurais aimé profiter un peu plus de Shadja, discuter avec elle et, pourquoi pas, la découvrir plus intimement. Mais cela devait se passer comme cela et finalement ce n'est pas plus mal. Je garderai le goût du dernier baiser de Delilah, le souvenir de son corps lors de notre ultime étreinte. Je regretterai de na pas avoir pu fonder un foyer avec elle, lui donner un enfant et essayer de la rendre heureuse. Mais elle a choisi Killian et est peut-être à l'origine de la tentative de meurtre me concernant. Finalement, je n'en veux pas à Frantz. Je suis déçu par Inès, mais elle n'est plus. Quelle sacrée comédienne tout de même. Dans une autre vie, je serai peut-être un homme heureux, amoureux, en couple, avec des enfants. Mais dans celle-là, mes heures sont comptées. Mais je n'ai rien à regretter. Découvrir une planète habitable, ces habitants, c'est déjà plus que je n'aurais imaginé et que personne ne vivra jamais. Lorsque j'avais des cours d'histoire de la Terre, je me souviens de celui qui m'avait profondément marqué à l'époque : c'était un navigateur qui, en voulant prendre une nouvelle route pour rejoindre l'Inde, découvrit les Amériques. Je crois qu'il se nommait Christophe Colomb, mais ma mémoire me joue peut-être des tours. Dans quelques siècles, je serai peut-être considéré comme le nouveau Christophe Colomb de l'espace, qui sait. Si mon passage pouvait laisser quelques traces, ce ne serait pas mal. De toute façon, quoi qu'il arrive dans les prochaines heures, il y a des chances que je ne puisse pas m'en féliciter, ou seulement à titre posthume.

Bon, sur ces pensées déprimantes, il va me falloir retrouver la vraie vie. Un petit effort pour ouvrir les yeux et... Où-suis-je ?

Je ne suis pas dans la chambre où je suis censé être. Les murs sont sombres, la pièce est petite.

Je me redresse et m'aperçois que Shadja n'est pas à mes côtés. Que se passe-t-il ? Je suis peut-être en plein rêve ou en plein délire.

Je me redresse rapidement et quitte ma couche. Je m'aperçois rapidement que je suis nu. L'alcool aidant, j'espère que je n'ai pas fait n'importe quoi et ne m'en souviens pas. Je découvre mes vêtements de la veille pliés sur une table à côté du lit.

La pièce est sombre, mais suffisamment lumineuse pour que je réussisse à m'habiller.

Il y a une porte. Je me dirige vers elle et l'ouvre avec conviction. Je me mets à suffoquer tellement l'air est chaud et empli d'humidité. Alors que je me concentre complètement sur ma respiration, j'entends la voix de Shadja :

– Ça va ?

J'essaie de parler, mais j'ai du mal tellement la chaleur est oppressante.

Elle poursuit :

– Ne t'inquiète pas, cette sensation d'étouffement ne dure que quelques secondes, ensuite tes poumons vont s'adapter.

Qu'est-ce qu'elle en sait que mes poumons vont s'adapter, elle est humaine ? Non.

Soudain, je réalise que je ne suis plus sur Drakkon, tout du moins dessous. Il y a des arbres gigantesques partout autour de moi. Les feuilles de ces arbres sont énormes et tout semble sombre, même à l'extérieur.

Comme l'avait prévu Shadja, ma respiration reprend son rythme normal, mais je commence à avoir très chaud dans ma tenue.

Je réalise qu'il y a une dizaine de chitos à proximité de Shadja et ils me regardent tous avec ce que je crois être un mélange de crainte et d'admiration. Aucun ne dit un mot.

Shadja se dirige vers moi, me prend par le bras, et me tire vers la pièce dont je viens de sortir qui s'avère être creusée dans un tronc d'arbre massif.

Une fois à l'intérieur elle me demande si je vais bien.

J'ai la sensation d'aller bien, mais je ne comprends pas ce qu'il m'arrive, ni où je suis.

Une question me vient en tête :

– Faut-il que je me pince ou tout cela est réel ?

– Tout est réel.

– Alors, je ne comprends plus rien. Où suis-je ?

– À Mashitaggar.

– Pardon ?

– C'est un village rebelle en plein cœur des tropiques. Ce village est complètement isolé au milieu d'une vaste étendue de forêt dense, humide et très chaude.

– Et qu'est-ce que je fais là ?

– Nous avons construit ce village pour pouvoir, le cas échéant, protéger des personnes ou les isoler pour les interroger.

– Il n'y avait pas un échange prévu aujourd'hui ?

– Pas aujourd'hui non.

– Je ne comprends pas.

– Tu as dormi près de 72 heures, le temps pour nous de t'amener ici.

– Je repose la question. Et l'échange ?

– Il s'est fait.

Je crois devenir fou et réplique :

– Il ne s'est pas fait puisque je suis ici.

– Il s'est fait sans toi.

– Il s'est fait sans moi ? Et comment ? Vous aviez un sosie ?

– Frantz s'est proposé de prendre ta place.

– Il faut y retourner. Il était sous ma responsabilité.

– C'est bien trop tard.

– Comment s'est passé l'échange ?

– Nous t'avons évacué avant de le savoir. Et depuis, nous avons coupé tout lien communiquant pour éviter d'être repéré.

– Tu m'as donc drogué.

– En effet, oui.

– Personne n'est jamais ce qu'il paraît être à ce que je vois.

– Je t'ai dit que je devais veiller sur toi. C'est ce que j'ai fait. Tu es trop important pour que l'on te livre ainsi. Je t'avais prévenue.

– Mais Frantz ?

– Il voulait se racheter.

– Le capitaine, Loïc, Kotia et son mari sont vivants ?

– Nous l'ignorons. Ici, nous sommes coupés du monde, sans moyen de communiquer et loin de tout lieu habité. S'il y a un problème, ils viendront nous chercher.

– Il faut que j'aille voir.

– Non.

– Si. Je pars de ce pas.

182

– Ne m'oblige pas à t'enfermer dans cette pièce et te faire garder comme un vulgaire prisonnier.

– Tu n'en serais pas capable.

Elle crie :

– Gardes !

La porte s'ouvre. Deux chitos sont devant. Je cours vers la porte pensant qu'en les percutant je passerai. Peine perdue, je percute un mur et me retrouve à terre. Shadja sort de la pièce et avant que la porte ne se referme me dit :

– Ne m'en veux pas, c'est pour ton bien.

La porte se referme.

Mon ange gardien vient de se transformer en geôlier en quelques secondes et il m'est difficile d'accepter cette situation.

Moi qui commençais à l'apprécier, voilà qu'elle me kidnappe et m'enferme dans cette pièce sombre.

Je m'assois sur le rebord du suspenseur et me mets à penser à ce qu'il s'est passé ces dernières heures, ces derniers jours en essayant de reconstituer un puzzle logique.

Plus je réfléchis et plus je mets en doute tout ce qu'il vient d'arriver.

Supposons que je ne sois pas le Rheitajra, comme ils disent, cela ne serait pas d'une totale absurdité, sachant que je ne crois pas posséder une compétence spécifique phénoménale en quoi que ce soit. Je sais que je suis intelligent, mais parfaitement dans la moyenne, ou un peu au-dessus, mais rien d'exceptionnel. Je n'ai pas non plus de dons particuliers à part, peut-être, celui de pilote.

Supposons que leur objectif soit de nous étudier avant de nous éliminer. Ils essaieraient de nous mettre en confiance, avant de nous séparer pour que cela ne se voie pas trop et que nous soyons plus vulnérables, puis nous élimineraient dès qu'ils n'auraient plus besoin de nous.

Supposons que les aryotes ne soient qu'une supercherie pour

nous installer dans une sorte de frayeur indicible nous poussant à nous rapprocher des chitos et des ofrates. Le capitaine Pirlo et Loïc ne seraient pas bien loin.

Supposons également qu'Inès n'ait été tuée que pour entrer en contact et que toute l'histoire de Frantz ne soit qu'un mensonge forcé. Bizarrement, il s'est livré à ma place après m'avoir avoué sa trahison.

Cela fait pas mal de suppositions qui pourraient s'avérer être plus réelles que ce que l'on me dit.

Plus les minutes passent, enfermé dans cette chambre, et plus mes doutes prennent de l'ampleur. La seule question qu'il me reste à résoudre est pourquoi moi en Rheitajra, pourquoi pas le capitaine Pirlo, Frantz, Loïc ou Ricardo ?

Finalement, j'estime que cette réponse est accessoire. Sûrement un tirage au sort et j'ai gagné le droit de jouer un demi-dieu virtuel pendant quelques journées.

Maintenant, que dois-je faire ? M'enfuir ? Où ? Comment ? Je n'ai plus d'unité spatiale, je suis au milieu de nulle part, et sur une planète inconnue. Personne ne viendra me chercher. Je ne peux compter que sur moi.

Si je m'enfuis, il me faudra survivre en terrain hostile et surtout totalement inconnu. En me remémorant mes cours d'histoire terrienne, je me souviens que des hommes courageux ont bravé les dangers pour ce qu'ils pensaient juste et noble. Au minimum, je périrai, au maximum, je deviendrais un héro. Mais si je reste ma mort semble assurée. Autant tenter le tout pour le tout pour m'échapper, dans un premier temps, et gérer le reste au fil de l'eau et tentant d'avancer un peu plus à chaque instant et en espérant qu'une idée de génie me vienne.

Maintenant, il me faut trouver une théorie qui me permette de m'échapper. Prenons les problèmes les uns après les autres et celui-là n'est peut-être pas le plus simple.

La porte s'ouvre à cet instant et Shadja entre. Elle s'assoit à côté de moi et me dit :

– Je suis désolée de ce qu'il vient de se passer. J'ai tellement peur qu'il t'arrive quoi que ce soit que je perds les pédales. Tu n'es pas un prisonnier, et ma seule volonté est que tu restes en vie le temps d'être prêt.

Voilà ma porte de sortie : la mettre en confiance sur mes envies de fuite pour qu'elle baisse sa garde.

Je lui réponds :

– Pas de soucis, ce n'était pas non plus l'enfer de rester ici.

– Tu dois avoir faim. Allons manger et ensuite je te ferai découvrir le village.

– D'accord.

Quelques minutes plus tard, alors que nous mangeons en tête à tête dans une petite salle à manger creusée dans le pied d'un arbre, je sens Shadja troublée.

Il ne faudrait pas qu'elle se doute de mes intentions et j'essaie donc de savoir ce qu'il se passe.

Elle me dit :

– Tu ne me fais pas confiance.

J'essaie de garder mon calme et poursuis :

– Si c'est le cas, tu vas m'enfermer à nouveau ?

– Tu m'en veux. Je le sens. J'ai fait une erreur de jugement.

– Vous avez fait une erreur de jugement en me cachant vos intentions vis-à-vis de Frantz. Vous auriez dû m'en parler.

– Tu aurais refusé.

– Peut-être, mais me faire droguer n'était pas propice à me rassurer.

– C'était pour ta protection.

– Je suis capable de me protéger seul. Je croyais vous connaître et vous décidez à ma place comme si j'étais un vulgaire animal. J'ai mon mot à dire, non ?

– Tu as raison. Si tu veux t'enfuir, vas-y.

– Je ne comprends pas.

– Tu ne me fais pas confiance et je le mérite. Alors, tu peux t'enfuir ou bon te semble, je fermerai les yeux.

– Tu vas me faire suivre, ce n'est guère mieux que la détention.

– Non. Je respecte ton scepticisme et je veux que tu sois auprès de nous par choix et non par obligation.

– Tu vas me suivre ?

– Oui, mais seule et de très loin. À toi de savoir me perdre.

– C'est un jeu ?

– Non… ou plutôt si. C'est un jeu basé sur la confiance ou son absence. Nous sommes partis sur de mauvaises bases, mais je conçois que tout cela soit difficile à croire, d'autant plus que tu n'as pas été élevé ici et que tu nous découvres à peine. Alors, la garde est levée, tu as la forêt pour te sauver et, même si j'essaie de te suivre de loin, je ne te ferai jamais obstacle. Tu viendras à moi ou tu ne viendras pas et je l'accepterai.

– Dans ce cas, je pars.

– Va. Cours. Mais fais attention à toi.

Je me lève, et avant de quitter la salle lui dit :

– Merci pour tout Shadja. Dans une autre vie, vous seriez ma perfection.

Aucun garde à la sortie.

La forêt démarre juste contre l'arbre. Les herbes sont hautes et épaisses. La forêt semble très sombre, mais il me faut prendre cette alternative, même si une horde de gardes chitos se lancent à ma poursuite.

Je m'enfonce dans cette jungle épaisse et me mets à courir.

Je réalise soudain que s'ils me suivent, ils vont aller tout droit, tout comme je suis en train de le faire. Je me décide, après quelques centaines de mètres à bifurquer légèrement sur ma droite, puis encore sur ma droite, histoire de me diriger en sens inverse de la direction que j'ai prise initialement.

Par moment, la progression est difficile, car la végétation est vraiment dense et j'ai la sensation que toutes les zones de mon corps sont lacérées par les herbes hautes et les feuilles basses.

Il est difficile de progresser par moments, mais je poursuis coûte que coûte, pendant presque deux heures.

C'est à ce moment que je me décide à m'arrêter pour souffler un peu, mais aussi pour tendre l'oreille voir si quelqu'un me suit.

Aucun bruit aux alentours. Je poursuis ma marche en m'arrêtant toutes les 30 minutes pour vérifier que je suis bien seul.

Alors que, vu la végétation, je m'attends qu'à tout moment je puisse tomber sur un animal sauvage mal intentionné, rien ne se passe ainsi.

Cela fait presque huit heures, à vue de nez, que je marche et, soudain, j'entends un grand bruit de chute aussitôt suivi d'un son de feuillages piétinés.

Je m'arrête et me cache derrière un arbre.

Personne n'arrive.

Sûrement une bête sauvage. Il vaudrait mieux que je ne m'attarde pas trop ici.

Alors que je reprends ma route, la voix de Shadja pénètre dans ma tête.

Elle a peur et me demande de l'aider.

Je poursuis ma route, mais cette voix se fait entendre à nouveau et c'est une plainte de douleur et de peur et cette supplique de lui faire confiance.

Je comprends qu'elle est proche et visiblement en danger. Elle doit se situer là ou j'ai entendu les bruits il y a quelques dizaines de secondes.

Je pourrai partir en courant ou essayer de l'aider. Dans un cas, je pourrais trouver la liberté, dans l'autre, je ne sais ce que je trouverai.

Sa voix prend toute ma tête et elle me demande de lui faire confiance. Quelle que soit la suite me concernant, elle ne mérite pas ça et je ne peux la laisser ainsi.

Je fais demi-tour et cours en direction du bruit. Les feuilles et les herbes me lacèrent, mais je cours comme un dératé.

Je la découvre, de dos, assise, au milieu d'un amas de feuillages et d'herbes écrasées, contre un arbre géant, reculant lentement, et semblant complètement effrayée.

Je cours vers elle et arrivé à quelques mètres je m'arrête, ne voyant pas de danger particulier.

Elle se retourne vers moi, des larmes translucides aux yeux et m'implore :

– Aide-moi. Je suis désolée. Ais confiance en moi, s'il te plaît.

C'est exactement le rêve récurrent que je faisais sur Europa.

Je m'approche d'elle et lorsque je suis tout proche d'elle et que je veux la rassurer, avec un gros doute en suspend, j'entends un craquement de branchage à quelques mètres devant moi.

Je lève les yeux et découvre une sorte de gorille immense qui regarde Shadja avec de la furie dans le regard.

Il s'approche de nous, le regard furieux plongé vers Shadja. Il doit faire 3 ou 4 mètres de haut, avec des muscles énormes et un poil de couleur feu qui ajoute à son gigantisme.

Au lieu de m'enfuir n'étant pas armé, par réflexe imbécile, je cours quelques mètres pour me positionner entre ce mastodonte et Shadja.

Le monstre s'arrête et me toise, comme s'il se délectait de la vision de sa proie avant de la tuer et de la dévorer.

Je lance à Shadja :

– Va-t'en vite, je le retiens.

Elle me dit qu'elle ne peut pas bouger.

Je me mets à réaliser que mon idée est parfaitement stupide, car nous allons mourir tous les deux, maintenant.

La bête s'approche de moi lentement en se baissant légèrement pour fixer son regard dans le mien.

Je dois essayer de l'impressionner par le regard. Cela ne servira sûrement pas à grand-chose, mais je mourrai la tête haute.

Il s'approche toujours plus de moi pour s'arrêter à quelques pas.

Je tremble de tout mon être, mais reste immobile et mon regard figé dans le sien.

Il se baisse et poste sa tête énorme à quelques centimètres de la mienne. Elle doit faire la taille de mon corps à elle seule.

Ses yeux sont en face des miens et son visage se rapproche à toucher mon corps.

Je suis pétrifié, mais essaie de rester digne en conservant un regard méchant.

J'ai la sensation qu'il me sent quelques instants, sûrement pour se mettre en appétit.

Il se redresse soudain, et alors que j'imagine que ma dernière heure est arrivée, il se retourne et s'éloigne dans une démarche maladroite et dégingandée.

Je reste le regard figé sur cette bête jusqu'à ce qu'elle ne soit plus visible puis je me retourne vers Shadja.

Sa tenue est déchirée et un liquide presque fuchsia coule abondamment sous sa poitrine.

Je devine que c'est ce qui correspond pour elle à notre sang humain.

Je m'approche d'elle et lui demande ce que je peux faire.

Elle me répond faiblement qu'elle est partie sans emmener de trousseaux de premiers soins et qu'il n'y a rien d'autre à faire, car nous n'aurons pas le temps de rentrer au village.

Je lui demande si elle connaît un autre endroit où nous pourrions nous reposer pas trop loin d'ici et nous protéger, tout en arrachant ma chemise.

Je pose la chemise en boule sur la plaie de Shadja et lui demande de la tenir appuyée, le temps de trouver quelque chose pour la fixer.

Elle m'explique qu'il y a bien un lieu où je pourrai me mettre à l'abri à quelques kilomètres, mais qu'elle ne pourra pas m'y suivre. De mon côté, je vois qu'il n'y a rien autour de moi qui puisse fixer ce pansement de fortune. Je réalise que Shadja porte une sorte de robe ample dont je pourrai déchirer le bas pour lier ma chemise sur sa plaie.

Sans ne rien lui dire, je tire sur le bas de sa robe pour en arracher une partie, mais cette dernière cède au-dessus de ce que j'espérai, pour découvrir une partie de ses cuisses.

Malgré sa blessure, Shadja ne perd pas sa répartie et murmure :

– Si tu voulais voir mes jambes, il suffisait de le demander.

Je lui demande de se taire et de garder ses forces.

Après quelques minutes à fixer la chemise avec une partie de sa robe, je lui demande où nous allons.

Elle me murmure qu'elle reste là.

Voyant que ses forces sont de plus en plus limitées, je ne discute pas et lui demande de m'indiquer la direction à prendre, ce qu'elle fait.

Je la saisis sous les épaules, délicatement, et la soulève pour la porter dans mes bras.

Elle me murmure de la lâcher, mais je ne réponds rien et me mets à marcher dans la direction qu'elle m'a indiquée.

Quelques instants plus tard, elle perd connaissance.

Elle fait son petit poids, mais pas tant que j'imaginais et, je ne sais si c'est la rage de survivre ou la peur de la perdre, mais je me mets à avancer tel un automate, malgré les branches qui me lacèrent les bras et le visage.

Combien de temps je marche ainsi, Shadja évanouie dans mes bras, je l'ignore, mais je sais que chaque pas nous rapproche d'un endroit plus accueillant, du moins je l'espère.

Mes bras et mes épaules ne sont que souffrance, mais je continue en essayant d'ignorer ma propre douleur.

Une racine nous fait chuter une première fois. Je nous relève et nous repartons. Puis une seconde quelques dizaines de minutes plus tard. J'ai plus de mal à soulever Shadja.

À la troisième chute, je commence à me dire que je n'y arriverai pas, mais qu'il me faut continuer tout de même.

La quatrième chute se fait sans obstacle. Je n'ai plus suffisamment de forces et de courage pour avancer, même seul.

Je roule sur le dos pour essayer de récupérer un peu et éviter d'écraser Shadja, mais je sais que même si j'arrive, par miracle, à me relever, nous n'irons pas beaucoup plus loin.

Je ferme les yeux en espérant ainsi accélérer la récupération, mais je sais qu'il y a des chances que cela nous soit fatal, car je risque de m'endormir.

Ne pas dormir, juste respirer, reprendre des forces.

Un contact sur mes côtes. Je ne réagis pas. Un second, plus franc.

J'ouvre les yeux et sursaute. Devant moi se trouve une espèce de lion énorme, de couleur blanche, à la crinière imposante, mais avec un museau ressemblant à un chien et des dents saillantes et acérées.

Je m'assois en sursautant et me recule. Il pourrait ne faire qu'une bouchée de nous, mais il se poste face à moi et me regarde avec une sorte de tendresse animale. Je ne sais comment ni pourquoi, mais je comprends tout de suite qu'il ne me veut pas de mal.

Derrière lui, trois autres de ces bêtes nous observent, dont deux semblent plus jeunes, à première vue.

Je ne sais ce qu'il se passe entre cet être et moi, mais celui qui me semble être également de taille adulte s'allonge de toute sa masse. Mon interlocuteur privilégié me regarde dans les yeux et d'un signe de tête, vise le dos du second être.

Je comprends qu'il veut que je mette Shadja sur son dos.

Je me lève, avec le peu de force qu'il me reste et soulève Shadja pour la caler, sur le dos du second lion blanc à la tête de chien.

D'un signe de tête, le premier m'indique d'avancer pour lui montrer le chemin.

Il ne me reste que peu de forces, mais je me mets à avancer, où tout du moins tituber.

Cet être, qui semble être le chef se poste contre moi. Je saisis sa fourrure à pleine main pour rester debout, mais au bout de quelques centaines de mètres, je finis par chuter à nouveau.

Il s'allonge à sol et m'indique son dos. Je grimpe dessus sans me faire prier.

Le convoi démarre ainsi et sous l'effet des ondulations de la démarche de ma monture, je ne tarde pas à m'endormir.

C'est le contact avec le sol qui me réveille.

J'ouvre les yeux et découvre que je suis allongé sur du sable fin devant une sorte de lac dont l'eau est d'un vert émeraude transparent. Shadja est à mes côtes, endormie.

Je me retourne et vois nos quatre sauveurs, au loin, s'éloigner.

M'occuper de Shadja, et vite.

Je lui enlève le bandage de fortune et ma chemise devenue compresse couverte de son sang. Son sang a également imbibé ce qu'il reste de sa robe.

Je la prends dans mes bras et entre dans l'eau du lac avec elle, afin de nettoyer la plaie et qu'elle puisse boire un peu pour reprendre ses esprits et m'indiquer ce que je dois faire. Je n'ai pas le temps d'essayer de nettoyer sa blessure qu'une nuée de petits vers ressemblants à des sangsues se jette sur nous et particulièrement nos plaies. Mes bras lacérés sont envahis et une nuée de ces bestioles s'est formée autour de la blessure de

Shadja.

Je veux quitter l'eau, Shadja dans les bras, pour la protéger de cette attaque, mais la douleur de la succion de ces bêtes me fait la lâcher. Je la récupère tout de même avant qu'elle ne s'enfonce sous l'eau.

Alors que je veux arracher ces vers de la plaie de Shadja, je remarque qu'elles tombent peu à peu de mes bras et que mes plaies sont cicatrisées.

Je me décide à laisser faire cette nature dont j'ignore les secrets.

Quelques minutes plus tard, les vers finissent par quitter l'abdomen de Shadja, ne laissant qu'une légère cicatrice.

Ces vers sont absolument miraculeux.

Je ramène Shadja sur le sable et la dépose délicatement.

Maintenant que la plaie de Shadja semble cautérisée, il va me falloir essayer de nous trouver à boire et à manger. N'ayant aucun objet sur moi me permettant de chasser, je crois que cela va s'avérer compliqué. Pour l'eau, je peux peut-être essayer de boire celle du lac et si elle me semble potable, en donner à Shadja. Mais pour la nourriture, il y a peu de chances que j'arrive à tuer un quelconque animal à main nue. Et quand bien même, comment ferais-je du feu pour le cuire, je n'ai pas de briquet ni quoi que ce soit susceptible de me fournir ne serait-ce qu'une étincelle.

Je jette un œil sur notre environnement direct. Le lac semble immense et sa couleur vert émeraude est simplement magnifique. Derrière nous et semblant entourer le lac, la forêt peuplée d'arbres gigantesques. À quelques centaines de mètres sur ma gauche, une zone semble un peu différente. Les arbres sont plus épars et je devine des rochers gris formant un début de falaise plongeant sur le lac.

Avant d'aller à la chasse ou à la cueillette pour nous sustenter, il me faut nous mettre à l'abri, car nous sommes trop à vue d'éventuels prédateurs.

Malgré le peu de forces qu'il me reste, je me décide à prendre

Shadja dans mes bras et à nous approcher de ces falaises en espérant trouver un endroit protégé. Je marche avec grande difficulté, mes pieds s'enfonçant dans le sable fin et devant lutter avec les muscles de mes bras endoloris par le poids de Shadja.

Après quelques secondes, une voix faible me murmure :

– Je vais finir par croire que tu y prends un certain plaisir.

– Ne dis rien, récupère juste.

– Où m'amènes-tu ?

– Vers des rochers où nous pourrons être à l'abri.

– Pose-moi deux minutes, tu es mort de fatigue.

J'accepte volontiers de faire une pause et l'assois sur le sable.

Elle se redresse, s'observe quelques instants, touchant sa blessure presque disparue, me regarde torse nu, découvre le lac puis me demande :

– Tu as réussi à nous amener jusqu'ici ?

– Pas exactement.

– Comment ça ?

– Je t'expliquerai plus tard, pour le moment, il faut que l'on trouve un lieu où nous pourrons récupérer. Je pensais à ces falaises là-bas.

Je tends le bras dans leur direction. Shadja se tourne dans la direction que j'indique et me dit :

– Cela me semble une excellente idée. Mais nous n'y arriverons pas si tu me portes. Aide-moi à me lever.

Je n'ai pas le temps de lui indiquer mon désaccord qu'elle est déjà debout et se pend à mon coup de ses bras, avant d'ajouter :

– Surtout, ne m'aide pas.

Je la prends par la taille et elle me dit :

– Tu peux m'aider à m'approcher du lac ?

J'obéis et nous nous approchons de ce dernier.

À peine devant, elle s'avance dans l'eau. Je la suis. Elle fait quelques pas supplémentaires jusqu'à avoir de l'eau à la taille avant de basculer en avant et disparaître sous l'eau.

Je fais les quelques pas qui nous séparent en courant et l'attrape par la taille pour la remonter à la surface.

Elle se redresse aussitôt, la bouche et les yeux rieurs et elle me dit :

– Normalement, c'est moi qui dois te protéger et pas l'inverse.

Je n'ai rien à rétorquer.

Elle ajoute :

– Tu devrais essayer de te baigner aussi. Et profites-en pour boire. L'eau, ici, est d'une rare pureté.

J'entre dans l'eau jusqu'aux épaules avec la crainte que les sortes de sangsues ne viennent s'attaquer à nouveau à moi, mais rien de tel ne se passe. Je finis par plonger dans cette eau émeraude et transparente. Je devine une nuée de minuscules poissons tout autour de moi.

Alors que je remonte à la surface, je ne vois point de Shadja aux alentours. Je regarde partout autour de moi, mais pas l'ombre d'un remous.

Je l'appelle une première fois, sans réponse. Une seconde, et toujours aucune ondée et un silence parfait. Pas une once de présence ne trahit dans quelle direction je dois la chercher. Je commence à paniquer lorsque son visage apparaît, à quelques dizaines de mètres de moi, souriant et détendu. Malgré tout ce qui nous sépare, elle est d'une beauté à couper le souffle et je dois bien avouer que je commence à m'y attacher plus qu'il ne le faudrait.

Elle doit s'apercevoir du trouble qu'elle provoque en moi, car elle me sourit et s'approche de moi, lentement, presque sans une ondée autour d'elle, comme si son corps n'impactait pas l'eau, me regardant dans les yeux, profondément, sans que je puisse

195

m'échapper de ce dernier.

Elle stoppe à quelques centimètres de moi, et alors que par je ne sais trop quelle pulsion, j'ai envie de l'embrasser, elle me lance :

– Et si nous sortions de l'eau et rejoignions les rochers ?

Elle n'attend pas ma réponse et se dirige vers la berge. Je la suis sans mot dire.

La température est telle que je ne ressens pas de fraîcheur, malgré ma chemise manquante.

Quelques minutes de marches et nous nous retrouvons devant les premiers rochers. Nous escaladons un premier rocher de 3 à 4 mètres de haut, puis un second, ainsi qu'un un troisième, avant de nous trouver nez à nez avec une falaise de plusieurs dizaines de mètres, impossible à deviner de la plage, tant la végétation est dense.

Shadja me montre une cavité à quelques mètres au-dessus de nous, mais n'ayant jamais grimpé ainsi le long d'une paroi je lui indique que cela risque d'être compliqué pour moi.

Elle s'approche de la paroi, s'accroche à elle et se met à grimper comme une araignée le long de cette falaise abrupte. Le temps qu'elle monte, j'ai l'étrange pressentiment que je vais rester en bas et que, au final, je ne m'en porterai pas plus mal.

Elle atteint la cavité et disparaît de mon champ de vision pendant quelques minutes.

Que dois-je faire ? L'attendre ici ? Essayer de monter ? De sauter ? Je n'ai pas ses capacités.

Une sorte de liane tombe à mes pieds et j'entends la voix de Shadja me demander ironiquement :

– Tu sais au moins grimper à la corde ?

Je me sens vexé, mais je dois bien avouer que je n'ai jamais été très fort à ce sport. Je saisis la liane à deux mains et me mets à me hisser et ensuite je replie mes jambes, pose mes pieds contre la liane. Mes pieds accrochent à la liane et je n'ai aucun souci pour poursuivre ma montée. Une dizaine de mètres à monter ainsi, temps pendant lequel je me dis qu'il ne faut surtout pas que je regarde en bas, que je me laisse distraire, mais que je dois simplement rester concentré sur mon objectif : la cavité.

Arrivé en haut, Shadja m'aide à m'y hisser.

C'est un plateau de quelques dizaines de mètres carrés, à la roche grise, mais couverte d'une fine couche de végétation et de petits arbustes. Mais ce que je découvre est presque incroyable : l'entrée d'une grotte de près de trois mètres de hauteur et presque tout aussi large. Nous tenons notre abri pour passer la nuit.

Nous y entrons et découvrons qu'elle n'est profonde que d'une dizaine de mètres, et ressemble plus à une demi-tente igloo qu'à l'idée que l'on se fait des grottes, avec milles stalactites, stalagmites, passages secrets et cours d'eau cachés. D'un autre côté, voici déjà un refuge.

Shadja se met alors à l'œuvre en ramassant des feuilles d'arbustes, des branches, quelques petites pierres et des baies ressemblant à des prunes, en plus grosses et de couleur orangée. Elle récupère vite.

De ces feuilles, elle constitue une sorte de couche dans la grotte et un genre de couverture. Puis, elle coupe les branches en brindille et les positionne en tas devant la grotte. Elle utilise ensuite les pierres pour créer des étincelles et enflammer les brindilles.

La nuit tombe et la fraîcheur se fait sentir.

Elle me demande de m'installer auprès du feu pour me réchauffer pendant qu'elle poursuit sa cueillette de brindilles. J'obéis.

Le tas commence à devenir conséquent et il ne reste plus grand-chose des arbustes présents sur le plateau.

Elle finit par s'asseoir à quelques mètres de moi, devant le feu et me dit :

– La nuit, la température baisse beaucoup et, sans chemise, tu vas avoir froid.

– Et toi ?

– Moi, je suis habituée. Je viens d'une planète où la température habituelle est bien inférieure à la plus basse ici. Je suis habituée et mon corps le supporte très bien.

Nous nous retrouvons dans une situation ubuesque, tout cela parce que j'ai voulu fuir le camp, pour de bonnes raisons peut-être, mais je m'en veux et le lui dis.

Elle me répond :

– Tu n'as pas à t'excuser. Nous aurions dû te prévenir de ce que nous voulions faire. Ce sont tes amis. Mais, tu es important pour nous et tu n'es pas prêt et peut-être que nous non plus, finalement.

– J'ai mis ta vie en danger.

– Ce n'est pas grave. Mais tu as mis la tienne en danger, de plus pour me sauver. C'est à moi de te protéger, pas l'inverse.

– Je ne peux laisser les gens mourir sans rien faire. Et ta vie est aussi importante que la mienne.

– Tu te trompes, mais merci de m'avoir sauvée, de m'avoir amenée au lac des blessés.

– Pourquoi ce nom ?

– Les rhyngobés, ces petits êtres que tu as dû voir, sont attirés par le sang et viennent cautériser les plaies en s'en nourrissant.

– Je les ai vues, en effet.

– Mais explique-moi comment tu as pu faire ce trajet depuis la forêt.

– Comme je te l'ai dit, j'ai essayé, mais j'ai eu un peu d'aide.

– Quelle aide ?

– Une sorte de félin gigantesque, de près de 4 mètres de hauteur, avec une crinière blanche et un museau, et des dents presque aussi grandes que moi.

– Un sigomore ?

– Peut-être.

– Ce n'est pas possible.

– Je ne te décris peut-être pas bien ce que j'ai vu.

– Les sigomores sont les prédateurs les plus féroces de cette forêt. Ils se déplacent sans bruit et attaquent leur proie, quelle que soit leur taille pour les dévorer. Ce sont des carnivores. Ils ont une puissance et une cruauté à nulle autre pareille. Dis-moi ce qu'il s'est passé.

– Ce n'est peut-être pas eux. Ils me semblaient paisibles. J'étais à bout de force et ils sont venus. Je t'ai mise sur le dos de l'un d'eux et après, je me suis réveillé sur cette plage avec toi.

– Ils sont trop grands pour que tu puisses me hisser.

– L'un d'eux s'était allongé sur le ventre.

– Arrête.

– J'ai peut-être rêvé.

– Sûrement. Mais merci quand même. Si nous mangions ?

– Avec plaisir. Qu'as-tu trouvé ?

– Seulement des baies. Ce n'est pas grand-chose, mais on trouvera mieux demain.

À peine a-t-elle dit ces mots qu'elle se pétrifie et me murmure :

– Lève-toi lentement et mets-toi derrière moi, vite.

Elle se lève, et malgré mon envie de lui expliquer que je ne peux pas me lever vite et lentement à la fois, je me poste dans son dos.

Je lève les yeux et découvre l'animal, mi lion, mi chien, qui nous a sauvé la vie. Il tient dans sa gueule une sorte d'oiseau.

Il s'avance vers nous, et je me décide à ne pas écouter Shadja, m'avance vers cet animal qui nous a sauvés la vie. Shadja essaie de me retenir, mais je me tourne vers elle et lui lance :

– C'est un ami, ne l'effraie pas.

Alors que je suis à quelques mètres de lui, minuscule devant un géant, il dépose l'oiseau à mes pieds et me regarde dans les yeux, avec une grande tendresse.

Je le remercie profondément pour ce présent et lui dis qu'il est, avec sa famille, un ami précieux et qu'ils auront ma gratitude pour le reste de ma vie.

Il approche son museau gigantesque à deux doigts de mon visage. Je tends mes bras vers un côté de son museau et le caresse doucement.

Son poil est dru et rêche, il sent le fauve à plein nez, mais il a une douceur, dans le regard, exceptionnelle, vu sa taille.

Il se retire doucement et d'un bond, il nous quitte.

Je saisis l'oiseau, me retourne vers Shadja et notre feu en disant :

– Nous avons notre repas, miss Shadja.

Je découvre Shadja statufiée, devant moi.

Je m'approche d'elle et lui demande :

– Ça ne va pas ?

Elle répond tremblotante :

– C'était un sigomore.

– C'est lui qui nous a sauvés, avec sa famille.

– Tu l'as caressé.

– Oui.

– Il ne t'a pas dévoré.

– Non, je suis toujours là comme tu vois.

Elle reste, quelques instants, immobile, puis, le temps que je pose l'oiseau près du feu, reprend ses esprits et me dit :

– Je crois que nous allons avoir une longue discussion ce soir.

– Tu sais cuisiner cet oiseau ?

– Oui.

– Dans ce cas, pas de soucis.

***

Après avoir, ensemble, déplumé l'oiseau qui ressemble plus à une autruche, de corps, qu'à un simple volatil, Shadja improvise une broche avec une des dernières branches d'arbustes survivantes, et se met à cuire notre met.

L'odeur de cet animal cuisant me tord l'estomac, ce qui me rappelle que je n'ai pas eu de vrai repas depuis pas mal de temps.

Une fois l'animal cuit, Shadja arrache des morceaux de viande à même ses mains pour les servir sur une feuille faisant office d'assiette.

N'ayant pas de couvert, nous dévorons notre repas en arrachant des bouts de chair cuite à coup de dents, tels des carnassiers.

Nous ne pouvons finir la totalité de la viande, mais nous décidons de mettre le reste à l'abri pour le lendemain.

C'est à ce moment-là que Shadja me dit, le feu entre nous deux :

– Tu es vraiment le Rheitajra. Je n'ai plus de doutes. Et tu es en avance sur ce que nous avions prévu.

– De quoi parles-tu ?

– De toi. Tu es, sans aucun doute, ce que nous espérions.

– Parce qu'un animal m'a aidé.

– Non, parce qu'il ne t'a pas dévoré, mais aidé et respecté, que le Charpo, l'espèce de gorille, ne t'a pas tué. C'est ton avenir, c'est ce que tu es.

– Un ami des animaux ?

– Non, ils te respectent, t'aiment ou te craignent. Tu es leur maître et tu es né pour.

– Arrête Shadja.

– Mais cela arrive plus tôt que nous l'avions imaginé.

– Faut-il que je caresse des animaux pour devenir quelqu'un ?

– Tu es quelqu'un. Mais tu vas devenir bien plus que cela. Et tu es en avance.

– Shadja, je ne comprends rien à ce que tu me dis.

– Je conçois. Mais dès demain, tu vas pouvoir découvrir qui tu es.

– Il faut d'abord que l'on sorte de là et que je retrouve mon équipage.

– Ça, fais-moi confiance. Les oracles disaient vrai. Je le sentais, mais j'aurais été à toi, même sans cela, je crois.

– Je…

– Ne dis rien, pour le moment, allons nous reposer. La journée sera longue demain.

Nous nous couchons, et Shadja s'installe à quelques centimètres de moi.

Même couché près du feu, avec des feuilles sur mon corps, je commence à sentir le froid rapidement. Je me mets à trembler, et alors que je vais me lever pour m'approcher du feu, Shadja me repousse pour que je reste allongé et s'allonge sur moi en me murmurant :

– Je te réchauffe, maintenant dors.

Je ne sais comment elle fait, mais je m'endors instantanément en ne ressentant plus le froid.

Chapitre 10

6 juillet 2115,

Shadja me réveille en me secouant brutalement et me dit affolée :

– Il se passe quelque chose d'anormal, regarde vite.

J'entends un bruit de piaillement assourdissant. J'ouvre les yeux et me lève. Je découvre une nuée d'oiseaux de toutes tailles s'agiter devant la grotte.

Quelque peu hébété par la situation, je demande à Shadja :

– C'est inhabituel ?

– Je n'ai jamais vu ça. Les prédateurs n'attaquent pas leurs proies habituelles et tous semblent complètement désorientés.

À cet instant un premier oiseau, énorme fond sur nous et nous devons nous jeter à terre pour l'éviter.

À peine debout, un second fait de même.

Shadja me dit alors :

– Il ne faut pas rester là, nous devons être dans un nid et ça les rend fous.

Nous sursautons à nouveau lorsque, d'un bond, apparaît mon sigomore, gigantesque et magnifique.

Les oiseaux poursuivent leurs attaques.

Le sigomore s'allonge et nous regarde.

Je comprends qu'il faut que nous grimpions sur son dos et je le dis à Shadja.

Elle me rétorque :

– Ça jamais. Après, il ne fera qu'une bouchée de nous.

Je ne peux que lui répondre :

– Il nous a sauvés la vie une fois. Je doute qu'il soit là pour nous croquer.

Je l'aide à grimper sur le dos de l'animal et saute pour m'installer derrière Shadja. Pas le temps d'enfiler mes chaussures ni d'ailleurs de les attraper.

J'ai juste le temps de me caler que le sigomore se lève et saute sur un rocher, hors du plateau qui constituait notre refuge. En trois bonds, nous sommes sur la terre ferme et le sigomore accélère le rythme pour entrer dans la forêt.

Nous réussissons à tenir sur son dos avec difficulté, car tous les muscles de son dos s'activent et ondulent sous l'effort.

Une fois que nous sommes à l'abri dans la forêt, l'animal s'arrête.

Nous regardons en direction de la falaise. Les oiseaux ne sont plus là.

Alors que je m'imagine que les oiseaux de cette planète sont stupides, un bruit sourd et inhabituel se fait entendre. Une étrange machine volante ressemblant à un oursin géant apparaît, s'immobilise et une sorte de rayon bleuté en sort pour atteindre… là où nous nous trouvions il y a encore peu.

Une gigantesque explosion retentit et le plateau n'est plus que fumée et cendres.

Les oiseaux n'étaient donc pas fous, mais nous prévenaient simplement, sûrement par réflexe.

L'appareil volant s'approche du plateau et après quelques secondes à stationner il bouge et passe juste au-dessus de notre tête.

Shadja se met à crier :

– Ils vont à Mashitaggar, c'est sûr. Il faut les prévenir.

Alors qu'elle veut descendre du sigomore, je la retiens pour lui indiquer que nous irons bien moins vite qu'eux.

Je vois bien qu'elle comprend que j'ai raison, mais elle trépigne.

Je me mets à caresser ma monture et dire tout fort :

– Mon ami, peux-tu nous amener au camp des hommes rapidement. Ils sont en danger.

À peine ai-je dit cela que le sigomore se met à courir à travers la forêt. Il ne nous reste qu'à nous retenir comme nous pouvons, tant il accélère. Nous sommes quasiment allongés sur lui.

Shadja me crie :

– Que lui as-tu dit ?

– Tu m'as entendu. D'aller vers le camp.

– Et il t'obéit ?

– Ça, je ne sais pas.

– Si, nous allons dans la direction du camp.

Pas le temps de réfléchir plus avant à la raison pour laquelle le sigomore m'a compris, ni même s'il m'a compris et nous mène bien où nous le souhaitons, nous devons nous tenir à lui en priorité pour ne pas être désarçonné.

Les branches nous percutent, nous fouettent, mais le sigomore maintient sa vitesse.

Près de deux heures à courir ainsi, sans s'arrêter et, soudain, il s'immobilise.

Shadja saute à terre et me crie :

– Nous sommes arrivés. Remercie le sigomore pour moi. Je vais voir le camp.

Elle part aussitôt en courant me laissant seul avec mon nouvel ami.

Il s'allonge et je descends.

Je me poste devant sa gueule et lui dis :

– Merci mon ami. Je ne sais comment te remercier de tout ce que tu as fait pour nous, tu es un miracle.

Le sigomore plonge son regard dans le mien et, sans savoir pourquoi, je comprends qu'il me dit qu'il m'attendait et qu'il ne sera jamais très loin pour moi, car tel est son rôle.

Je le remercie une nouvelle fois et part en courant vers le camp.

Après quelques dizaines de mètres, j'aperçois le village et, à l'instant où je vais sortir de la forêt, je me fais plaquer au sol sans ménagement.

Une main se pose sur ma bouche et je découvre que ce placage en règle est dû à Shadja.

Elle me demande de me taire, me relève et me fait regarder le camp, du moins, ce qu'il en reste, cachés par la densité de la végétation.

Le camp est en cendre et de nombreux chitos gisent sur le sol, morts.

À quelques dizaines de mètres, une scène retient mon attention. Cinq aryotes entourent Frantz. Que fait-il là ?

Je ne comprends pas ce qu'il se dit, mais Frantz semble effrayé.

Un des cinq aryotes sort soudain son arme et une sorte de laser bleu le transperce et il s'effondre sur le sol.

Je veux me lever et courir vers lui, mais Shadja se jette à nouveau sur moi et m'immobilise avant de me dire :

– Ce n'est pas le moment de nous faire tuer. Il nous a trahis et des chitos sont morts. Reste calme.

Je n'ai jamais vu un homme se faire tuer de sang-froid devant moi et tout mon corps se fige, ainsi que mon esprit, pendant de longues minutes. Les aryotes rejoignent leur engin volant et ce dernier s'évapore dans le ciel.

Shadja m'indique de rester là pendant qu'elle va vérifier si tous les aryotes sont partis.

Je reste pétrifié, sans réaction, sans volonté.

Quelques minutes plus tard, Shadja revient et me dit :

– Tu peux te relever, ils sont partis.

Je m'exécute, comme un automate. Je me lève, avance dans le

camp, passe à côté des corps de chitos morts et me dirige mécaniquement vers Frantz.

Je m'arrête devant son corps.

Son visage est figé dans une sorte de surprise et de peur. Ses yeux sont ouverts, mais rien de vivant n'apparaît.

Je m'agenouille devant son corps, pose ma main droite sur son visage et lui rabats les paupières. À cet instant même, je ressens une énorme douleur dans le dos et la poitrine, comme si un étau se refermait sur moi, et me sens éjecté du sol comme une marionnette avant d'entendre une explosion terrible et de perdre connaissance.

***

Je ne sais combien de temps je suis resté inconscient, mais lorsque je reviens à moi et ouvre les yeux, je découvre Shadja, souriante, avec à sa droite l'énorme tête du sigomore et à sa gauche le charpo, cette espèce de gigantesque gorille feu.

Je pense être dans un rêve, mais alors que je veux me redresser, je ressens une immense douleur dans la poitrine.

Shadja me repousse légèrement pour que je reste allongé et me dit :

– Tu as des côtes cassées, ne bouges pas. Le charpo t'a sauvé la vie, mais il t'a un peu écrasé les côtes pour le faire.

– Comment ça ?

– Le corps de ton ami était piégé. Ils savaient que tu allais vouloir lui fermer les yeux.

– Mais, c'est normal.

– Et le charpo t'a saisi quelques instants avant que ton ami n'explose. Je n'y ai pas pensé moi-même. Heureusement qu'il était là, il t'a sauvé la vie in-extremis.

Je me tourne vers le gorille et lui dis avec force difficulté merci.

Ce dernier s'approche de moi. Un grognement puissant du sigomore arrête le charpo et il pose sa gigantesque main à quelques centimètres de la mienne.

Malgré la douleur que je ressens, je bouge mon bras pour mettre ma main contre un bout de ses doigts et regarde cet animal dans les yeux. Il m'a sauvé la vie, mais j'ai la sensation qu'il s'en veut de sa maladresse.

Je lui explique, sachant qu'il ne me comprendra pas, que ce qu'il a fait est admirable et qu'il n'a pas à s'en vouloir.

Il regarde alors en direction de mon ami sigomore qui, à son tour, lance un râle méfiant.

Shadja me dit :

– Je dois essayer d'aller au camp pour trouver de quoi te remettre en état rapidement. Je pense que tu es en sécurité avec tes gardes du corps. Je vais revenir vite.

J'ai juste la force de lui dire :

– Tu ne pars pas seule. Et si tu trouves des armes et de la nourriture, n'hésite pas.

Je regarde le charpo et dans un délire total lui demande :

– Tu peux assurer sa sécurité et l'aider ?

Je n'attends pas de réponse de sa part, mais son regard en dit long. Il se poste à côté de Shadja et ils s'enfoncent tous deux dans la forêt, me laissant seul avec le sigomore.

Mes côtes sont douloureuses et, en l'absence de calmants, je passe un sale moment. Lorsque mon regard croise celui du sigomore, je devine qu'il aimerait prendre ma douleur, qu'il en veut à la maladresse du charpo, mais je suis en vie.

J'ai la sensation d'être dans un rêve merveilleux, façon « le livre de la jungle », avec juste la douleur en plus.

Malgré mes côtes endolories qui me font souffrir à chaque respiration j'arrive à m'endormir, mais mon sommeil est de courte durée, du moins, me semble-t-il, les grognements du sigomore me réveillant.

C'est Shadja et le charpo qui reviennent de leur prospection.

Shadja s'agenouille auprès de moi et me dit en me tendant une gourde d'eau et des cachets :

– Le village a été complètement détruit et je n'ai pu trouver que ces calmants ainsi que d'autres restes de médicaments au milieu des décombres. Nous avons pu également récupérer un peu d'eau potable. Je vais te donner un calmant qui risque de t'endormir pour un bon moment, mais pendant ce laps de temps, tu ne souffriras pas. Pour l'accompagner, je vais te donner un activateur. Cette pilule permet d'accroître la vitesse de régénération d'un organisme vivant. Il n'est pas spécialement prévu pour les humains, mais je crois que cela vaut le coup de le tenter d'autant plus que dans ton état, sinon, il nous sera difficile de nous déplacer. Je vais surveiller l'effet qu'il aura sur toi, en espérant qu'il n'en ait aucun. Si tu n'es pas d'accord, dis-me le, sinon, préviens tes amis qu'ils ne me réduisent pas en chair à se partager dès que tu auras les yeux fermés et ce, quoiqu'il se passe.

Elle pourrait en profiter pour me tuer, mais je sais maintenant que telle n'est pas son intention, bien au contraire.

Je tourne ma tête vers le sigomore et lui explique, en espérant qu'il comprendra, que Shadja va essayer de me soigner et que, quoiqu'il se passe, il doit la laisser faire.

J'ai l'impression qu'il me comprend. Je fais de même avec le charpo et lui aussi semble comprendre ce que je dis. Je suis en plein délire, c'est sûr.

Je regarde Shadja et lui dis :

– Je leur ai parlé, comme tu as entendu, maintenant, je ne peux pas te promettre qu'ils ont compris ce que j'ai dit. Ils n'ont pas l'air agressif, mais tu n'es pas obligée de prendre ce risque.

D'un ton déterminé elle lance :

– Ils ont compris, j'en suis sûre.

J'avale avec force difficultés les deux pilules accompagnées de trois gorgées d'eau dont la moitié coule le long de mon cou, tellement je souffre.

Je m'endors rapidement sous l'effet du calmant.

***

Je me réveille en sursaut, mais je ne suis plus sur Chuto entouré de Shadja et de ces animaux étranges, mais bel et bien dans ma chambre, dans le logement de mes parents, sur Europa.

Qu'est-ce que cela signifie ?

Je me lève, parcours l'appartement durant quelques minutes. Il est vide. Je reviens dans ma chambre et demande à mon amie de toujours, Maria, notre ordinateur familial :

– Tu es là Maria ?

Sa voix, si familière, me répond :

– Oui Maxime, je suis là.

– Je ne comprends pas ce qu'il m'arrive. J'étais sur une planète inconnue et je suis ici. Je suis devenu fou ?

– Non, tu n'es pas fou. Tout ce que tu vis est réel, mais cet instant est un rêve.

– Où sont mes parents ?

– Beaucoup de choses ont changé depuis ton départ, il y a plusieurs mois, mais tu comprendras à ton retour.

– Que se passe-t-il ?

– Tu comprendras le moment venu. Maintenant, tu dois m'écouter, nous n'avons pas beaucoup de temps. Une partie de toi vient de cette galaxie : Otos. Tu es d'origine noble parmi cette galaxie, mais tu es surtout un espoir pour la paix dans toutes les autres. Je sais que tu auras du mal à comprendre, mais nous ne pouvions pas t'en parler avant. Tu es un être doté de capacités hors du commun, même si tu en doutes encore. Tu découvriras tout cela rapidement. Les Ofrates ont, depuis longtemps, découvert le voyage dans l'espace, habités par de réelles volontés d'avancées scientifiques et ayant toujours réfuté les notions de valeur marchande, de monnaie. La guerre n'a jamais été leur intérêt, et ils se sont efforcés de garder la liberté de chaque planète, leur libre arbitre, tant qu'ils n'empiétaient pas sur les autres galaxies. Ils n'étaient que des observateurs. Certes, ils ont parfois kidnappé quelques êtres sur certaines planètes afin de les étudier plus en détail, mais en prenant bien soin de ne pas leur faire de mal. Comme je te l'ai dit, ce peuple est un peuple de sciences, pacifiste et non guerrier. Mais certains peuples, d'autres origines n'avaient pas la même façon de voir les choses et, même prévenus par les oracles, les Ofrates ne l'imaginaient pas. Leur objectif étant de conquérir et de détruire, cela paraissait inconcevable pour des êtres dénués d'agressivité. Après une première planète réduite à l'esclavage, puis une seconde, nos envahisseurs comprirent rapidement notre existence. Mais avant de nous faire asservir, nous avons, grâce aux oracles et leur prédiction et à nos scientifiques, protégé nos technologies les plus avancées et créé l'être ultime, capable de gérer la guerre, la paix, les sciences et comprendre la nature afin de la protéger et non la détruire. Ta création est génétique, mais ton existence est attendue par la plupart des êtres vivants depuis bien longtemps, car, oui, tu es cet être ultime. Je t'ai appris ce que tu devais savoir pour te développer normalement parmi les tiens, le jour, et de nombreuses choses, dont tu ignores encore l'étendue, durant ton sommeil. Maintenant, je ne vais pas te raconter l'histoire, c'est à toi de l'écrire. Tu as des parents biologiques et des parents qui t'ont élevé. Les deux familles t'aiment, du moins je l'espère, mais tu n'en connais qu'une partie. Une dernière chose. Tu aimes Delilah, je le sais, et elle t'aime, même si… Mais, quoique tu fasses de ta vie, Shadja t'aimait avant même ta naissance, a été éduquée pour te protéger et elle t'aimera au-delà des temps, alors, même si tu ne l'aimes pas, fais-lui confiance, sans retenu, elle ne te voudra jamais de mal.

– Mais tu es un ordinateur, comment peux-tu savoir tout cela ?

– Je ne suis pas un ordinateur comme les autres. Maintenant, il est temps que tu t'éveilles et revienne à la réalité. Une dernière chose : laisse monter ce qui est en toi, ce sera ta sauvegarde et celle de tant de peuples. Sois, sans te poser de questions et deviens, sans penser que tout est acquis.

Tout se brouille soudain autour de moi, comme si tout ce qui m'entourait s'effaçait, et je me retrouve suspendu au milieu d'un univers noir, dans un espace infini, comme si toutes les planètes avaient disparu pour ne laisser qu'une immensité vide et obscure.

Ce spectacle est complètement désolé et je commence à paniquer légèrement en me demandant où j'ai bien pu dériver.

À cet instant, une voix venue de l'au-delà, puissante, grave, rauque, glaçante, se fait entendre :

– Ainsi, c'est toi, jeune humain, ou je ne sais quoi, qui va vouloir essayer de me défier. J'aime découvrir mes futurs adversaires, c'est toujours un moment d'intense plaisir pour moi.

Je me retourne dans tous les sens pour découvrir d'où provient cette voix, mais je ne découvre rien.

La voix poursuit :

– Tu as peur de moi, déjà. Tu me cherches, mais tu espères que ce soit un rêve.

Je prends mon courage à deux mains pour rétorquer :

– Visiblement, c'est vous qui avez peur vu que vous n'osez pas vous montrer.

Un rire puissant et terrifiant retentit et la voix ajoute :

– Je vois là, la répartie courageuse et inconsciente de l'humain. Même face à la mort, l'homme garde son courage et l'espoir de dignité, avant de crier et pleurer.

Garder son calme et répondre en essayant de garder la tête froide, car tout ceci est un rêve ou un mauvais délire :

– Et vous êtes bavard à m'ennuyer. Montrez-vous ou cessez de m'importuner.

Puis la même voix, mais toute proche :

– Je suis là, juste derrière toi.

Je me retourne aussitôt et ce que je découvre me glace d'effroi.

Devant moi, suspendu dans l'obscurité, se trouve un être qui me fait penser aux descriptions du diable de la littérature. Une sorte d'être gigantesque et musculeux, la peau rougeâtre, le visage effrayant, avec des dents acérées et pointues, des sortes de cornes sur la tête, et des yeux d'un rouge vif et brillant qui vous transperce à ne pouvoir soutenir le regard et à vous vider de votre courage.

Je n'arrive pas à dire un mot, complètement effrayé par cette entité.

Il poursuit :

– Maintenant, je suis devant toi, mais tu sembles moins loquace. Tu aurais peur, peut-être.

Tout ceci est irréel, il faut que je me ressaisisse. J'essaie de reprendre mon calme pour dire :

– Peur de vous ? Soyons sérieux. Vous êtes si caricatural, à la limite du ridicule. Et vous sortez en soirée ainsi ?

Il s'approche de moi et sa main saisit mon cou sans que je ne puisse l'éviter et se met à m'étrangler.

J'essaie de me débattre, mais il est bien trop puissant pour ma force et je ne peux soustraire ses doigts de ma gorge.

Il me murmure alors :

– Je pourrai te tuer d'une pression, mais cela me priverait d'une adversité, même ridicule.

Je commence à suffoquer sous l'effet du manque d'oxygène.

Il poursuit :

– Renonce ou tu me trouveras au bout du chemin et, crois-moi, je t'atteindrais n'importe où, n'importe quand et là où tu t'y attendras le moins. La planète Terre, ta planète, est désormais un champ de ruine et de désolation, où tous se sont entre-tués. J'y suis pour quelque chose, j'avoue. Mais c'était tellement agréable de voir tous ces êtres se massacrer… un délice. Renonce et rejoins les aryotes. Je t'offrirai une place de choix à mes côtés et tes proches seront hors de danger. Tu pourras profiter des êtres aimés et tu n'auras pas à choisir entre deux amours. Je t'offrirai les deux.

Je suis à la limite de l'asphyxie, mais arrive à prononcer :

– Pourquoi une telle proposition, si je suis un adversaire si ridicule ?

– Parce que tu es courageux et valeureux et que tu pourrais m'être utile. Tu as une semaine pour me rejoindre, sinon, tout ce qui t'est cher sera détruit et bien plus encore. Et crois-moi, je n'ai aucune pitié et ne reviens presque jamais sur un contrat oral.

Je commence à m'agiter de tout mon corps, car je suis à la limite de l'asphyxie.

Il ajoute :

– Une semaine. Pas un jour de plus. Ta famille et tes proches survivront. Sinon, je les tuerai tous sous tes yeux.

Je m'évanouis à cet instant par manque d'oxygène dans le cerveau.

Une pression sur ma poitrine. Une seconde pression.

Une voix connue qui crie :

– Respire, allez, respire.

Une nouvelle pression sur ma cage thoracique, douloureuse cette fois.

J'essaie de respirer, mais n'y arrive pas. J'étouffe.

À la troisième pression, de l'oxygène pénètre mes poumons et je prends une grande inspiration, avant de me redresser et de respirer à fond. Enfin, de l'air.

Je tousse plusieurs fois, ouvre les yeux et ne peux que subir l'assaut de Shadja qui me prend dans ses bras et me serre de toutes ses forces.

Elle se retire aussitôt en s'excusant :

– Pardon, tes côtes.

Je bouge ma poitrine, me lève sans douleur et l'indique à Shadja.

Elle me saute au cou et me donne un baiser avant de se retirer et s'excuser.

Comment ne pas accepter de telles excuses.

Juste derrière elle, se trouvent mes deux compères, le sigomore et le charpo.

Je me dirige vers eux et leur dis :

– Merci mes amis.

Alors que je ne m'attends qu'à un grognement ou un hochement de tête, le sigomore me répond d'une voix grave :

– Tu n'as pas à nous remercier, mais il y en a un qui devrait s'excuser.

Je n'ai pas le temps de répondre que le charpo rétorque :

– Tu en rajoutes Sanakor, je ne pouvais pas savoir qu'il était si fragile, je ne l'avais jamais touché avant et dans la précipitation j'ai fait ce que j'ai pu. Toi, tu l'aurais pris avec tes dents et lui aurais arraché la moitié du bras.

Le sigomore ajoute :

– Tu as toujours été maladroit Mambo, avoue-le. Tu as même failli tuer la compagne du rheï.

Je les coupe dans leur discussion :

– Vous me comprenez ?

Le charpo s'agite en disant :

– Ah oui, c'est rigolo ça.

Le sigomore demande :

– Et toi, tu nous comprends aussi ?

Je réponds, surpris :

– Oui, il semblerait.

Il ajoute :

– Je suis Sanakor, et l'agité, à côté, c'est Mambo.

Mambo râle :

– Agité toi-même.

Je dis :

– Mon nom est...

Le sigomore me coupe :

– Nous savons qui tu es.

Surpris, je demande :

– Et qui suis-je ?

Le sigomore semble surpris par ma question et c'est le charpo qui répond :

– Tu es le rheï, qui veux-tu être ?

Il se tourne vers Sanakor, le sigomore, et lui dit :

– Il ne sait plus qui il est. J'ai vraiment dû y aller trop fort, ou c'est cet aliment que sa compagne lui a donné, qui n'était pas frais. Une sorte de cailloux, tu le crois ça ? Même toi, tu ne manges pas ça.

Je les arrête :

– Non, je vais bien, mais...

Sanakor ne me laisse pas terminer :

– Il a faim. Ils ont faim. Moi aussi d'ailleurs. Comment veux-tu réfléchir le ventre vide. Je vais chasser. Nous parlerons le ventre plein. Toi, Mambo, tu vas essayer de trouver un refuge où nous pourrons passer la nuit.

Mambo lui répond :

– D'accord.

Ils s'éloignent tous les deux, à l'opposé l'un de l'autre et Sanakor ajoute d'une voix forte :

– Et pas au sommet d'un arbre. Tu as remarqué que ni eux ni moi ne grimpons aux arbres.

– Merci pour l'information, j'avais compris.

Ils s'éloignent.

Je me retourne vers Shadja qui se tient droite devant moi et m'observe avec un regard et un visage presque figés.

Je lui demande :

– Quelque chose ne va pas ?

Elle reste quelques instants dans cet état avant de revenir à elle et de me dire :

– Si, tout va bien, au contraire.

– Alors pourquoi me regardais-tu comme cela ?

Au lieu de me répondre, elle me demande :

– Tu parlais bien avec le charpo et le sigomore ?

– Oui. Il faut d'ailleurs…

– Tu deviens très vite et je suis ravie. Je savais que c'était toi, au premier regard. On m'avait prévenu que tu serais exceptionnel, mais je n'aurai jamais imaginé que ce serait à ce point.

Je m'assois sur une racine et lui dit d'un ton sérieux :

– Shadja, ceci n'est pas la réalité. J'avais des côtes cassées il y a encore quelques heures et je suis complètement guéri. Je parle aux animaux, alors que cela est tout simplement impossible. Il y a quelques minutes encore j'étais sur mon vaisseau à discuter avec mon ordinateur de bord.

Shadja m'interrompt :

– Ce que tu me dis n'est pas un rêve, mais bel et bien la réalité.

Je poursuis :

217

– Tu es dans mes rêves depuis longtemps, donc tu ne peux pas me dire que ce n'est pas un rêve. Je suis pilote d'unité spatiale d'exploration. Je suis sûrement dans le coma en cet instant et je rêve de tout cela, comme un fantasme de gamin. J'imagine que ce rêve où l'on me prend pour un demi-dieu qui va sauver des galaxies, c'est parce que je suis frustré de n'avoir même pas réussi à conquérir le cœur de la femme que j'aime dans la vraie vie. Mon inconscient m'a imaginé une histoire dans laquelle je ne serais pas complètement d'origine terrienne. Si c'était le cas dans la vraie vie, ils s'en seraient rendu compte, lors de mes analyses médicales, j'aurai un ADN différent. Comment tu l'expliques, ça. Tu vas bien me trouver un truc logique pour que cela s'explique, alors que ce n'est pas explicable. Je suis Maxime. Seulement Maxime. Point de rheï machin, de pouvoirs, mais juste un être humain dont le cerveau part en live et s'imagine une vie meilleure. Même toi, tu es un rêve que je fais depuis que je suis enfant. Je t'ai imaginée, aimée, dans tant de mes rêves depuis mon enfance et je te rencontre exactement comme dans mes rêves. C'est impossible ça. Tu vois, il y a quelques minutes, j'étais en pleine discussion, au beau milieu de l'espace, dans un vide immense, avec un être qui ressemblait à s'y méprendre à ce que je décrirais comme le diable. Et, tiens-toi bien, ce dernier me connaissait et me demandait de me livrer aux aryotes sinon, tout ce que j'aimais serait détruit. Moi, discuter avec le diable, au milieu de rien, le voir ressentir une certaine crainte de moi, qu'il veuille me tuer, sans le vouloir vraiment, car il aurait pu le faire, si tout cela était bien réel. Non Shadja, tout cela est du délire.

Shadja me coupe :

– Ahrimanor a pris contact avec toi pendant que tu étais inconscient ?

– Qui ?

– Ahrimanor. Celui que tu appelles le diable.

– Mais c'est un rêve.

Shadja se met à genoux face à moi et débute :

– Écoute Maxime. Je sais que tout ceci est lourd à absorber en si peu de temps, mais tu n'es pas dans un rêve. Tout ton être, ton cerveau, évolue rapidement parce que tu es un être d'exception, mais une part de toi reste profondément ancrée dans la vie d'avant, une certaine réalité, peut-être un certain confort. Malheureusement, tout semble aller plus vite que je ne le pensais. Que puis-je faire pour te prouver que tout ceci n'est pas un rêve.

– Dans ma jeunesse, je me pinçais la peau.

À peine ai-je dit cela que Shadja me saisit le bras et me pince si fortement que je lâche un "aïe" par réflexe.

Elle ajoute :

– Comme ça, tu me crois ?

– Non. Cela pourrait être intégré dans mon rêve. Et je l'ai proposé.

Shadja s'énerve :

– Que faut-il que je fasse pour que tu réalises que tu n'es pas dans un rêve ?

– Je ne sais pas ?

– Faut-il que je te frappe ? Que nous fassions l'amour ? Que je te lance un seau d'eau au visage ?

Bêtement, je réponds :

– J'avoue que faire l'amour serait une belle façon de sortir de mon rêve.

Au lieu de cela, je reçois une gigantesque gifle de sa part qui me propulse au sol. Alors que je me relève, je vois Shadja s'éloigner, visiblement en colère en criant :

– Si tu as encore mal dans quelques minutes, c'est que ce n'est pas un rêve.

Je ressens sa gifle dans toute ma tête et j'ai la joue qui me fait horriblement mal.

J'entends soudain un grand rire, et vois Mambo s'approcher de

219

moi, hilare.

Il me dit :

– Les femelles, si tu les brusques, elles sont violentes, même si elles tiennent à toi. C'est signe que ce sont de bonnes femelles pour créer un foyer. Attends cette nuit d'être seul avec elle et fais-toi pardonner. Finalement, je ne suis pas le seul maladroit.

Et voilà que je me fais railler par un grand singe. Si ce n'est pas un rêve, c'est forcément un cauchemar.

Sanakor revient de sa chasse quelques minutes plus tard, tenant trois volailles dans sa gueule. Il les pose à sol et demande à Mambo :

– Tu as trouvé un endroit ou ils pourront dormir ?

– Oui.

– Pas dans un arbre ?

– Non. D'ailleurs, suivez-moi.

J'alerte Shadja et elle nous rejoint, sans un regard pour moi, et nous voilà partis vers notre nouveau refuge nocturne.

Durant le trajet, Sanakor ne dit rien, la gueule prise par les volailles, Shadja se tient loin de moi et reste muette, mais Mambo ne cesse pas de jacasser, plaisantant sur le fait que, par rapport à son ami, lui, a des mains et peut donc porter des objets sans avoir à s'arrêter de parler, ce que je ne tarde pas à regretter.

Après avoir plaisanté sur Sanakor qui, visiblement, commençait à s'agacer et à ne plus trouver ça à son goût, Mambo m'explique comment il chasse ses proies, puis il se met à digresser en m'expliquant comment il séduit les femelles, puis comment il a séduit sa compagne régulière, selon lui, la plus belle de la création. Avant qu'il ait eu le temps de nous raconter son intimité avec sa moitié, nous arrivons à notre refuge nocturne qu'il nous montre fièrement. C'est un arbre géant avec un grand trou à la base du tronc formant une sorte de petite caverne abritée.

J'entre dans la cavité. L'odeur boisée et forestière est puissante et, additionnée à l'humidité résiduelle, c'est presque irrespirable, mais nous ne serons pas à l'air libre et cela peut s'avérer utile pour conserver la chaleur, d'autant plus que je n'ai toujours pas de vêtement pour couvrir mon torse et, accessoirement, plus de chaussures non plus.

Notre campement sera ici.

Shadja allume un feu, sans un mot ni un regard envers moi et met une des trois volailles à cuire. Durant la cuisson, mes deux compères se gavent de leurs volailles crues. Notre repas, à moi et Shadja, n'est toujours pas prêt qu'ils ont déjà terminé le leur.

Mambo demande :

– Pourquoi faites-vous brûler votre repas, cela ne va plus être bon après ?

– Si, bien au contraire.

– Vous perdez du temps en plus. Quand la faim vient, il faut chasser, manger et ne pas attendre.

Sanakor nous coupe :

– Il mangera la chair crue lorsque nous partirons en guerre, les critas à nos côtés. D'ici là, il faut que tu respectes leurs habitudes.

Mambo a les yeux grands ouverts et dit :

– Les critas ? Tu parles de Moum ?

Sanakor répond calmement :

– Oui.

– Mais s'il nous voit, il va nous tuer aussi sec et ne faire qu'une bouchée du rheï.

– Tu sais bien qu'un jour la guerre sera totale. Et n'aie pas peur pour le rheï. J'ai vu le fond de ses yeux. Il est plus sauvage que le crita et il l'aimera pour cela.

– C'est vrai que, même s'il est petit, il a un regard puissant. C'est ce qui a fait que je n'ai pas tué sa compagne. Je ne l'avais pas reconnu, mais avec ce regard, j'ai compris.

– Moi, je l'ai senti. Mais donne lui le temps de devenir et tu verras qu'il ne te paraîtra plus si petit que cela. Et n'oublie pas que, dans la légende, le rheï est toujours accompagné par sa femelle.

Alors que j'entends cela, je finis par les couper :

– Vous savez que je vous entends ?

Sanakor me réponds tranquillement :

– Oui. Tu as tout le temps de comprendre ce que l'on dit, ne t'inquiètes pas. D'ailleurs, au prochain repas, je goutterai bien de la nourriture brûlée. C'est peut-être meilleur. Tu peux demander à ta compagne ?

– Shadja. Elle s'appelle Shadja, et ce n'est pas ma compagne.

– Nous connaissons son nom. Shadja, l'ombre du rheï.

Mambo nous coupe à son tour :

– Si ce n'est pas la compagne du rheï, il y aurait une autre femelle avec le même nom ?

Sanakor répond :

– C'est bien elle. Plonge ton regard dans le sien et tu comprendras.

Mambo ajoute :

– Si c'est bien elle, il va falloir l'aider notre rheï, car ça n'a pas l'air de marcher très fort entre eux. Il ne me semble pas très doué avec les femelles.

– Tu veux peut-être lui proposer de lui sauter dessus quand elle dort ?

– Ça marche.

Je racle ma gorge avant de dire :

– Je me répète, mais je vous entends et vous comprends.

Les deux en chœur :

– Nous savons.

À cet instant, Shadja me lance un morceau de volaille que je rattrape au vol et me lance :

– Le repas est prêt.

Je meurs de faim et croque à pleines dents dans cette viande un peu ferme, mais goûteuse.

Le repas terminé, je vais à la cueillette aux feuilles géantes pour éviter que nous dormions à même la terre.

Mambo grimpe sur l'arbre dans lequel nous dormons et Sanakor s'allonge à l'entrée de la cavité.

Nous voilà bien protégés.

Je m'allonge sur le dos et Shadja s'installe à côté, mais de dos à moi.

Voyant ce malaise, je demande :

– Il y a quelque chose qui ne va pas ?

Shadja ne me répond pas et j'ai pourtant très envie de lui parler, d'échanger avec elle.

Qu'à cela ne tienne, je vais parler seul, elle finira bien par rompre mon monologue.

– Supposons que tout cela ne soit pas un rêve. Si l'espèce de diable que j'ai rencontré dit vrai, j'ai une semaine pour me livrer, sinon, tous ceux que j'aime périront. Mais qu'entendait-il par tous ceux que j'aime ? Seulement mes parents ? Toi ? Sanakor ? Mambo ? Les chitos ? La reine ? Et puis, même si c'est pour une personne que j'aime, pourquoi ne pas me livrer, si cela lui sauve la vie et si tout cela est vrai ? Si le fait de me livrer protège ceux que j'aime, autant le faire. J'ai été formé pour me sacrifier en cas de besoin, si une exploration se passait mal. Je ne vais pas laisser des personnes se faire tuer sous prétexte que je parle aux animaux. Ce serait d'un égoïsme terrible. Ma décision est prise, je vais me livrer et comme cela, tout le monde sera tranquille.

– Et tu crois qu'ils ne tueront pas les gens que tu aimes pour autant ?

Enfin, la voix de Shadja.

Je ne sais que répondre à sa question, et me contente d'être honnête :

– À dire vrai, je n'en sais rien. J'ai reçu beaucoup d'informations, au-delà de toute logique, et je ne sais plus bien où j'en suis. Tout en moi me pousse à croire que tout cela est réel, sauf que tout me paraît si loin de ma réalité d'avant. Tu imagines, un ordinateur de bord qui me dit que je suis préparé génétiquement à devenir, qu'il m'a élevé pour devenir. Et puis ce diable et ces animaux avec qui je discute.

– Cet ordinateur, comment se nomme-t-il ?

– Maria.

– Maria, tu dis ?

– Et, un peu comme toi aujourd'hui, elle me protégeait, me conseillait. C'était une amie, une confidente, parfois un tortionnaire lorsque je ne maîtrisais pas mes leçons. Elle me manque, tout comme ma famille. Tu l'aurais adorée.

– Je n'en doute pas. Et j'avoue que j'aurais aimé écouter tes confidences de petit garçon, tes états d'âme.

– Comme une seconde mère ?

Shadja se retourne vers moi et murmure :

– Non, comme une amie.

Je reste quelques secondes sans pouvoir répondre à cela. C'est gentil, tendre et étonnant à la fois, venant de Shadja.

Je finis par lui dire :

– Merci, c'est adorable ce que tu dis là.

– Pas comme toi tout à l'heure. Tu m'as vexée.

– Ah bon ?

– Je ne suis pas un objet que l'on peut posséder quelques instants, d'autant plus en pensant à une autre.

– Je suis désolé. Je comprends la gifle maintenant. Pour le coup, la douleur a été présente de longues minutes. Finalement, tu as réussi ton coup.

– Ce n'était pas fait pour, mais si c'est réussi, c'est parfait.

– On est amis alors ?

– Oui.

– Ma première amie ofrate. Je t'ai dit que je t'ai vue en rêve avant de te rencontrer réellement ?

– Oui. Sûrement des rêves prémonitoires. Mais, raconte-moi ta vie sur Europa. J'aimerai en savoir plus de toi.

À cet instant, je ressens une douleur insoutenable dans mon crâne et me mets à hurler et puis plus rien. Plus un bruit ne se fait entendre. J'ouvre les yeux. Je ne suis plus au cœur du tronc d'arbre en compagnie de Shadja mais au milieu d'une salle immense et sombre. Une partie est éclairée et je m'en approche, comme flottant dans l'air. Un incubien, moins effrayant qu'Ahrimanor, est assis sur une espèce de trône noir et hideux et devant lui se trouvent deux aryotes.

L'incubien dit, d'une voix grave et rocailleuse :

– Demain matin, au lever du jour, votre unité de chasseur, général Procné, fondra sur Drakkon pour anéantir ce volcan ridicule et tout ce qui s'y trouve. Et surtout, pour ne pas avoir de doute, n'hésitez pas à vous occuper des îlots environnants. Votre unité est prête ?

– Oui commandeur Elsenor. Vingt de mes chasseurs sont prêts et lourdement armés.

– Parfait. Quant à vous général Karso, vous allez achever votre travail dès cette nuit. Votre idée de mettre un traceur était intéressante. Maintenant que nous savons où est ce rheï, il ne nous reste qu'à terminer le travail. Détruisez toute la zone et une fois la zone rasée, envoyez suffisamment de soldats pour trouver leurs restes incandescents. Ils pensaient peut-être que laisser une paire de chaussures suffirait à nous induire en erreur. Ce sont des amateurs.

225

– À vos ordres commandeur.

– Au petit matin, le début de rébellion sera de l'histoire ancienne et plus rien ne s'opposera à la suite.

Le regard du commandeur tombe sur le mien et il lève un doigt ganté dans ma direction avant de hurler :

– Aucun intrus ne devait pénétrer dans cette pièce. Que fait ce volatile ici ?

Les deux aryotes se retournent dans ma direction.

Vite, s'enfuir sans réfléchir. J'ai à peine le temps de me retourner que je ressens une énorme douleur dans mon corps et je me réveille nez à nez avec Shadja qui me demande :

– Ça va Maxime ?

Je regarde autour de moi et malgré l'obscurité je découvre les yeux de Sanakor et Mambo devant l'entrée du tronc d'arbre, visiblement inquiets.

Je finis par répondre, encore déboussolé, que je vais bien.

Shadja m'indique que je leur ai fait peur, car après avoir crié, ils ont eu l'impression que j'avais quitté mon corps pour revenir quelques instants après en criant à nouveau.

Je réalise que c'est également la sensation que j'ai eue et je saisis Shadja par le bras pour lui dire le plus sérieusement du monde :

– Je ne sais comment l'expliquer, mais je sais que deux choses se préparent. Drakkon va être détruite au petit matin et des soldats viennent vers nous à l'instant même.

– Tu...

– Écoute-moi. Il y a quelque chose que tu as pris au camp qui contient un traceur. Ils savent où nous sommes et il nous faut fuir de suite. Il faut aussi prévenir les êtres vivants sur Drakkon et les îlots alentour qu'une attaque se prépare. À combien sommes-nous de Drakkon ?

– Trois jours de marche. Et même avec l'aide de Sanakor nous ne pourrons y être demain matin. Et la reine est toujours à Drakkon.

– Et d'autres êtres vivants. Tu es capable de contacter la reine ?

– Je vais essayer.

– De mon côté, je vais essayer de m'occuper du reste. Mais d'abord, mets de côté tout ce que tu as récupéré du camp.

– OK.

– Drakkon et dans quelle direction par rapport à ici ?

– Vers le nord.

Je me tourne vers mes deux amis, Sanakor et Mambo, et leur demande :

– La nuit ne vous effraie pas ?

Les deux répondent en chœur que non, et qu'ils connaissent le moindre recoin de la forêt parfaitement.

De toute mon autorité, je poursuis :

– Sanakor, tu vas prendre Shadja avec toi et courir le plus vite possible vers le nord. Mambo, tu vas me porter dans les airs, car j'ai un boulot à réaliser.

Sanakor râle :

– Il va te briser en deux cet abruti.

Mambo veut répondre, mais je le coupe :

– Il ne me fera rien. Mambo, tu seras capable de retrouver Sanakor ?

– Sans aucun doute.

Je me tourne vers Shadja et lui ordonne :

– Tu montes sur Sanakor et vous fuyez vers Drakkon le plus vite possible.

– Mais ?

– Pas de mais. Je pars avec Mambo et je vous rejoins plus tard.

227

– Je ne te quitte pas.

– Cette fois, nous allons nous séparer.

Je quitte l'arbre et saute sur le dos de Mambo en lui disant :

– Grimpe, sinon il va falloir discuter encore.

D'un bond il saute sur une branche et nous nous éloignons du sol et des cris de Shadja.

Je demande à Mambo de stopper quelques instants, juste le temps d'entendre la course de Sanakor et sa voix m'indiquant que Shadja est sur son dos.

Il me faut absolument prévenir les êtres vivants de Drakkon mais aussi ceux près de ce lieu.

Je demande à Mambo de me déposer sur une branche épaisse et solide.

Il me dépose quelques instants plus tard sur ce que je lui ai demandé.

La branche est solide et, sans comprendre pourquoi, je me mets à croire que je peux dialoguer avec d'autres animaux que Sanakor et Mambo. Je me concentre quelques instants en souhaitant la plus large audience. Un brouhaha monte crescendo partout autour de moi jusqu'à devenir insupportable.

Je hurle :

– Taisez-vous.

Le silence se fait.

Je me mets à expliquer ce qu'il se passe et explique qu'il faut que tous les êtres vivants fuient ce lieu et qu'il leur faut prévenir et aider ceux sur Drakkon et les îles environnantes.

J'attends une réponse, mais ne récolte que des fuites massives par les airs et par la terre.

Mambo me demande alors :

– On devrait y aller non ?

– J'espérai autre chose que la fuite.

– Ne t'inquiète pas, le message est passé. Allez, grimpe, j'ai une femelle à voir après.

Je grimpe sur son dos et m'agrippe à lui.

Alors que Mambo saute d'arbre en arbre à une vitesse vertigineuse, j'entends sa voix dire :

– Merci pour eux.

Je sais de quoi il veut parler, mais j'espère qu'il n'est juste pas trop tard.

Je m'agrippe comme je peux à ses longs poils dont la nuit occulte la couleur. Il saute d'arbre en arbre avec une parfaite dextérité malgré l'obscurité.

Quelques minutes à fuir la zone où nous nous trouvions et je me mets à douter de moi-même. Et si ce que j'avais vu n'était que pur délire ? J'aurai provoqué un véritable affolement parmi les classes animales du coin et tout cela pour rien. À force que l'on me dise que je suis le rheï, je commence à me prendre au jeu et peut-être que tout cela m'est monté à la tête. Si j'ai rêvé tout cela, j'aurai perdu ma crédibilité, dans le cas inverse, tout le monde sera sauf.

Soudain, à quelques kilomètres derrière nous, apparaît une gigantesque demi-sphère de feu et tout se met à bouger autour de nous. L'onde de choc suite à une explosion de grande puissance. Je n'ai pas le temps de réfléchir que Mambo me saisit par la taille dans son dos puis me pose et me serre contre son ventre. Toutes les branches se dérobent et une de celle que saisit Mambo cède sous notre poids ajouté à l'onde.

Une chute d'une vingtaine de mètres s'ensuit, mais au lieu d'essayer de se rattraper en me lâchant, Mambo se met en position fœtale et met son autre bras autour de moi.

L'impact au sol est rude et j'entends ses os craquer malgré sa taille gigantesque. Son corps m'a parfaitement amorti, mais je sais que lui est en mauvais état.

Je lui demande s'il va bien, mais je n'obtiens aucune réponse.

Je saute sur le sol et me positionne à quelques centimètres de sa tête. Ses yeux sont fermés et son corps semble au ralenti. Mais, le principal est qu'il respire.

Je lui demande une première fois de se réveiller. Rien. Une seconde et toujours rien.

J'espère que son crâne n'a pas heurté trop fortement le sol.

Je me mets à crier pour le ranimer et Mambo finit par murmurer :

– J'ai mal à la tête. Si tu pouvais éviter de crier ce serait bien.

– Excuse-moi Mambo. Tu vas bien ?

– Je ne crois pas, non.

– Comment ça ?

– Je ne sens plus mes membres. Je crois que je suis pas prêt de pouvoir draguer une petite femelle.

– On va te soigner.

– Et tu vas me porter sur ton dos ?

– Si je pouvais.

– Je sais. Il était écrit que je mourrai pour toi mais je n'imaginai pas si tôt. J'aurai tant aimé te voir accomplir des miracles.

– Premièrement, tu n'es pas mort et je crois que tu t'emportes un peu sur les miracles. Je ne suis pas un dieu.

– Tu es bien celui que l'on attendait.

– Je ne crois pas. Mais je te remercie de m'avoir protégé au détriment de ta santé.

– Tu le diras à Sanakor. Il me croit toujours si maladroit.

Une troisième voix se fait entendre dans mon dos. Celle de Sanakor :

– Tu es une nouvelle fois maladroit. Mais je suis fier de toi.

– Merci mon ami.

À cet instant Shadja se jette dans mes bras en me disant :

– J'ai eu si peur pour toi.

– J'étais en de bonnes mains.

Je regarde Shadja et lui demande s'il y a un moyen de soigner Mambo. Elle m'explique que si nous étions proches d'un village ce serait le cas, mais qu'en l'état, il n'y a rien qu'elle puisse faire.

Mambo dit soudain à Sanakor :

– Donne-moi un coup de dents sur le cou et on en parlera plus. S'il te plaît.

Sanakor me regarde et je lis dans ses yeux toute la détresse qu'il ressent face à la requête de son ami.

Je demande à Shadja à quelle distance est le village possédant le nécessaire le plus proche. Elle me répond qu'il est à environ une demi-journée de là mais qu'il faut également sauver la reine sur Drakkon.

Il est clair que si Sanakor amène Mambo au village, ils se feront abattre et que nous ne serons pas assez rapides à pied pour rejoindre Drakkon. Il est également limpide que si moi ou Shadja montons sur Sanakor pour rejoindre Drakkon, l'autre sera dans l'incapacité de traîner Mambo, vu son poids. De plus, si c'est moi, parfait inconnu, qui arrive vers le village avec Mambo ou Sanakor, je risque de me faire abattre de la même manière. La solution est que Sanakor amène Mambo au village accompagné de Shadja. Malgré tout, cela ne règle pas le fait que je ne serais jamais assez rapide à pied.

Une voix inconnue se fait alors entendre :

– Je peux peut-être vous aider ?

C'est un oiseau immense.

Sanakor réagit :

– D'où sors-tu Sasso ? Tu nous épiais ?

– Il me semble avoir compris que vous aviez un problème. Je venais voir si je pouvais me rendre utile.

– À moins que tu puisses voler avec Mambo sur le dos, je ne vois pas ce que tu pourrais faire.

– Amener le rheï vers Drakkon peut-être, pendant que vous vous occupez de Mambo.

Entendant cela je me tourne vers l'oiseau et lui dit :

– Je suis Maxime, ou Max si c'est mieux pour toi. Et toi ?

Il me répond :

– Tu n'es pas le rheï ?

Sanakor nous coupe :

– Si, mais il n'aime pas ce mot. Ça te pose un problème ?

– C'est sûr que c'est le rheï ?

Mambo ajoute avec grand effort :

– Il te comprend et tu le comprends. Il nous comprend aussi. Tu ne crois pas que c'est suffisant ? Tu en vois beaucoup des bipèdes avec qui discuter ?

– C'est vrai. Que dois-je faire ?

Je prends la parole :

– M'amener sur Drakkon au plus vite pour prévenir tout ce qui peut l'être.

L'oiseau répond :

– Je crois que c'est déjà fait. L'information circule vite ici.

– Je veux retrouver la reine et la mettre en sécurité, avec tout ce qui peut être sauvé.

– Quand ?

– Avant le lever du jour.

– Nous n'y serons pas. Je vole vite, mais pas à ce point.

– Tu feras au mieux.

– Pour le rheï, je ferai mon possible.

– Banco.

J'explique le plan à Shadja. Ils vont construire un brancard pour Mambo, elle et Sanakor, et ils iront vers le village pour le soigner. Dans le même temps, je pars vers Drakkon avec Sasso.

Shadja s'énerve en expliquant qu'elle doit assurer ma sécurité et qu'elle ne peut me laisser partir sans elle, tout ça pour un charpo.

Je lui explique que ce charpo m'a sauvé la vie et qu'il n'y a pas d'autre possibilité. Alors qu'elle veut discuter je me fais ferme et intransigeant :

– Nous n'avons pas de temps à perdre. Je pars avec l'oiseau et tu amènes Mambo pour le faire soigner. Nous aurons besoin de toutes les aides possibles d'ici peu.

Sasso se place à mes côtés et se baisse avant de me dire :

– Monte. Par contre, tiens-toi bien.

– Je ferai de mon mieux.

Je grimpe sur le cou de l'oiseau et aussitôt il quitte le sol.

L'envol est chaotique et maladroit, car l'animal est imposant et les feuillages denses, mais il parvient à nous extraire, non sans que je m'accroche de toutes mes forces à son cou. Une fois au-dessus de la forêt, son vol devient fluide et rapide.

Il n'y a aucun nuage à l'horizon et je découvre le ciel étoilé de Chuto. Je ne suis pas un expert en astronomie, mais je sais que la planète imposante que je devine en partie ne peut être qu'Ofra, dont est originaire Shadja.

Je commence à avoir froid et réalise que je ne porte toujours rien pour couvrir mon torse. Je me colle au cou de mon moyen de transport pour profiter au maximum de sa chaleur.

Cela fait au moins une heure que nous volons et je commence à ressentir la fatigue. Je n'ai pas dormi cette nuit et l'inactivité n'aide pas. J'essaie de lutter, mais le sommeil finit par prendre le dessus.

Je m'endors profondément, au point de ne pas me souvenir

d'avoir rêvé, excepté la chute, car il s'agit bien de cela. Je ne sais comment, mais dans ce rêve, je tombe dans le vide, dans un froid glacial, et cela me semble infini. Une grande douleur envahit ma poitrine et sonne l'heure du réveil, brutal et surprenant. En ouvrant les yeux, ce n'est pas le cou de Sasso que je vois mais les cimes des arbres. Le soleil semble s'être levé, car tout est éclairé et je me retrouve suspendu dans le vide, tenu par d'énormes pattes fripées aux longues griffes.

Je me mets à crier :

– Sasso !

– Je suis là, je te tiens. Mais la prochaine fois que tu t'endors sur mon dos, attache-toi, car j'ai bien cru ne pas pouvoir te rattraper dans ta chute. Il y a une plaine un peu plus loin, je vais m'y poser et tu pourras reprendre une position plus adéquate.

Quelques minutes plus tard, me revoilà sur son cou, et nous reprenons de l'altitude. La mer est proche et le soleil se reflète à sa surface pour lui donner une couleur d'émeraude. Ce spectacle est tout simplement sublime.

Nous quittons les terres pour survoler cette immense beauté plane, aux reflets de joyaux.

Sasso m'indique que nous verrons Drakkon dans une trentaine de minutes.

À cette idée, j'essaie de me concentrer, mais reste subjugué par la magnificence du panorama.

Quelques minutes plus tard, les îles volcaniques se montrent enfin, mais la fumée qui s'en dégage ne semble pas du tout naturelle.

Sasso me dit :

– Nous arrivons trop tard.

– Je sais, mais nous devons y aller.

– Pour nous faire tuer ? Regarde, il y a des engins volants partout là-bas. Je ne vais pas aussi vite qu'eux et ils sont armés.

– Je ne veux pas laisser la reine et tous les êtres qui se trouvent sur Drakkon.

– Ils sont tous partis.

Au loin, nous découvrons un engin volant qui semble prendre notre direction et Sasso me dit :

– On peut mourir de suite ou tenter de nous enfuir pour nous venger plus tard.

Malgré mon envie de sauver les êtres de cette île, je réalise que l'attaque a déjà eu lieu, et qu'il nous faut nous protéger maintenant, car Sasso ne possède pas de missiles cachés dans ses ailes et qu'il serait injuste de le sacrifier pour rien. Je lui dis :

– Trouve-nous un endroit où nous mettre à l'abri. Et évite les îles.

Sasso ajoute :

– Je connais bien un endroit, mais je ne suis pas sûr d'y être le bienvenu.

– Vole aussi vite que tu peux, j'essaie de m'occuper du reste.

Sasso change de cap et se met à activer ses ailes pour prendre un maximum de vitesse. J'essaie, dans le même temps, de réfléchir à un moyen d'éviter de nous faire tuer à l'approche du lieu atterrissage, même si j'ignore où c'est et qui nous accueillera.

Après quelques minutes de fuite, je me retourne et découvre que l'engin nous suit bien et qu'il est de plus en plus proche de nous.

J'annonce à Sasso :

– Cela ne sent pas bon. Ils se rapprochent. Nous sommes encore loin ?

– Cinq minutes, peut-être dix.

– Je ne suis pas sûr que nous les ayons.

– Heureux de t'avoir connu alors. Mais si tu pouvais trouver une idée, je préférerai.

Trouver une idée, il est bien gentil, mais je n'ai pas d'arme sur moi et peux encore moins accélérer son vol. Je me retourne. L'engin se rapproche et nous serons à portée de tir sous peu.

Alors que la peur monte en moi, tel un automate, je ferme les yeux, me concentre dans l'espoir de communiquer par la pensée, comme s'il était habituel de faire ça.

Contre toute attente, une voix raisonne dans ma tête, celle de la reine :

– Frère, où es-tu ?

– Nous approchons des côtes, mais nous sommes pourchassés.

– Qui nous ?

– Je suis sur Sasso, un oiseau gigantesque.

– Un tourazi ?

– Je ne sais pas. Mais nous sommes suivis et si personne ne nous aide, je ne donne pas cher de notre peau.

– Dès que vous approchez des côtes, demande au tourazi de fondre sur le flan de la falaise, nous nous occupons du reste.

J'explique le plan à Sasso. L'idée lui paraît stupide, mais vu que l'engin se rapproche dangereusement, il ne discute pas.

Un tir de laser nous surprend et passe à quelques mètres de nous.

Nous n'avons pas besoin de communiquer pour comprendre que notre temps est limité.

Une falaise est à vue et je dis à Sasso :

– Fonce vers le flanc de la falaise quand je te le dirai.

– OK, mais ne tarde pas.

Un second tir nous frôle et je sens Sasso stressé.

L'engin se cale derrière nous. Il ne va pas tarder à tirer.

Patienter encore quelques instants en nous rapprochant des côtes.

Cinq, quatre, trois, deux, un et je crie à Sasso :

– Maintenant.

Nous plongeons vers la falaise et un nouveau tir frôle nos têtes.

L'engin essaie de nous suivre.

Sasso me dit que nous n'allons pas pouvoir garder cette trajectoire longtemps, sous peine de nous écraser.

Un tir nous rate de peu, à nouveau et l'inespéré se produit. Un tir laser, venant de la falaise touche l'engin derrière nous et ce dernier explose sous l'impact.

Sasso déploie ses ailes de toutes ses forces pour diminuer la vitesse, met ses pattes en avant pour éviter de percuter le flan de la falaise, repartir en sens inverse et amerrir.

Nous sommes saufs, mais les premiers mots de Sasso sont :

– Je déteste l'eau. Il fallait bien que ce soit pour toi.

Je lui donne une tape sur le cou et lui dis :

– Merci Sasso, tu as été précieux.

Je me retourne vers la falaise pour essayer de découvrir d'où provenait le tir, mais je ne vois qu'une espèce de cavité étroite à sa base.

Je me décide à aller l'explorer et l'indique à Sasso. Ce dernier me dit qu'il va aller se mettre à l'abri sur la falaise et que je n'aurai qu'à l'appeler quand je souhaiterai partir.

Je plonge et en quelques brassées, je me retrouve devant l'entrée de la cavité. Elle fait à peine ma taille et Sasso n'aurait, de toute façon, pas pu y rentrer.

L'intérieur est très sombre mais j'entre tout de même.

D'une tonalité de voix forte, je demande s'il y a quelqu'un. Je n'obtiens, bien évidemment, aucune réponse à ma question à part l'écho que produit la cavité.

Je m'avance dans l'obscurité jusqu'à ne plus rien voir du tout.

Je ne suis que moyennement rassuré, mais une voix se fait entendre, intime, comme branchée dans ma tête :

– Avance encore un peu, droit devant toi jusqu'à toucher la roche. Une fois à cet endroit, indique ton nom et tout ira bien.

Je m'avance dans le noir total, les mains en avant, comme un aveugle en apprentissage de sa gestion de la cécité et je finis par entrer en contact avec une roche dure, humide et froide.

Il faut donc que j'indique mon nom, ce que je fais, mais rien ne se passe.

Pourtant, Carrère est bien mon nom. Je rajoute mon prénom et toujours rien.

La voix dans ma tête me dit que c'est mon nom ofrate dont il s'agit. Elle est bien bonne, celle-là, mon nom ofrate. J'essaie "rheï", mais encore rien, puis "Rheitchara", "Rheichtara", "Rheitachra" et enfin "Rheitajra", mais rien.

La voix résonne à nouveau :

– Ton nom, pas ton surnom.

Je ne sais pas si on me l'a dit, mais je me retrouve dépourvu, l'ignorant complètement.

La voix vient à mon secours :

– Répète après moi : Marimaradja.

Je répète.

– Marimaradja.

– Tarminaj.

– Tarminaj.

– Shulimanodra.

– Shulimanodra.

Une porte, taillée dans la pierre, s'ouvre.

J'entre et découvre un couloir taillé dans la pierre, à peine éclairé. Je l'emprunte. La porte de pierre se referme dans mon dos.

Le couloir est long et monte légèrement. Quelques minutes de marche et je me retrouve nez à nez devant une grande porte métallique.

S'il me faut répéter mon nom ofrate, j'en suis bien incapable.

La voix me souffle de poser ma main sur la porte métallique.

Je veux poser ma main dessus, mais au lieu de trouver un obstacle, elle passe au travers de la porte. Je la retire aussitôt, ne comprenant pas bien ce qu'il se passe.

Je retends ma main, et cette dernière pénètre la porte jusqu'au coude, mais alors que je veux la retirer, quelque chose me saisit et me tire pour me faire traverser cette porte factice.

La pièce est lumineuse et, après quelques secondes à habituer mon regard, je découvre la reine, juste devant moi avec ce qui me semble être des gardes armés juste derrière elle.

Cette merveilleuse créature à la peau de lait me prend dans ses bras et me murmure :

– J'ai cru que tu n'allais pas t'en sortir.

– Merci d'avoir été là.

– Tu me l'as demandé.

– Et tu as entendu ?

– Ne suis-je pas ta sœur.

– Sûrement, dans ce rêve.

Elle me lâche, me saisit le bras et se met à avancer d'un pas vif. Je ne peux que la suivre mais ne tente pas de résister non plus.

Mon esprit oscille toujours entre la sensation de réalité et l'éventualité d'un rêve.

Nous avançons au travers de ce couloir, pour le coup, extrêmement bien éclairé et presque blanc. Au bout, une porte métallique que nous traversons comme des passes murailles. Et dire que, jusque-là, je m'embêtai à ouvrir et fermer les portes.

239

La pièce dans laquelle je pénètre est emplie d'écrans de surveillance et deux chitos sont concentrés à les observer.

L'un d'eux dit à la reine :

– Ils approchent. Il va nous falloir évacuer.

La reine ordonne :

– Dans deux minutes au wagon et faîtes tout sauter après notre départ.

Elle me prend le bras et me dit :

– Nous allons à un quartier plus sécurisé. Nous prendrons le wagon souterrain.

Je réalise qu'elle veut faire tout sauter. Sasso est au-dessus à m'attendre. Je ne peux pas le laisser, de plus Shadja, Sanakor et Mambo attendent mon retour, si toutefois ce dernier est encore en vie. Je ne peux que répondre :

– Je ne vous suis pas. J'ai mon propre moyen de locomotion.

La reine réagit :

– Le tourazi ?

– Oui.

– C'est trop dangereux, ils vont vous abattre.

– C'est un risque à prendre et, de toute façon, je ne partirai pas sans Sasso. Il m'a sauvé la vie. Qui serai-je pour l'abandonner ainsi, ignorant ce qui l'attend.

– Je ne peux pas te laisser partir. Tu es mon frère et tu risques…

Je la coupe :

– Si je ne suis pas dans un rêve et que tu es ma sœur, ou ma demi-sœur, tu sais que pour devenir ce que vous pensez que je suis, il me faut faire cela. Ne me retiens pas et souhaite-moi bonne chance.

– Je sais. Bonne chance mon frère.

– À toi aussi ma sœur.

240

Elle m'embrasse sur la joue, me montre une petite porte et me dit :

– C'est un ascenseur. Tu atteindras la surface de la falaise en cinq secondes. Faîtes vite, car tout va exploser.

– Je vais faire vite.

Quelques secondes plus tard, l'ascenseur s'ouvre sur la forêt.

Aussitôt je crie :

– Sasso.

Il arrive quelques secondes plus tard et se pose à côté de moi. Je lui dis :

– Nous devons partir vite, tout va exploser.

– Grimpe.

Je grimpe sur son cou et nous survolons les cimes quelques secondes plus tard, juste à temps pour admirer une explosion gigantesque en étant juste frôlé par des éclats de roche.

Sasso lance :

– Nous l'avons échappé belle.

Je lui réponds :

– Ce n'est pas fini l'ami, on risque d'avoir des chasseurs à nos trousses.

– Je m'en doutais. Où allons-nous ?

– Voir si Mambo a récupéré. Pour le reste, essaie de faire ce qu'il faut pour que nous ne soyons pas tués par des chasseurs.

– Je ferai au mieux. Tu n'es pas contre un petit accroc à l'itinéraire classique ?

– Pas du tout.

– Dans ce cas, tiens-toi bien, et évite de t'endormir.

Il se met à battre des ailes comme un forcené, jusqu'à atteindre une vitesse hallucinante. Je me tiens à son cou et jette des regards derrière moi de temps en temps, mais tout semble calme.

Au loin devant nous, j'aperçois ce qui me semble être une chaîne de montagne sans neige, vu la température de la planète. Derrière nous, commencent à se dessiner deux chasseurs.

Je crie à Sasso :

– Je ne veux pas t'affoler mais nous sommes suivis.

Il ne dit rien et continue à battre des ailes. Il ne pourra pas tenir à ce rythme longtemps, c'est sûr.

Les montagnes se rapprochent tout comme nos poursuivants.

Les premiers cols sont proches et Sasso fond soudain vers les montagnes pour prendre un peu plus de vitesse.

Un tir nous rate de peu.

Sasso frôle le sommet d'un col et plonge dans la vallée où circule une rivière qui me semble agitée. Nous effleurons les cimes des arbres aux flancs de la montagne.

Sasso redresse son vol et nous évitons de justesse de plonger dans la rivière.

Il se met à voler à fleur d'eau.

Les chasseurs se rapprochent. Sasso va de gauche à droite et nous réussissons ainsi à éviter deux tirs ennemis.

Devant nous, la rivière fait un coude sur la droite à 90 degrés avec des falaises étroitement rapprochées de chaque côté, dont celle nous faisant face.

Sasso fonce droit sur cette dernière et je ne peux m'empêcher de hurler à Sasso :

– Si tu veux que l'on teste notre résistance contre la roche, je sais qui est le plus dur.

Il ne me répond pas et poursuit son vol.

Arrivé à quelques mètres de la falaise, il change de cap pour s'engouffrer entre les deux flancs horizontaux rapprochés et suivre la rivière, mais, alors que j'imaginai un virage à l'équerre, c'en est un à presque 180° que je découvre.

Sasso déploie ses ailes et percute la falaise de ses pattes avant de repartir dans l'autre sens, et toucher le sol quelques instants plus tard. J'ai à peine le temps de me retourner pour découvrir nos deux chasseurs s'écraser sur la falaise derrière nous, visiblement aussi surpris que moi que la courbe soit légèrement plus prononcée que prévu.

Les chasseurs explosent au contact de la roche, nous libérant de nos poursuivants.

Je ne peux m'empêcher de crier ma joie :

— Tu es génial, Sasso.

— Venant de toi, je suis flatté. Maintenant, tu me permets de me reposer cinq minutes avant de repartir ?

— Oui.

— Pour le reste du trajet, on va prendre une vitesse de croisière tranquille, ça ne te dérange pas ?

— Pas le moins du monde.

Quelques minutes plus tard, nous décollons à nouveau.

Nous quittons les montagnes aux flancs abrupts et verdoyants pour survoler la forêt qui me paraît presque infinie, mais cette fois, nous effleurons les cimes des arbres pour éviter d'être trop visibles de chasseurs éventuels.

Le vol dure de longues heures et, par moments, des oiseaux viennent se joindre à notre vol pour demander :

— C'est le rheï sur ton dos, Sasso ?

Les premières fois, il répond oui, et au fur et à mesure du trajet, de la répétition de la même question, et au gré de ses envies, il balance que c'est son futur repas, que c'est son père, son animal de compagnie, un bébé charpo qui a perdu ses poils, son fils qui a perdu ses plumes et j'en passe.

Nous volons depuis de longues heures et le soleil commence à flirter avec l'horizon quand Sasso me dit :

– Nous arrivons au camp chito. J'espère que je ne vais pas me faire tirer dessus.

Je le rassure en disant :

– Je pense que Shadja a fait le nécessaire.

***

Après un atterrissage en douceur, nous sommes accueillis par la joie des chitos de ce village perdu au milieu de la forêt gigantesque. J'ai à peine le temps de descendre de Sasso que Shadja se précipite vers moi et se jette dans mes bras en me disant :

– J'ai eu si peur.

Je ne peux que lui dire :

– J'étais en de bonnes mains. Sasso a été fabuleux.

À cet instant, j'entends un grognement et découvre l'immense Sanakor qui m'observe, avant de dire :

– Tu nous as presque manqué.

Je repose Shadja et me dirige vers lui, me poste face à lui et lui dis :

– Heureux de te revoir, l'ami.

– Plaisir partagé.

Je me tourne vers Shadja et lui demande :

– Et Mambo, comment va-t-il ?

Shadja m'explique qu'elle a dû essayer de le soigner dehors, car sa taille ne permettait pas de l'amener à la salle d'opération. Elle m'explique qu'il dort encore et que nous en saurons plus sur son état à son réveil.

Alors que je veux le voir, Shadja et Sanakor me disent de concert qu'il doit se reposer.

J'insiste en disant que je ne ferai pas de bruit, mais à nouveau ils insistent pour que je n'aille pas le voir.

Leur réaction me paraît bizarre, mais je réalise que je n'ai pas du tout fais attention aux villageois et le signale à Shadja.

Elle me présente à tout le village et je me mets à serrer des mains durant de longues minutes.

Tout le village me regarde, semble m'admirer et cela me met mal à l'aise mais ne dure pas. Quelques minutes plus tard, j'apprends que ce village répond au doux nom d'Esrin et qu'il est un point central de la région, étant à mi-chemin de la montagne, de la mer et de la capitale.

Alors que la nuit tombe, Shadja me demande :

— Les villageois ne savaient pas si tu préférais un repas d'arrivée dans une case, en petit comité, ou dehors, avec un feu et tout le village présent.

— Et, tu as répondu quoi ?

— Rien. Tu es à même de répondre, non ?

Je regarde autour de moi, tombe sur les yeux de Sanakor et Sasso. Ce soir, j'ai envie d'être auprès d'eux.

Je réponds :

— J'aime bien la belle étoile. Et, même s'ils sont bavards, je ne vais pas laisser Sanakor et Sasso seuls dehors.

J'ai à peine parlé qu'un grand feu illumine le ciel à quelques centaines de mètres de là. Je demande à Shadja :

— Tu connaissais ma réponse, n'est-ce pas ?

— Je l'espérai.

La foule des villageois avance vers le feu et nous les suivons, Shadja, Sanakor, Sasso et moi.

Arrivés à quelques mètres du feu géant, les villageois s'écartent et je découvre Mambo étendu sur le sol.

Je ne sais pourquoi, mais je me mets à courir vers lui en criant :

– Que lui avez-vous fait ? Mambo !

J'arrive au niveau de son torse et ne voyant pas son visage me mets à grimper sur lui, en m'agrippant à ses poils.

Puis la voix de Mambo se fait entendre :

– Tu pourrais être plus délicat, je suis en convalescence.

De sa gigantesque main, il me saisit, se redresse pour s'asseoir à ses côtés et me dit :

– Merci.

Surpris, je regarde Shadja et m'exclame :

– Il est guéri ?

Elle me fait signe que oui, de la tête.

Je regarde Mambo et lui dis :

– C'est à Shadja et Sanakor qu'il faut dire merci, pas à moi. Mais que je suis heureux de te voir rétabli.

– Et moi donc. Heureux de te voir de retour aussi. Je peux te faire une confidence ?

– Vas-y.

– Sanakor et Shadja ont fait les cent pas pendant toute la journée et ce n'était pas que pour moi.

Sanakor grogne :

– Arrête Mambo.

Mambo poursuit :

– Et cette grande boule de poil était tellement stressée qu'il a chassé toute l'après-midi. Nous avons de quoi manger pour une semaine.

Je me tourne vers Mambo, vers Shadja, vers les villageois et lance :

– Je ne sais pas vous, mais moi, j'ai très faim. Mais avant de manger, je voudrai dire quelques mots.

Le silence total se fait et j'attaque :

– Je voudrais remercier Sasso, le tourazi, pour son courage et son sang-froid ces dernières heures. Je voudrais remercier Mambo et Sanakor, également. Tous les trois, vous m'avez sauvé la vie et je vous en serais éternellement reconnaissant. Pour la vie, vous êtes mes amis. Mais je ne serai pas complet si je ne remerciai pas la lumineuse Shadja, pour savoir parfois passer outre les règles et pour être elle. Merci également à vous tous de nous accueillir et pour ce repas qui, je n'en doute pas, sera excellent.

Des cris de joie retentissent.

Mambo me murmure :

– Si ce n'est pas ta femelle, tu fais tout pour qu'elle le devienne.

Surpris, je demande :

– Qui ça ?

– À ton avis.

Quelques minutes plus tard, tout le monde est assis autour du feu et grignote de la viande cuite, y compris mes trois amis installés juste derrière moi, comme des protecteurs. Shadja me rejoint quelques minutes plus tard, s'assoit à côté de moi et me demande :

– Tu as vu ta sœur ?

– J'ai vu la reine en effet. Elle va bien.

– Je sais cela, elle ne devrait d'ailleurs plus tarder à nous rejoindre. Et je crois que certaines personnes ont hâte de te voir.

– Qui ça ?

– Tu vas le savoir rapidement, ils arrivent.

Shadja se lève et lance un cri puissant et aigu. Aussitôt le silence se fait et des dizaines de chitos munis de torches s'éloignent du feu pour éclairer une prairie au milieu des arbres.

Cinq grosses boules noires venant de nulle part, et dans un parfait silence, se posent quelques instants plus tard.

Je me lève de mon siège mais n'ose pas m'avancer, ne sachant pas si c'est le protocole royal.

Je n'ai pas le temps de réfléchir que la foule de chitos s'écarte d'elle-même pour créer une allée de personnes.

La première personne que je découvre est le capitaine Pirlo qui regarde partout autour de lui.

Mon cœur s'emplit de joie à sa vue et je m'avance vers lui, à travers la foule, aussi rapidement que je le peux. Dès qu'il me voit, son regard ne me quitte plus, il accélère le pas également et nous finissons par fondre dans les bras l'un de l'autre. Quelle joie de le retrouver, avec un mine parfaite et reposée.

Je ne peux m'empêcher de lui dire :

– Nous nous sommes inquiétés, vous savez.

– Tu as bien géré jeune homme. Tu es bien le fils de ton père.

– C'est un joli compliment.

Loïc s'approche et me serre dans ses bras à son tour, sans oublier Gisela et Ricardo.

Je cherche Shadja pour la présenter au capitaine mais elle est en grande discussion avec la reine.

Je les invite à s'installer près de la place que j'occupais il y a quelques minutes. La vue de Sanakor, Mambo et Sasso les arrête quelques instants. Je les rassure de suite et fais les présentations.

Une fois les présentations faîtes, Sanakor me dit :

– Si tout ce qui est mangeable fait partie de tes amis, nous allons finir par manquer de nourriture.

Des chitos apportent de la nourriture à mes amis juste arrivés et je vois Shadja et la reine venir vers nous. Ces deux êtres, malgré la blancheur de leur peau sont splendides et mon esprit s'égare à les observer s'approcher, dans leurs élégantes postures.

Puis, subitement, tout devient sombre autour de moi et je ne vois plus que Shadja et la reine. À côté d'elles apparaissent mes parents et Delilah, marchant vers moi dans le vide et l'obscurité. Je vois Shadja courir vers moi et l'obscurité devient totale et tout disparaît autour de moi.

Je suis suspendu dans le vide, une nouvelle fois. Une nouvelle fois, une voix que je connais, celle d'Ahrimanor, se fait entendre :

– Je vois que tu évolues, que ta puissance augmente. Je vais aimer te détruire. Enfin un peu d'adversité. Mais tu sais que tu vas souffrir, à voir périr tous les êtres que tu aimes, un par un, avant que je n'accepte de te libérer. Pour moi, le temps n'est rien. J'ai tout mon temps. Je me balade depuis si longtemps, si tu savais. J'ai vu tant de choses.

Je ne peux m'empêcher de pérorer :

– Tu parles, mais tu n'oses pas te montrer ? Aurais-tu si peur de moi ?

– Je suis derrière toi.

Je me retourne et le découvre, toujours aussi terrifiant.

J'essaie de retrouver mon sang froid avant de lui annoncer :

– Touche à un cheveu des personnes qui me sont chères et je te détruis.

Il rit, d'un rire à vous glacer les sangs :

– Toi ? Petit humain, tu veux me détruire ? J'ai traversé les âges, les mondes, j'ai vu naître et mourir des galaxies et j'y ai même contribué. Je pourrai te tuer d'une pensée. Crois-tu que tu aies ton mot à dire ? Je te détruirai dans peu de temps, c'est un fait. Tu n'es pas et ne sera jamais de taille, mais tu le comprendras vite. Ou il ne tient qu'à toi d'éviter le massacre.

– Et je devrai vous faire confiance !

– Tu n'es pas en position de force. Mais je t'aime bien. Peut-être pourrait-on se retrouver parfois, pour discuter de notre façon de voir l'univers. Je m'ennuie de n'avoir personne avec qui palabrer de longues heures.

– Et quel serait le marché ?

– Elsenor est jeune et impulsif. Demain, il va lancer une attaque sur tous les villages de Chuto pour réprimer votre début de rébellion. Mets tes amis en lieu sûr et laisse le faire. Si tu préfères, tue-le et prend sa place pour faire la même chose, mais je te préviens, il est beaucoup plus puissant que toi, il te faudra beaucoup de ruse. Si tu m'obéis, tes amis sur leur ridicule ville flottante pourront s'installer sur Chuto, vivre libre et recréer la Terre. Je te laisserai régner sur la galaxie, sans ne plus jamais venir vous embêter. Par contre, tu me laisses toutes les autres.

– Beaucoup sont habitées ?

– Si tu savais. Mais tu ne les connais pas. Un dicton me plaît bien chez vous : 'loin des yeux, loin du cœur'. Demain sera le jour de ton choix. Vivre ou mourir. Je sais que tu as un très grand cœur. Écoute ton cerveau, il te sera plus utile pour protéger tes amis. Une dernière chose. Demande à tes amis de t'expliquer ta légende en détail et ce qu'il adviendra de toi et de tes amis. Un héro légendaire est rarement celui qui triomphe, mais celui qui perd tout avec honneur. Je dois te quitter maintenant, tu as des décisions à prendre et j'ai du travail. Fais le bon choix, tu n'auras que peu d'autre alternative.

La lumière réapparaît autour de moi et la première image claire que je vois est le visage de Shadja penché sur moi, à quelques centimètres.

Je ne sais si c'est la peur, la désorientation, ce qu'il vient d'être dit, mais une terrible envie de l'embrasser m'envahit. Je suis plongé dans ses yeux et je sais, je sens, qu'elle a compris. Elle éloigne son visage de quelques centimètres afin d'éviter que je commette une bévue.

Je tourne la tête autour de moi et découvre les visages inquiets de la reine, du capitaine, de Ricardo, de Gisela et de mes amis Sanakor, Mambo et Sasso.

Je n'ai que quelques instants pour réfléchir afin de me décider sur la meilleure décision à prendre avant qu'ils ne me questionnent et c'est un dilemme pour moi. Me protéger et préserver les gens que j'aime au détriment de centaines, de milliers, de millions, peut-être plus, d'êtres vivants que je ne connais pas. Quelle que soit ma décision, comment vivre avec le fardeau de ce choix.

Alors que je suis dans mes pensées, Mednée, la reine, ma sœur, s'approche de moi, me prend par la main, m'aide à me lever et me demande de l'accompagner.

Nous nous éloignons de la foule tous les deux, pour entrer dans la forêt. Je la suis, tel un automate, incapable de réfléchir à autre chose qu'à une décision à prendre, sachant qu'aucune ne me convient.

Mednée s'arrête, se poste face à moi et me dit :

— Je sais que tu as du mal à réaliser tout cela, tout ce qu'il t'arrive. Même si tu mets du temps à l'admettre, et crois-moi, cela me bouleverse, je suis ta sœur et à ce titre, tu peux tout partager avec moi, je ne te jugerai pas.

— Ce serait trop long et compliqué, mais il faut que quelqu'un sache. Je sais que tu peux lire les pensées, les souvenirs, alors captes les miennes, car je ne suis pas sûr de pouvoir les énoncer clairement.

Mednée ferme ses yeux, appose ses mains sur mon crâne et un terrible mal à la tête m'envahit.

Quelques instants plus tard la douleur cesse et Mednée ouvre les yeux à nouveau.

Quelques instants de silence s'ensuivent avant qu'elle n'ouvre la bouche :

— C'est une décision conséquente que tu as à prendre, mon frère, et toi seul peux la prendre. Tu veux protéger ceux que tu aimes, ce qui est noble, et tu ne peux envisager de laisser des populations innocentes souffrir et mourir, ce qui est tout aussi généreux. Maintenant, quoique tu décides, des personnes que tu aimes mourront ainsi que des êtres que tu ne connais pas. Certains des êtres que tu aimes choisiront l'option de se battre, même si tu veux les protéger, voire, feront partie de dommages collatéraux ou mourront de façon naturelle. Beaucoup de populations périront, même si tu choisis cette option, et des amis en feront partie. Il n'y a pas de décision neutre. Je respecterai ta décision, quelle qu'elle soit, et tu resteras mon frère, mais tu devras également respecter le choix de ceux que tu aimes. Une dernière chose sur la légende dont on t'a parlé : Il n'y a rien de gravé dans le marbre tant que tout n'est pas vécu. Il est sûr que, quoique tu choisisses, tu perdras des êtres chers. Le combat sera rude si c'est ton choix, mais la vie sera difficile si tu décides de protéger tes proches et rien qu'eux. Votre ville flottante est la bienvenue sur Chuto et Ofra, qu'importe ton choix. Tu es de sang royal et ta décision sera respectée à sa juste valeur.

– Et si tout ce que je vis est un rêve, un cauchemar, un délire schizophrène ?

– Dans ce cas, tu n'as rien à perdre, même pas tes proches. Mais, même si tout te paraît irréel, rien n'est issu de ton imagination, mais tu comprendras tout cela sous peu.

Je fixe la reine avec respect quelques instants avant de lui dire :

– Merci pour ces mots, reine Mednée.

– Non, pour toi, je ne suis pas reine, mais ta sœur et j'aimerai que tu me traites ainsi.

– Compris, ma sœur. Est-il protocolaire de remercier sa sœur par un baiser sur la joue ?

– Ce n'est pas protocolaire mais obligatoire.

Je lui donne un baiser timide sur la joue et elle me prend dans ses bras et me serre fort. Je l'entoure également de mes bras dans une étrange sensation de bien-être et une intense émotion.

Alors que nous stoppons notre accolade intime, j'annonce :

– Nous n'avons pas de temps à perdre. Il y a une stratégie à trouver pour demain.

– Je ne doutais pas de ton choix, mon frère. C'était écrit dans les astres et dans tes gènes. Allons de ce pas préparer notre riposte.

Je repars vers le camp et elle m'interpelle :

– Tu sais que nous ne pourrons sauver tout le monde, qu'il y aura des pertes, nombreuses.

– Nous essaierons d'éviter cela.

– Tu sais très bien que ce n'est pas possible. Nous n'avons que des armes blanches, des outils agricoles et quelques pistolets à impulsion. Ce n'est pas suffisant pour éviter le pire.

– Les aryotes ont des armes ?

– Oui, dont ils vont se servir contre nous.

– Dans ce cas, tout n'est pas perdu.

– Comment ça ?

– Tu verras, j'ai ma petite idée. Suis-moi et rejoignons nos amis, l'émulation collective fera sûrement naître des idées lumineuses.

– Je l'espère mon frère, je l'espère. Une dernière chose. Shadja a certaines capacités qui pourraient t'être grandement utiles pour troubler une zone de combat.

– Merci de l'information.

***

Après, près de trois heures d'échanges, d'idées qui fusent, bonnes ou mauvaises, nous savons tous que la lutte sera inégale, mais tout le monde, et même le capitaine Pirlo, est séduit par ma nouvelle dimension de chef de guerre malgré moi, et par le plan auquel nous avons pensé. Enfin, séduit, c'est un bien grand mot. J'ai essayé d'écouter tout le monde, de prendre le meilleur de chaque idée, y compris les miennes, d'imposer celles qui ne retenaient pas l'assentiment de la majorité mais qui me semblaient obligatoires, mais toute l'assemblée sait que nous

253

risquons gros, tous autant que nous sommes.

Cette réunion terminée, La reine est partie se mettre à l'abri dans un autre village, sous la protection de Ricardo, Gisela et de Kina, la compagne de Sanakor, le sigomore. Son objectif est d'utiliser du matériel radio pour informer tous les villages au plus vite.

Je souhaitai initialement que Shadja se joigne à eux, mais elle n'a rien voulu savoir et m'a rappelée qu'elle était là pour me protéger et non l'inverse.

J'ai demandé à Sanakor, Mambo et Sasso de prévenir leurs congénères pour qu'ils se joignent à nous à l'aube. Ils nous ont quitté tous les trois.

Sanakor, à regret, m'a bien indiqué que si j'avais pu rencontrer Moum, le crita, le mangeur de morts, nous aurions eu plus de chances de réussir. Tel n'était pas le cas et nous allions devoir faire sans, le temps étant compté, ajouté à cela que je n'avais aucune idée de ce qu'était un crita.

Les chitos ont rejoint leurs familles pour la fin de nuit, afin de profiter d'instants qui pourraient s'avérer être les derniers moments intimes qu'ils partageraient avant de quitter le village, pour la majorité, ou de se joindre à la bataille annoncée, pour le reste.

Pour ma part, je suis parti m'isoler un peu, à l'écart du village, contre un arbre, conscient que mes décisions et mes arbitrages n'impactaient pas que ma vie mais celle de tant d'êtres vivants. Rien ne m'avait préparé à cela, pas même ma formation façon Maria. Tout se bousculait dans ma tête et le doute de toutes les choix que j'avais fait ce soir m'entêtaient et me rendaient malade. Qui étais-je pour imposer ma vision stratégique à ces êtres que je découvrais ?

Le capitaine Pirlo vient s'asseoir à mes côtés, contre cet arbre inconscient de ce qui se trame.

Sans me regarder, le visage levé vers le ciel, le capitaine m'a dit calmement :

– Maxime. Je sais ce que tu ressens à cet instant. Enfin je sais, je crois savoir. Tu as fait des choix, il le fallait. C'est ton rôle en ce lieu. Tu sais, j'aime beaucoup ton père. C'est un être brillant et courageux. C'est aussi un ami, presque un frère. Oh, certes, nous nous voyions peu, cela aurait été mal vu, lui à la maintenance et moi à l'exploration. Ce n'est pas le fonctionnement de notre ville, quelque peu communautariste. Mais, après quelques missions improvisées à ses côtés, qui datent aujourd'hui, où nous avons partagé des galères, mécaniques, physiques, intellectuelles, de vrais casse-tête, crois-moi, nous avons toujours pu compter l'un sur l'autre et j'ai écouté ses idées, car il n'avait jamais tort, sur les décisions vitales en tout cas. Pour cela, j'ai voulu que tu sois mon élève, par amitié pour lui et par curiosité aussi. Quand tu es arrivé dans l'unité, tu avais ce mélange de timidité, de manque de confiance en toi, mais un esprit très curieux, réfléchi et organisé. Tu étais déjà plein de ressources, mais en quelques jours, j'ai la sensation que tu es devenu plus étonnant et brillant que nous pouvions l'être, moi et ton père. J'ai encore quelques petits trucs que je pourrai t'apprendre, mais je sais que tu les imagineras sans que je te les explique. Je vais te laisser, mais sache que toutes tes décisions de ce soir sont les bonnes. Il y aura des pertes, mais pas autant que si tu n'avais rien fait ou rien décidé. Et même si ton plan s'avérait imparfait, ne t'en veux pas, personne n'aurait fait mieux. La perfection est dans la volonté de sauvegarde, après, il y a tant d'aléas.

Il se lève, me donne une tape sur la cuisse, puis me dit :

– Essaie de te reposer, demain la journée sera longue.

– Je sais. Merci pour tes mots.

Je le regarde s'éloigner lentement et je réalise que cet homme est un être rare. Je comprends mieux les liens qui peuvent l'unir à mon père et ce respect mutuel.

J'espère qu'ils me raconteront un jour leurs galères communes, que je les comprenne mieux tous les deux. Au retour de cette mission, je me promets d'organiser une soirée entre tous les trois.

Alors que je suis perdu dans mes pensées, une petite voix se fait entendre :

– Tu ne vas pas te coucher ?

C'est Shadja. Je lui réponds :

– Je n'ai pas sommeil.

– Moi non plus.

Elle s'assoit à mes côtés.

De longues secondes de silence s'écoulent avant qu'elle ne me dise de sa voix douce et vaporeuse :

– Le ciel est magnifique ce soir. Il semble si calme, pigmenté de toutes ces étoiles. Tu sais, je connais l'histoire de chacune d'elles. Je te raconterai, un jour, si tu le souhaites. Mais le souhaiteras-tu ?

– Pourquoi cette question ?

– Parce-ce qu'une nouvelle fois tu ne me désirais pas auprès de toi alors que c'est ma mission, quel que soit le danger, de te protéger. Plus tard, tu n'auras plus besoin de moi, mais pour le moment, mon aide n'est pas négociable. Tu n'apprécies peut-être pas ma compagnie ?

– Si, au contraire.

– C'est le fait que je sois une femelle, ou plutôt une femme, qui t'ennuie ?

– Non plus.

– Alors pourquoi essayer de m'éloigner ?

– Il fallait protéger la reine et tu me semblais la personne la plus adaptée à cela.

– La reine est en sécurité et tu le sais aussi bien que moi. Qu'est-ce qui ne va pas avec moi ? Je comprendrais, ne t'inquiète pas.

Je me sens un peu gêné de lui donner la vraie raison, mais je me lance. Après tout, demain soir, nous ne pourrons peut-être plus en discuter :

– J'aurai juste souhaité te savoir à l'abri du danger, justement. Demain, il risque d'y avoir de nombreuses pertes et j'aimerai que tu n'en fasses pas partie.

– Le principal est que l'on réussisse et si je dois donner ma vie pour cela, j'en serai heureuse. Et crois-moi, c'est une fierté de pouvoir être à tes côtés ce jour-là, quelle que soit l'issue.

Je me tourne vers elle. Elle a les yeux levés au ciel et semble sereine. Je lui lance, agacé de ce comportement inconscient :

– Mais moi, je n'ai pas envie que tu meures, ni qu'il t'arrive quoi que ce soit. Quelle fierté pourrai-je retirer de cela si je m'en sors et pas toi ?

Elle se tourne vers moi et plonge son regard pourpre dans le mien et d'une voix anormalement énervée et forte me dit :

– Et moi, s'il t'arrive quelque chose, comment devrai-je le vivre ?

– Moi ce n'est pas grave. Il faut que tu restes en vie et c'est tout.

– Et pourquoi donc ?

Je me calme, avant de répondre calmement :

– Parce que j'aime passer tout ce temps avec toi, malgré ton caractère. Parce que tu m'inspires, me donnes du courage. Parce que j'aime ce que tu es, nos discussions, nos engueulades. Parce que tu es magnifique et intelligente. Parce que, même si je dois partir, j'aimerai pouvoir t'imaginer vivante avec l'espoir de te revoir.

Sa voix se fait soudain douce et son regard profond :

– Et ce sont les mêmes raisons qui me poussent à vouloir rester auprès de toi. Un avenir sans toi vivant ne m'intéresse pas.

Nos yeux ne se quittent pas durant de longues secondes et une terrible envie de l'embrasser me prend et je dois lutter pour la refréner. Je finis par baisser les yeux et lui murmurer :

– Tu sais, je ne saisis pas bien ce que j'éprouve pour toi. Nous ne sommes pas du même univers, de la même espèce, je ne sais presque rien de toi, et pourtant... Mais demain, et après, tout peut devenir si compliqué. Et...

Je n'ai pas le temps de finir ma phrase qu'elle pose sa main sur ma bouche.

Ensuite, elle me saisit par la main, me force à me lever et à la suivre, sans un mot.

Nous entrons dans le village, puis dans la case qui lui était réservée.

Une fois dans la case, elle me positionne devant le lit gravitationnel et s'éloigne de quelques pas pour se positionner face à moi. Elle commande l'extinction des lumières, de sa voix.

L'obscurité est totale.

Sa douce voix se fait entendre :

– Il est une coutume, chez nous, avant de partir à la guerre, que je souhaite partager avec toi.

– Laquelle.

– Il faut tout d'abord que tu ôtes tous tes vêtements. Tu penses pouvoir le faire ?

– Oui.

J'enlève mes vêtements pour me retrouver entièrement nu.

Elle poursuit :

– Derrière toi, tu as un suspenseur à quelques centimètres. Recule-toi et laisse-toi porter.

Je m'exécute. Me voilà flottant, nu, comme en apesanteur dans l'attente de la suite.

Un contact frais sur mon épaule me fait sursauter mais la voix de Shadja me fait "chut".

Puis, c'est mon torse et mes jambes qui ressentent ce contact frais mais d'une douceur inimaginable.

Je veux parler mais une main se pose sur ma bouche, des cheveux caressent mon visage et ma nuque et la voix de Shadja me murmure :

– Une tradition, pour vaincre lors d'une bataille et pour bien la préparer, est de faire l'amour juste avant. Bien entendu, nous ne serons qu'amis par la suite. Mais, il me semble qu'il nous faut mettre toutes les chances de notre côté, non ?

Que répondre à cela.

Sa main quitte ma bouche et ses lèvres prennent sa place.

Je ne sais si la suite nous donnera raison, mais je me sens tellement bien en cet instant que je m'abandonne corps et âme pour profiter du moindre grain de sa peau de soie.

Demain sera un autre jour et peut-être le dernier.

Chapitre 11

8 juillet 2115,

Le jour est à peine levé que tous les combattants sont dans la plaine, devant le village. Le spectacle est invraisemblable.

Il y a tous les villageois chitos en âge et aptes à se battre, armés de lances, de couteaux, chacun possédant une armure en bois. On se croirait dans les histoires que j'ai lues sur les guerres du Moyen Âge, sur la Terre. Beaucoup ont tout de même des pistolets à impulsion, ce qui pourrait nous être fort utile.

À leurs côtés se trouvent le capitaine Pirlo qui gérera l'attaque au sol. Je sais que ce n'est pas un militaire, mais je lui fais confiance et je sais qu'il sera à la hauteur pour gérer au mieux, malgré la langue qu'il ne maîtrise pas. Mais, chose incroyable, l'appel de mes amis Mambo, Sanakor et Sasso a été entendu au-delà de mes espérances.

Il y a toutes sortes d'animaux imposants dans la plaine, comme si la planète entière se révoltait contre les envahisseurs. Certes, je ressentais bien toute l'envie de ces êtres de se battre, mais certains se seraient bien régalés de quelques chitos ou autres animaux.

C'est maintenant à moi d'organiser tout cela pour que tout ne parte pas en eau de boudin.

Tout ce qui ne vole pas et peut courir vite avec un chito sur le dos doit le porter, car il y a une importante distance à parcourir d'ici à Moshou, la ville tenue par les aryotes.

Ce qui vole et est capable de porter un être doit le faire également. Les êtres à transporter étant moi, Shadja et quelques "servantes" ofrates non affectées à la protection de la reine ainsi que des chitos téméraires.

Je me doute que nous serons attendus avant le village et demande donc de détruire tous les aryotes que nous croiserons sur notre passage.

Je compte réellement sur l'effet de surprise et sur la dispersion des troupes aryotes pour prendre la ville. Je sais que, malgré le nombre d'animaux et les chitos d'autres villes et villages qui nous ont rejoints, nous ne serons pas de taille à lutter contre une armée équipée. Mais Shadja s'est occupée de nous mettre en position favorable.

Une fois notre étreinte terminée, cette nuit, elle est partie s'isoler je ne sais où pour préparer notre attaque au mieux. Les aryotes ont des armes ayant de longues portées de tir et nous, grâce à certains animaux de grande taille, nous serons plus efficaces en combat rapproché. Il nous faut donc pouvoir nous approcher suffisamment et Shadja possède la solution.

Une crainte me taraude tout de même : Si j'ai pu deviner ce que prévoyait Elsenor, j'espère qu'Ahrimanor n'est pas capable de faire de même avec moi.

De toute façon, l'heure n'est plus à se poser des questions, mais à l'action.

Un dernier adieu à mes amis, le capitaine Pirlo, Loïc, Sanakor et Mambo, rempli d'émotions, mais digne.

J'ordonne le départ du convoi au sol.

Quoique hétéroclite, il est impressionnant par la quantité et la taille de certains animaux. Nous sommes sous armé, mais motivé.

Tout ce qui vole laisse démarrer le convoi.

Je m'approche alors de Shadja, l'amène vers Sasso et leur dit :

– Sasso, je vais te confier Shadja, elle est précieuse pour moi. Toi Shadja, je te confie Sasso, il est plein de ressources et c'est un ami de confiance. Ne lui fais pas prendre de risques inconsidérés.

Shadja veut protester, mais Sasso la précède :

– Et qui vas-tu prendre comme partenaire ?

Je le regarde dans ses grands yeux et lui dis :

– Je te laisse choisir à ma place. Je te fais confiance.

– Mon frère sera parfait.

Un tourazi s'approche alors de nous, tout aussi impressionnant que Sasso.

Ce dernier nous présente :

– Sokho, je te présente ton nouveau partenaire. C'est le rheï. C'est une très grande fierté pour toi, sois à la hauteur.

Il lui répond qu'il fera attention à moi aussi bien que si c'était lui.

Je veux dire quelque chose mais Sasso ajoute :

– Ah oui. Il n'aime pas le mot rheï, alors appelle le Maxime, il se sentira mieux. Maxime, c'est mon frère cadet. Tout ce que je sais, il le sait aussi alors n'ai aucune crainte. Quant à ta dulcinée, j'y veillerai comme si c'était toi.

Je m'approche de lui, pose ma main sur son bec et lui murmure :

– Merci mon ami. J'espère que tout se passera bien et que nous nous retrouverons tous sains et saufs.

Les ofrates, les chitos, moi et Shadja montons sur nos oiseaux.

Nous nous envolons, suivi de tous les êtres volants présents, formant une nuée indescriptible.

Je leur demande de rester au-dessus de la colonne animale et chito se trouvant au sol. Je décide de m'avancer en éclaireur avec Sokho, accompagné de Shadja et Sasso, qui ne m'auraient de toute façon pas laissé partir seul.

Nous volons lentement pendant près de quatre heures sans qu'un signe ennemi ne se fasse voir. La reine m'informe par pensée qu'aucun village n'est encore touché par une attaque. Je me mets à redouter le pire, qui ne tarde pas à prendre forme.

En effet, quelques secondes plus tard, une immense tâche sombre et mouvante apparaît au loin et se dirige dans notre direction.

Je comprends à cet instant qu'Ahrimanor a lu ce que je voulais faire et qu'Elsenor lance ses troupes contre la rébellion avant d'écraser le reste des villes et villages.

Je regarde Shadja dans les yeux et je crois qu'elle y lit toute la détresse, l'incompréhension et la désolation que je ressens.

Alors que j'imaginais une victoire, c'est l'enfer qui se présente à nous.

Comment ai-je pu croire vaincre, presque sans armes, l'armée d'un être aussi puissant qu'Ahrimanor.

Alors que je commence à penser qu'il va falloir faire replier nos troupes au plus vite, Shadja se fait entendre dans ma tête :

– N'oublie pas qui tu es et écoute-toi. Et fais confiance à ton armée et à moi aussi, accessoirement.

Ce même message est relayé par la reine qui ajoute qu'en moi se trouve la clé de la victoire et qu'aucune fuite n'est envisageable.

Toutes les deux lisent dans mes doutes et je pense de plus en plus que je suis un imposteur dans la peau d'un autre, qui lui, se comporterait en héro en pareil cas.

Il me faut reprendre mes esprits rapidement, car tous ces êtres comptent sur moi et qu'un massacre est proche.

Nos troupes avancent et nulle fuite n'est envisageable. Qu'à cela ne tienne. Mon objectif n'est plus de survivre, il y a peu de chances, mais de faire le maximum de dégât parmi l'ennemi. La pitié est un mot à oublier. Par contre, il est clair que l'entrée dans Moshou dans la foulée est prématurée et irréaliste. Essayons déjà de triompher lors de cette bataille avant de penser à gagner la guerre.

Cette bataille sera terrible, je le sais. Nous avons le bénéfice du nombre, mais eux des armes. Le reste sera de l'histoire. Mais comme disaient les gladiateurs : 'morituri te salutan'.

***

Deux heures de vol et nous atteignons enfin nos troupes avec Shadja.

Nous nous posons au-devant d'eux et je leur explique comment cela va se passer.

Je leur demande de ne pas avoir de pitié, car nos ennemis n'en auront pas pour nous.

Je demande à Shadja de rester derrière les troupes, à l'abri, ce qu'elle accepte en râlant. Elle doit rester concentrée pour faire ce qu'elle a à faire. Je demande à Sasso de rester caché avec Shadja et de fuir et la protéger si cela tourne mal. Je comprends d'un regard qu'il fera ce qu'il faut.

Je vais voir Mambo et Loïc, son partenaire d'une bataille. Je prends ce dernier dans mes bras en lui demandant de ne pas se faire tuer. Mambo me fait décoller du sol en m'attrapant sous les bras et me lève au-dessus de sa tête en me disant :

– Je suis fier d'être ton ami et de voir ce jour, avec tous ces êtres réunis grâce à toi, c'est inimaginable. Un bout de planète s'est uni pour toi, Rhei. Le reste viendra vite. Fais attention à toi. Mais je sais que Sasso et Sokho ont prévu ta protection.

– Fais attention à toi aussi, mon ami.

Il me pose au sol.

Je m'approche de Sanakor et du capitaine Pirlo et leur demande de prendre soin l'un de l'autre. Le capitaine me prend dans ses bras en me murmurant que je suis encore plus fou que mon père.

Sanakor approche son museau de mon corps. Je sais qu'il aurait aimé m'avoir sur son dos pour cette bataille, mais je sais aussi qu'il comprend ma décision, dans toute sa sagesse. Nous nous regardons intensément durant quelques secondes. Je sais qu'entre nous deux, ce n'est pas seulement de l'amitié, mais un lien d'appartenance difficile à définir. Nous n'échangeons aucun mot. Les regards suffisent parfois à dire plus que de longs discours.

Shadja vient vers moi et m'embrasse avant de me dire :

– Fais bien attention à toi, je n'aimerai pas perdre mon ami.

– Fais attention à toi aussi.

Les aryotes nous feront face dans moins de vingt minutes.

Je demande à Shadja de faire débuter les hostilités de façon à ce que tout soit prêt pour les recevoir.

Je la quitte et me positionne face aux troupes arrêtées.

Nous sommes en forêt mais la vision de cette armée est hallucinante, tant par la quantité immense que par le bruit qu'elle génère.

Je demande le silence.

La forêt se fait murmure.

Maintenant, à moi d'être convaincant :

– Tous qui êtes ici. Ceci n'est pas une bataille ordinaire. Cette bataille signe le début d'une nouvelle ère pour cette planète. Cette bataille sera historique et chaque participant sera célébré et respecté. Chaque survivant pourra être fier de dire qu'il y était. Chaque survivant devra aussi louer ceux qui y seront resté, célébrer leurs mémoires. Tous ici, vous êtes des êtres courageux et uniques. Je n'ai pas le plaisir de vous connaître tous, et croyez bien que je le regrette. Mais qu'importe, nous nous battrons côte à côte, qu'importe qui nous sommes. Beaucoup ici risquent de mourir durant ce combat, moi y compris. Faîtes le maximum de dégât. Tous ensemble, nous allons bâtir demain, certes dans le sang, mais, croyez-moi, ce jour restera gravé dans la mémoire de cette planète. Un dernier mot. Avant de partir à la bataille, je voudrais que vous poussiez tous un grand cri, chacun autant que vous êtes pour faire monter votre haine de l'envahisseur et nous stimuler tous. J'aimerai que ce cri retentisse partout, que le sol en tremble et fasse monter la terreur chez nos ennemis. Ici, ils ne sont pas chez eux.

Alors que j'imaginai de cris désordonnés, un mot est crié en concert par tous les êtres présents. Le sol en tremble à faire soulever la terre, les arbres vacillent à perdre les feuilles, certains rochers se fissurent sous l'onde de choc et nous n'entendrons probablement plus avant de longues heures. Le son a dû être entendu à l'autre bout de la galaxie.

Ce son, reprit par tous, est le mot "rheï".

Ce mot a résonné dans la plaine pour annoncer la bataille à venir.

Le vent s'est levé, comme pour transporter ce cri encore plus loin. Un vent tourbillonnant, dont la puissance s'est mise à grandir de secondes en secondes. Shadja avait fait ce qu'il fallait.

La plaine s'est remplie de poussière, due aux vents, formant un épais brouillard. Cette brume s'est muée en gigantesque cône montant vers le ciel.

C'était les conditions que je désirai et c'est dans cette purée de pois que nous devons livrer bataille.

J'ai poussé un cri à m'en déchirer les cordes vocales pour lancer l'assaut.

Le sol s'est mis à trembler accompagné de sa plainte d'être piétiné et maltraité. Sokho s'est envolé et tout ce qui pouvait voler nous a suivi.

Nous sommes tous entrés dans cette brume, sans réfléchir, empli de haine, de volonté et de courage, ignorant si nous en ressortirions, mais conscient que l'histoire s'écrivait là, sans nul doute.

Quelques minutes à avancer presque en aveugle et les premiers chocs se font entendre au sol, suivis des premiers cris.

Le reste n'est que réflexe, instinct de survie et sauvagerie.

Nous avons quelques minutes pour faire le maximum de dégâts.

Un aryote aux ailes métalliques apparaît à quelques dizaines de centimètres et j'essaye de l'abattre mais ne fait que le faire basculer et sortir de mon champ de vision pendant que Sokho arrache les ailes d'un second.

La méthode de Sokho s'avère plus efficace. Je me mets donc à viser les ailes de tous les ennemis rencontrés. Sokho tournoie, mord, démantèle tout ce qui se présente devant sa mâchoire et moi je déstabilise les aryotes en leur brisant une aile de mon laser. Nous formons une équipe redoutable, moi et Sokho, jusqu'à ce tir qui frappe Sokho en plein crâne.

Ces ailes cessent alors de battre et nous flottons quelques instants, défiant la gravité. De minces instants pendant lesquels j'espère que Sokho reviendra à lui, en vain.

Nous commençons à chuter.

Deux solutions s'offrent à moi : rester sur le dos de Sokho en espérant qu'il heurtera le sol de façon à m'épargner ou sauter dans le vide et espérer croiser une quelconque entité volante et m'y accrocher.

Sans trop m'appesantir, je choisis la seconde option.

Ma chute, seul, restera gravée dans ma mémoire à jamais.

C'est avec ironie que le temps nous maltraite dans ces moments-là. Alors que ma chute dure à peine plus de trois secondes, elle m'apparaît une éternité pendant laquelle je m'imagine me brisant sur le sol comme un verre qui éclate.

C'est le souffle coupé, la peur au ventre, que ma chute croise un objet auquel je m'agrippe de toutes mes forces avant de réaliser que ce n'est pas un animal mais un aryote en plein vol. Ce dernier, le choc et la surprise passée, veut me faire descendre en tournoyant sur lui-même. Je me tiens à son aile droite comme je peux durant sa manœuvre et profite de la position horizontale pour sauter sur son dos et me caler. Durant ma chute, ma seule arme est tombée et il ne me reste que mes mains pour lutter contre cette masse métallique.

Il le comprend et se met à se diriger vers le sol, conscient qu'il peut ainsi m'abattre aussitôt sur la terre ferme.

Alors que je me trouve dans une situation compliquée, je me sens soudain détendu et dans un état vaporeux, comme si je quittai mon corps et qu'il ne pouvait rien m'arriver.

Je ferme les yeux, cale mon corps et me mets à m'imaginer contrôlant cet organisme étranger, sans aucune raison, mais poussé par une sorte d'optimisme ou d'instinct inimaginable.

Contre toute attente, j'imagine que nous ne faisons plus qu'un et je vois soudain ce qu'il voit. Mais le plus hallucinant est que j'ai la sensation de contrôler son vol, moi, collé sur le dos d'un être inconnu et les yeux fermés.

À la grande surprise des autres aryotes en vol, je me mets à les abattre les uns après les autres, durant de longues secondes, jusqu'à cette vision venue de nulle part : Delilah. Son visage m'apparaît au cœur de la brume, au milieu de tout ce qui vole, réveillant cette cicatrice que je croyais guérie au point de ne plus rien contrôler.

Et vient le choc sur mon crâne et l'obscurité.

Chapitre 12

10 juillet 2115,

J'ouvre les yeux dans une lumière étincelante et mon regard a du mal à bien discerner ce qu'il y a autour. Je sais que je suis allongé sur du sable fin. Je sens une main me caresser les cheveux et une peau douce et humaine contre ma joue. Je lève les yeux et je découvre le visage légèrement brouillé de Delilah, le regard bienveillant, un sourire rassurant.

Elle me murmure que je suis en sécurité tout contre elle, de ne me soucier de rien, mais de simplement profiter de ces instants auprès d'elle.

Mon regard s'habitue à la lumière et je réalise alors qu'elle est nue, penchée sur moi et que ma tête repose sur sa cuisse gauche.

Malgré la beauté de ce que je découvre, une gêne m'envahit et je me redresse rapidement pour découvrir que je suis également dénué de tout vêtement.

Alors que je suis assis sur le sable chaud, je me tourne vers elle. Elle est déjà debout et se met à courir en me criant de la suivre.

Je me lève aussitôt et lui cours après.

Elle a de l'avance et j'essaie de la rattraper, mes pieds s'enfonçant à chaque pas dans ce sable fin et clair, pris entre falaise et mer calme. Un paysage idyllique.

Je devine, au loin, creusé dans la falaise, ce qui me semble être une grotte. Delilah, habillée simplement des reflets du soleil, se dirige droit vers elle avec force élégance dans sa rapide démarche.

Il me faut la rejoindre avant qu'elle n'y entre. Mais, quoi que je fasse et plus j'accélère et moins la distance qui nous sépare ne se réduit. Mon pas se fait lourd, comme si mes jambes ne souhaitaient plus me répondre et j'ai la sensation de faire du sur place.

Lorsque Delilah atteint enfin l'entrée de la grotte, elle se retourne vers moi, qui suis encore loin, et me crie de me dépêcher et de la rejoindre à l'intérieur.

Elle disparaît dans l'obscurité de la cavité et je me précipite vers cet antre pour retrouver ma déesse. Cela prend une éternité.

Entré dans grotte, je découvre que l'obscurité se fait totale et l'endroit où je suis entré s'est volatilisé.

Je tourne sur moi-même pour essayer de me repérer, mais l'absence de lumière me désoriente complètement.

J'appelle Delilah à plusieurs reprises, mais n'ai aucune réponse en retour.

Je butte sur une pierre et chute lourdement.

Quelques instants pour récupérer de ma chute. Une douleur intense envahit l'arrière de mon crâne, comme si j'avais été frappé.

Je me souviens alors que j'ai effectivement été frappé. Une odeur pestilentielle envahit mes narines, entre humidité intense, urine et mort. C'est intenable.

Je comprends à cet instant que Delilah n'était qu'un rêve et que je suis dans un lieu assez peu accueillant. Je me lève, et à tâtons, durant quelques minutes, découvre ma prison de pierre, humide, avec une porte métallique semblant très épaisse pour toute issue.

Je découvre également que je ne suis pas dénudé, mais dans ce qui me semble être la tenue que je portais avant que je perde connaissance.

La douleur dans mon crâne se réveille et je m'assois pour la calmer.

Je tombe de fatigue et de douleur et m'endors à nouveau sans pouvoir lutter.

À mon réveil, rien n'a changé. Je suis encore dans ces ténèbres et l'odeur est toujours aussi immonde.

Je tente de contacter Shadja en me concentrant, mais c'est peine perdue. Je dois avoir perdu mon don avec le choc.

***

Combien de temps suis-je resté dans l'obscurité ? Je n'en ai aucune idée, mais le temps paraît vite interminable, enfermé ainsi.

Dans ces moments de solitude ultime, mes pensées se mettent à s'accélérer, par manque d'occupation autre.

Je revis tous les moments intenses depuis mon arrivée sur Chuto, toutes ces rencontres improbables, ces dialogues insensés, avec des animaux notamment, ces amitiés impensables, ces situations inimaginables.

En repassant, dans ma mémoire, le film de ces derniers jours, je ne peux m'empêcher de me pincer fortement pour être sûr de ne pas rêver.

Le regard de Shadja m'apparaît ainsi que les souvenirs de sa peau, de son corps, de nos moments passés ensemble et de cette intimité partagée pour nous donner force et courage. Mais au-delà de cette force puisée dans ses yeux, dans les autres êtres que j'ai pu rencontrer ici, je comprends que cet être est devenu, ou a toujours été, une partie de moi, sachant me rassurer, me donner la foi en moi-même, me guider pour me permettre d'essayer de devenir le meilleur de moi-même. Shadja est donc l'âme qui prolonge la mienne et en qui je peux compter autant qu'elle croit en moi.

Mais, comme rien n'est jamais simple, pourquoi, alors que je ressens au plus profond de mes entrailles que Shadja est mon futur, suis-je si perturbé et si intimidé à la vision de Delilah ?

Pourquoi, après avoir trouvé l'être aimé suis-je attiré par mon passé ? Sûrement parce-ce que rien n'est vrai. Il ne peut en être autrement.

Des animaux qui ne parlent qu'à moi, des êtres qui soulèvent des vents, certains malfaisants qui vous envoient au milieu de l'univers psychiquement pour vous indiquer qu'ils vont arriver, et le simple fait d'imaginer que tout le monde me prend pour un demi-dieu. Tout cela ne peut-être réel. Je ne suis pas en train de rêver, mais je suis fou et ma folie est grandiose. Tout est incroyable et j'ai dû rêver tout cela et non le vivre. Les fous ont parfois des moments de lucidité et c'est ce que je dois vivre en ce moment. Le retour à la réalité est rude et c'est d'ailleurs pour cela, comme pour les junkies d'ailleurs, que ces personnes préfèrent le monde virtuel au monde réel. Aujourd'hui, je suis dans une obscurité totale, enfermé, mais à cause de ma folie et non pas par des aryotes. Je réalise soudain que le cerveau est un organe tout à fait exceptionnel, me permettant de vivre une vie géniale de façon complètement illusoire et pourtant paraissant si vraie.

Une sensation est bien réelle depuis quelques minutes : la faim. Mon estomac me tiraille violemment, mais je n'ai rien pour me sustenter. Les conditions de vie des patients de cet organisme psychiatrique me semblent laisser à désirer. Il faudra que j'en parle, pour peu que je m'en souvienne, au responsable.

Alors que la sensation de fringale se fait de plus en plus douloureuse, une lucarne s'ouvre et quelqu'un me balance des aliments sur le sol. La lucarne se referme aussitôt me rendant à l'obscurité.

Peut-être suis-je fou et dangereux pour être traité ainsi.

J'ai terriblement faim et me mets, à tâtons, à rechercher les aliments qui m'ont été envoyé sans délicatesse.

Je trouve plusieurs aliments dont le contact ne me dit rien, et les porte à ma bouche. Le goût, horrible, ne me parle pas non plus. La folie fait-elle perdre toute notion des sens ?

Alors que je dévore tout ce que je peux trouver sur le sol, j'entends une minuscule voix :

– C'est toi le rheï ?

Surpris de la question en ce lieu incongru, je réponds :

– Dans mes rêves sûrement.

– J'ai un message pour toi : une armée vient te libérer, mais il nous fallait savoir où tu étais exactement. Si tu évites de me manger, je pourrai, dès ma sortie, le leur indiquer.

– Pas de soucis. Et si j'essaie de te manger, dis-moi ce que tu es, que je sache ce que je mange.

C'est alors que ma tête se met à tourner, que tout mon être se fait lourd. Je m'endors presque aussitôt.

***

Combien de temps ai-je dormi ? Je l'ignore.

Je me réveille, le cerveau dans un coton et mes membres engourdis.

L'obscurité est complète et le sol est dur, humide et frais. J'en déduis que je suis toujours dans ma cellule au confort tout à fait spartiate.

J'ai un vague souvenir d'une petite voix qui disait qu'une armée allait venir me libérer, mais était-ce un délire, un rêve ?

Pour en avoir le cœur net, je demande :

– Il y a quelqu'un ?

Je n'obtiens aucune réponse.

J'ai dû imaginer cela ou c'était dans un de mes rêves.

J'essaie de me lever pour dégourdir mes muscles et mes membres, mais je suis encore faible et, même si j'arrive à bouger, mon corps n'a pas la force de soulever son propre poids.

Ma gorge est terriblement sèche, et mon ventre cri famine. J'ai dû dormir pas mal de temps et mon corps a besoin de choses élémentaires, comme de l'eau et un minimum de nourriture.

La lucarne s'ouvre.

Ils vont me lancer de la nourriture.

Des cris et de l'agitation se font entendre au loin, mais je n'y prête pas attention et essaye de ramper en direction de la lucarne et du rai de lumière.

Un objet métallique tombe sur le sol. Sûrement une boisson.

La lucarne se referme.

J'entends alors un bruit d'air sous pression qui se dégage lentement de son container.

Une odeur suffocante empli la pièce et je commence à avoir du mal à respirer et me mets à tousser. C'est un poison sous forme de gaz, c'est certain. Ils ne veulent décidément pas que je reprenne mes esprits.

Tout mon corps se met à trembler, mes poumons à brûler de l'intérieur et des hauts le cœur me prennent. Je finis par vomir par saccades, puis en continu, comme si mon organisme s'évacuait par ma bouche.

C'est la fin, je le sens. Mon corps ne résistera pas.

Ce fût une belle histoire, celle du Rheï, la découverte de Chuto, avoir pu connaître et aimer Shadja, avoir pu aimer Delilah également.

Mes forces s'évaporent et je divague au point d'entendre un grand choc contre la paroi de la porte de la prison.

J'ai terriblement mal dans tout le corps, mais je n'ai, ni la force, ni l'air suffisant pour crier ma douleur.

Le visage de Delilah m'apparaît et j'entends sa voix me murmurer que tout va bien se passer et qu'elle m'aime.

Un second choc qui fait même vaciller le visage de Delilah. Je sens presque sa main caresser ma joue. Je ne sens plus rien de mon corps. Je sais que mon cerveau vit ses derniers instants et je n'en ressens aucune émotion.

Le visage de Delilah me regarde.

Un troisième choc et le visage de Delilah s'éclaire avant de s'effacer comme un nuage de fumée et d'être remplacé par celui de Shadja.

Shadja, pardonne-moi. Je ne serai pas ce que tu espérais. Un autre viendra.

Le visage de Shadja s'efface à son tour remplacé par une lumière intense et magnifique.

Je me sens flotter et me décide à rejoindre cette lumière étincelante qui me réchauffe l'âme. Si la mort est ainsi, à quoi bon en avoir peur.

***

Après avoir sorti Maxime de sa cellule, aidée en cela par les chitos présents à ses côtés, et l'avoir allongé le plus confortablement possible, en n'hésitant pas à éloigner tout ce qui se trouvait autour de lui afin qu'il puisse respirer, Shadja insère par voie orale en Maxime un kit médical de premier secours interne.

Ce kit est une sonde qui permet d'analyser les lésions internes subies par le corps, humain ou non, en vue de prodiguer le soin adéquat.

Les résultats indiquent rapidement que les poumons de Maxime sont mal en point et son cerveau est en manque d'oxygène.

Elle décide aussitôt d'attacher Maxime sur le dos de Sasso, au grand regret de Sanakor, afin qu'il puisse arriver au plus vite au premier centre de soin opérationnel, qui n'est autre qu'Esrin, le lieu à partir duquel ils ont lancé l'attaque, et s'installe à son tour.

Elle réalise soudain qu'elle ne sait communiquer avec eux. En mimant le feu, l'attaque, elle essaie de faire comprendre à Sanakor, qu'elle juge le plus apte à saisir la destination du vol.

Sanakor finit par expliquer quelque chose à Sasso. Ce dernier décolle sans prévenir.

Shadja ne fait aucunement attention au vol mais regarde Maxime, le rheï, terriblement affaiblit à en être inerte et inconscient. Elle n'arrive pas à le quitter des yeux tout en pleurant, de peur de ne pas pouvoir sauver l'homme qui doit devenir, cette légende à venir, celui qui parle déjà aux animaux et dont on ignore comment il devait devenir, et surtout, l'homme qu'elle aime, depuis si longtemps, et qui lui est promit, pour peu qu'il vive et qu'elle ait le courage de lui parler de ce qu'elle ressent.

Le vol dure une éternité pour Shadja, mais en moins d'une heure, ils sont au village.

Sanakor, et c'était presque le cadet de ses soucis, avait bien compris la destination.

La prise en charge de Maxime est rapide, et en quelques minutes il se retrouve en salle de soin.

L'intervention, entièrement automatisée, est rapide, mais malgré des poumons assainis, un cerveau oxygéné, aucun signe de mouvement de la part de Maxime.

Shadja, assise au chevet du malade, ne comprend pas qu'il ne se réveille pas, au même titre que les machines.

Elle demande des analyses plus poussées, mais rien ne semble anormal.

Le service médical automatique indique à Shadja que ce dernier n'a plus rien et qu'il doit libérer la salle de soin.

Elle veut crier que ce n'est pas un patient mais le rheï, mais elle s'abstient, comprenant que Maxime souffre de quelque chose que les connaissances médicales des automates ne connaissent pas. Sa respiration est parfaitement normale, aucun membre interne ne semble touché, ses pulsations et son état général ne donnent pas lieu à quelconque inquiétude, aucune lésion externe, aucune trace de drogue ou d'analgésique résiduel dans son sang, bref, rien qui ne puisse le mettre dans cet état, et pourtant.

Par dépit, elle demande à ce qu'il soit amené dans sa chambre mais reste sous surveillance médicale tant qu'il n'aura pas retrouvé ses esprits.

Quelques minutes plus tard, elle se retrouve seule avec cet homme, qu'elle vénère, inerte sans raison apparente, dans sa chambre et totalement ignorante des causes de son état.

Un ensemble de sentiments, allant de l'impuissance à la colère jusqu'au désespoir l'envahit et elle finit par s'allonger sur son lit gravitationnel pour pleurer en se disant que tout cela ne peut pas finir ainsi.

Quelques minutes de la sorte et une voix la sort de son état presque dépressif pour lui annoncer que sa présence est requise d'urgence au directoire.

Malgré le peu d'envie qu'il lui reste, elle sait qu'il doit y avoir un problème réel et grave pour qu'elle soit dérangée de la sorte en ces instants difficiles.

Lorsqu'elle entre en salle du directoire du village, les dirigeants chitos ainsi que l'une de ses assistantes sont autour d'une table en visioconférence avec la reine.

À peine entrée, la reine s'exclame :

– Shadja. Il vous faut rejoindre la cité cachée sans attendre.

Quelque peu surprise, Shadja ne peut que dire :

– Mais…

La reine s'explique d'un ton ferme :

– Elsenor a lancé une opération de nettoyage des villages afin de retrouver le rheï. Nous devons le mettre à l'abri, quel que soit son état, avant d'imaginer un transfert sur Ofra si nécessaire. Les armées d'Elsenor se déplacent vite et il y a fort à parier qu'ils seront sur vous dans quelques heures, voire plus rapidement. Même dans son état, nous ne pouvons risquer qu'il se fasse capturer à nouveau. Même légume, tant qu'ils s'imaginent qu'il est vivant et qu'ils ne le capturent pas, ils craindront la rébellion et la défaite. Ils jouent le tout pour le tout. Cette opération va occasionner des pertes lourdes, les villages vont se défendre, mais c'est l'avenir de tant d'être qui en dépend et…

La reine s'arrête soudain de parler, regarde derrière Shadja, sourit légèrement et dit :

– Eh bien mon frère, je suis ravi que vous vous portiez mieux.

Tout le directoire se retourne et découvre Maxime, debout, à l'entrée de la salle.

Shadja se précipite vers lui mais alors qu'elle veut l'aider à se déplacer, il lui annonce :

– Merci ma chère, je peux me déplacer seul.

Shadja reste interloquée.

Maxime s'avance vers la table du directoire et la reine poursuit :

– Comment vous sentez-vous mon frère ?

– Fatigué. Fatigué mais opérationnel.

– Nous allons devoir vous évacuer. Vous vous sentez apte ?

– Oui, je crois. Pour quel endroit ?

– La cité cachée.

– Si vous avez un moyen de transport confortable dans lequel je puisse continuer à récupérer, pas de soucis.

– Il y a une capsule au village, vous la prendrez. Shadja, organisez son escorte et le trajet. Dans moins de trente minutes vous devez avoir quitté le camp. Quant aux chitos et autres êtres qui vont se battre, je leur souhaite d'avoir du courage, car leurs sacrifices serviront des milliards de vies et ils seront élevés en héros.

La reine coupe la communication aussitôt.

Quelques minutes plus tard, la capsule spatiale est prête à décoller. Sasso, Sanakor et Mambo sont à côté de l'appareil pour souhaiter un bon voyage au rheï. Lorsque ce dernier aperçoit les trois animaux, il s'arrête net et demande à Shadja :

– Pourquoi sont-ils là ?

Elle répond, surprise :

– Pour te souhaiter un bon voyage, j'imagine.

– Ah… oui.

Alors que Sanakor et Mambo s'approchent de Maxime en lui expliquant qu'ils étaient heureux de le retrouver en vie, il ne répond pas, les évite intentionnellement, les regarde à peine, et grimpe dans la capsule après leur avoir fait un léger signe de la main.

Shadja entre à son tour dans l'engin et décolle quelques instants plus tard. Maxime ne jette aucun regard vers ses amis alors qu'ils s'en éloignent.

Sanakor reste stupéfait par l'indifférence de celui qu'il considère comme son ami. Le rheï ne s'est jamais comporté ainsi envers eux et il doit y avoir une explication. Il se retourne et fait part de ses doutes à Mambo et Sasso. Visiblement ses deux amis partagent la même inquiétude.

En chef naturel qu'il est, Sanakor demande à Sasso s'il serait capable de poursuivre ou de faire suivre l'engin volant du rheï, sans se faire repérer, tout en le tenant informé, au sol, de la direction, afin qu'ils puissent, tous trois, les pister à distance.

Sasso pousse un cri et aussitôt, une nuée de volatiles de toute sorte se met en branle en ordre, un peu décousu, mais dans la direction qu'a empruntée la capsule.

À leur tour, Sanakor et Mambo se mettent à filer leur ami à distance.

Au fil du trajet, comme il était prévu, des oiseaux viennent informer nos trois amis de la dernière position connue.

À bord de la capsule, alors que le silence est de plomb, ce qui n'est pas habituel chez Maxime, Shadja est également prise d'un léger doute et demande à Maxime :

– Tu vas bien ?

– Oui.

Elle insiste :

– Tu n'as pas salué tes amis.

– De qui parles-tu ?

– De Sanakor, de Mambo, de Sasso, de qui veux-tu que je parle ?

– Désolé, je ne les ai pas vus.

– Ils étaient pourtant devant la capsule.

– Ah. Désolé, la fatigue.

– Je comprends, mais j'imagine qu'eux beaucoup moins.

– Je me rattraperai.

Après de longues minutes de silence, Maxime demande :

– La cité cachée est encore loin ?

– Pourquoi ?

– Je suis fatigué.

– On peut faire une halte dans un village si tu veux.

– Non, mais il me tarde d'y être.

– Nous nous dirigeons vers elle. Mais si tu es trop fatigué, n'hésite pas.

– Pas de soucis, la capsule est confortable.

Maxime ferme alors les yeux et semble s'endormir.

Près de deux heures plus tard, après avoir traversé des paysages forestiers, la capsule s'engouffre dans une zone montagneuse avant de se poser sur une corniche naturelle.

Maxime se réveille instantanément et ils sortent presque aussitôt.

Ils se retrouvent tous deux devant une porte métallique et alors que Shadja s'approche de cette dernière pour l'ouvrir, Maxime demande d'une voix inhabituellement réjouie :

– C'est derrière cette porte que se trouve la cité cachée ?

Shadja répond aussitôt :

– C'est exact. Ici sont enfouis les trésors de notre civilisation passée.

Le ton de la voix de Maxime se fait soudain glacial et il annonce :

– C'est donc ici que nos routes se séparent.

En disant cela, Maxime s'approche de Shadja d'un air menaçant.

Elle veut réagir, mais elle se retrouve plaquée à flanc de roche, parfaitement immobilisée, ceci sans entraves.

La voix de Maxime change pour donner la sensation de sortir des ténèbres :

– Tu comprends que Maxime n'est plus. Je me suis permis d'emprunter son corps, sans son autorisation, tu comprends bien. L'armée d'Elsenor arrive pour tout détruire ici. Bon, je ne te cache pas que nous allons raser tous les villages ici, et faire pareil sur Ofra. Le roi a fait beaucoup de concessions, mais nous ne cherchions que la cité cachée. Et ton rheï, quelle plaisanterie. Vous y avez cru ? Que vous êtes minables. Dans quelques heures, il ne restera rien de vos civilisations, chitos et ofrates confondus.

Shadja a un seul mot :

– Ahrimanor.

***

Je suis mort, c'est certain. Je ne suis plus dépendant de mon corps et je flotte comme un fantôme, dans l'air de Chuto. Je ne ressens ni la chaleur, ni le froid, et respirer est inutile. Alors que j'imaginais l'obscurité éternelle, me voilà en apesanteur, à me déplacer sans efforts, à une vitesse vertigineuse, ou lentement, et à des altitudes diverses. Certes, il m'a fallu quelques minutes avant de m'habituer à cette liberté, mais quelle sensation de puissance, à me mouvoir sans contrainte. Je survole les paysages forestiers, les montagnes, découvre les deltas, les volcans, plane au-dessus de ces mers vertes, observe des animaux tout à fait originaux, des chitos en train d'œuvrer à leurs tâches, et me mets à aimer ces panoramas faits de diversité et si proches de ce que l'on m'a appris de la Terre. Je découvre également le reste de cités anciennes, enfouies sous la végétation, complètement abandonnées, qui détonnent avec la vie rudimentaire des habitants de la planète. Dans ces cités, il avait dû y avoir des bâtiments immenses, une vie sociale intense, dynamique et scientifiquement avancée, mais il ne reste plus rien sauf des ruines que la nature s'empresse de coloniser. Ces cités semblent abandonnées depuis des centaines d'années et je me promets de les explorer plus en détails ultérieurement, souhaitant, dans un premier temps, maîtriser ma nouvelle condition d'âme en errance. Alors que je survole une nouvelle chaîne montagneuse, la plus étendue qu'il m'ait été donnée de voir, je découvre en son cœur, un sommet d'une altitude anodine par rapport à ses voisins, mais dont la base empiète sur tous ceux l'entourant. Ce pic est surplombé d'un nuage d'une noirceur impressionnante et qui semble ne pas vouloir se déplacer. Alors que je viens de voir moult curiosités, je m'en approche, comme par instinct, pour comprendre le phénomène.

Cachée au milieu de la végétation, une immense double porte métallique ne demande qu'à être traversée. En ma condition d'esprit, je me décide à passer au travers de cet obstacle et découvrir ce qu'il cache.

***

Sasso découvre la scène entre Maxime et Shadja et comprend instinctivement que ce n'est plus son ami.

C'est ainsi qu'il fond sur Ahrimanor, sans penser aux conséquences.

Ahrimanor le sent arriver et se retourne vers lui. D'un geste, Ahrimanor immobilise Sasso qui vient s'écraser sur la montagne quelques mètres plus bas.

Ce délai permet à Shadja de se libérer de l'emprise d'Ahrimanor, et elle ouvre la porte métallique pour s'y engouffrer.

***

Je viens de traverser les deux portes métalliques, et ma surprise est totale en découvrant ce qu'elle contient.

Je n'ai pas le temps de tergiverser plus avant. Je me sens soudain happé par une force inconnue, et me mets à survoler la planète à une vitesse vertigineuse sans maîtriser mes mouvements.

Les paysages défilent jusqu'à l'incroyable. Je me découvre, mon corps, sur un flanc de corniche, bien vivant, mais sans moi à l'intérieur. La vision d'horreur de Sasso s'écrasant sur la paroi rocheuse me glace le sang et je vois Shadja entrer en courant, complètement paniquée, dans la montagne.

Je comprends instantanément qu'Ahrimanor possède mon corps et, sans plus de réflexion, je plonge vers mon corps pour y pénétrer.

L'impact est intense et mon corps se retrouve au sol. Nous sommes deux pour un corps et j'entends raisonner la voix d'Ahrimanor :

– Deux pour un corps, ce n'est pas un peu trop ?

Je réponds instantanément :

– Si. Tu vas partir ou je te détruis.

Un rire sarcastique retentit.

Mon corps se relève et se dirige vers Shadja sans que je ne puisse rien y faire.

Elle est propulsée conte le mur et je sens qu'il l'étrange, qu'il va la tuer sans que je ne puisse rien y faire.

283

Il ne peut pas tuer Shadja, l'une des deux femmes que j'aime sans que je bouge, mais quoi faire, je ne suis plus maître de mon propre corps.

Shadja se débat, mais rien n'y fait, l'oxygène commence à lui manquer et elle va bientôt succomber. Et moi, le rheï, je suis impuissant.

Mon esprit se remplit de colère, de haine et se vide de toute réflexion pour atteindre le paroxysme de la violence intérieure. À force d'efforts, je réussis à prendre possession de mes mains pour relâcher la pression sur le cou de Shadja. Je reprends mon corps, peu à peu, comme par magie et me mets à crier comme un fou :

– Quitte ce corps maintenant.

Le corps de Shadja tombe au sol, et je la vois respirer avec difficulté.

Ahrimanor essaie de reprendre le dessus, mais je le repousse psychiquement, dans un effort surhumain.

Il me dit :

– Je vais te tuer dans peu de temps, tu le sais.

Je lui réponds seulement :

– Pas aujourd'hui. Et c'est moi qui vais te détruire. Quitte ce corps ou j'investis le tiens où qu'il se trouve.

Une voix lointaine se fait alors entendre :

– Tu as gagné cette fois, fils, mais tu ne gagneras pas la guerre.

J'ai la maîtrise de mon corps, et mon regard se porte aussitôt sur Shadja.

Elle me regarde avec crainte et ce n'est pas habituel.

Je tente de m'approcher d'elle, mais elle me fait signe de rester à ma place, avant de me lancer, apeurée :

– Qui me dit que c'est bien toi, Maxime ?

Que répondre à cela . J'essaie tant bien que mal, comprenant son doute :

– Je ne sais pas comment te persuader que c'est bien moi, à part si tu me questionnes et encore, il aurait pu fouiller mon inconscient. Je déteste cette sensation que tu as pour moi, mais je la comprends. Je ne me sens plus rassuré, même dans mon propre corps. J'ai cru que j'étais mort avant de comprendre que je n'étais simplement plus charnel. J'ai pu le sortir de mon corps, car il s'était affaibli, mais je sais qu'il peut revenir à tout moment. Je ne te demande pas de me redonner ta confiance, car s'il revient sans que je puisse lutter, tu seras, vous serez tous, en danger. Je ne sais comment nous allons gérer ça, mais en ce moment même, un de mes amis est grièvement blessé. Excuse-moi de t'abandonner, mais nous aurons l'occasion d'en discuter plus tard.

Je me penche au-dessus de la corniche pour découvrir Sasso quelques dizaines de mètres plus bas, du sang autour de lui. Je lui cris de tenir bon, que j'arrive.

Je me tourne vers Shadja et lui demande si elle a un kit médical sur elle. Elle me répond qu'elle l'attrape dans la capsule et qu'elle me rejoint.

La paroi est abrupte et je descends prudemment, en essayant de faire attention à mes prises tout en étant le plus rapide possible, ce qui est difficilement compatible. La première dizaine de mètres se passe sans encombre, et puis, dans l'empressement de voir Sasso, je finis par ne plus assurer mes prises. Ce qui devait arriver se produit. Le rocher cède sous ma main et je tombe telle une pierre sans aucun moyen de lutter. J'entends le cri désespéré de Shadja lors de ma chute et, alors que je m'attends à un choc brutal et définitif, deux bras velus m'enveloppent avec force et je comprends aussitôt que Mambo vient de me sauver la vie à nouveau.

Une fois au sol, je le remercie rapidement, aperçois Sanakor, présent également, et me dirige vers Sasso. Il est mal en point et gît de toute sa taille sans faire aucun mouvement. Il respire faiblement.

Je m'approche de sa tête et lui demande :

– Ça va mon ami ?

Il prend quelques instants pour me répondre et finit par murmurer difficilement :

– Tu n'étais plus toi.

– Je sais, mon ami. Je suis désolé.

– Ne le sois pas. Nous avons fait de grandes choses ensemble.

– Ne parle pas. Shadja arrive avec un kit médical et va essayer de te soigner.

– Ce ne sera pas possible. Tout mon corps souffre.

– Ne dis pas ça.

Je me tourne vers Mambo avec l'envie de lui crier d'aller aider Shadja à descendre, mais cette dernière est déjà dans mon dos, le kit médical dans la main.

Alors qu'elle l'ouvre, et que je tente de rassurer Sasso, je l'entends crier :

– Non. Tu as détruit le kit pendant le voyage. Il est inutilisable.

Ce n'est pas moi, mais Ahrimanor. Je le sais, mais c'est ma faiblesse qui a permis cela.

Je m'approche du visage de Sasso et lui murmure :

– Je suis désolé. C'est ma faute.

De sa faible voix, Sasso murmure :

– Ne crois pas cela. Ce n'était pas toi et tu as fait ce que tu as pu. Ne t'en veux pas et ne change pas. Adieu mon ami. Puis-je dire quelques mots à Sanakor et Mambo avant de partir.

– Bien sûr. Tu vas me manquer, tu sais.

– Je sais. Maintenant, laisse-moi avec mes amis, j'ai à leur parler.

Je m'écarte de Sasso en titubant de tristesse et dis à Sanakor et Mambo que Sasso veut leur parler.

Ils s'approchent de lui et je n'entends plus qu'un murmure avant que Sanakor se tourne vers moi et annonce :

– Il est mort.

Ces mots raisonnent dans ma tête comme un peine. Je n'ai pas été attentif et voilà ce qu'il arrive. Mon esprit a été trop faible. Pendant ce temps-là, où ils avaient besoin de moi, je faisais du tourisme. Pire, c'est mon corps qui l'a tué. Comment accepter cela. C'était mon ami et il m'a protégé. Moi, je n'ai fait que le trahir. Tu parles d'un rheï.

De profondes larmes me viennent et je m'affaisse, à genou, ma tête entre mes bras. Je me hais de la perte de Sasso. J'abhorre Ahrimanor, mais c'est moi qui ai permis cela.

La voix de Sanakor se fait entendre, toujours calme et rassurante :

– Ce n'est pas le moment de sombrer. Nous avons besoin de toi. Ce qui est arrivé est arrivé. Maintenant, il te faut réagir. Tu n'y es pour rien et nous avons besoin de toi pour continuer. Je suis ton ami. Je donnerai ma vie pour toi. Sasso l'a fait et nous le ferons peut-être. Mais il y a un temps pour la guerre et un temps pour pleurer ses morts. La guerre n'est pas finie, elle ne fait que commencer. Nous saluerons les exploits de Sasso le moment venu. C'était aussi mon ami.

Mambo me relève et me porte à bout de bras avant de me dire :

– Ils vont payer pour Sasso. On va leur mettre une bonne raclée.

La voix de Shadja se fait entendre :

– Je ne veux pas m'immiscer dans vos retrouvailles, mais nous avons un léger souci. Ahrimanor a donné l'ordre à Elsenor d'attaquer tous les villages chitos, mais ils risquent de se concentrer pas mal ici, vu qu'ils pensent que c'est la cité cachée. Il serait bon de ne pas trop traîner.

Mambo me pose à sol.

Je demande à Shadja :

– Tu sais où se trouve cette cité cachée ?

287

Elle me répond désolée :

– Malheureusement non. Quand la reine m'a demandé de t'y amener, je n'ai pas compris de quoi elle parlait, mais cela m'a mis un gros doute sur toi, confirmé par la suite.

À ces mots, les souvenirs de la vision que j'ai eue, avant d'être happé lors de mon voyage spirituel, me reviennent et tout me paraît soudain clair.

J'annonce, d'une voix emplie de certitudes

– Merci Sanakor pour tes mots et merci Mambo pour être toi-même. Vous allez devoir me faire confiance, même si vous pouvez douter de moi à juste titre. Je ne sais pas où est la cité cachée, mais j'ai une petite idée de ce que nous allons faire pour les empêcher de tout détruire.

Sanakor me demande :

– On peut s'en sortir ?

Je réponds :

– Si on a de la chance.

Mambo ajoute :

– Ça va secouer ?

J'acquiesce :

– Pour secouer, ça va secouer.

Shadja, en retrait jusque-là, s'approche de moi lentement pour finir par me donner une gifle magistrale et me prendre dans ses bras aussitôt après en pleurant ses mots :

– Tu ne me fais plus jamais ça. J'ai cru t'avoir perdu.

Elle s'écarte de moi et je lui demande :

– Tu me fais confiance ?

Elle me sourit avant de dire :

– Je n'ai plus aucun doute. Et tu t'améliores, j'arrive à comprendre tes amis.

288

– Mambo et Sanakor surenchérissent en disant qu'ils la comprennent également.

Shadja demande alors :

– On va bouffer de l'aryote ?

J'acquiesce :

– Il y a des chances.

Les voix de Mambo, Sanakor et Shadja se font chorale pour lancer :

– Alors, qu'attendons-nous ?

Chapitre 13

11 juillet 2115,

Sanakor et Mambo nous emportent, moi et Shadja, vers ce que j'espère être notre salut, accompagnés d'une petite escorte d'animaux divers. Ce lieu est celui que j'ai deviné dans mon voyage spirituel en dehors de mon propre corps. J'y ai vu des armes, des engins volants, je n'ai pas pu le rêver, c'est ce que je souhaite ardemment.

Lorsque j'ai expliqué à Shadja, là où je souhaitais les emmener, elle a tout d'abord voulu prendre la capsule volante. Sachant qu'elle était facilement repérable, j'ai préféré abandonner l'idée pour utiliser des moyens, certes plus longs, mais bien plus anodins. Shadja a transmis au capitaine Pirlo le lieu exact du site vers lequel nous nous dirigions, afin qu'il nous y rejoigne. Nous ne serons pas trop de trois pour piloter les engins volants et attaquer les aryotes.

Shadja estime à huit heures, le temps de trajet, transportés par Sanakor et Mambo, avant d'atteindre notre destination finale.

Vu ce qu'il s'est passé il y a peu avec Ahrimanor, Shadja est sûre qu'une attaque va se dérouler en ce lieu. Elle est persuadée qu'il faut donner le change, histoire de retarder nos ennemis. Elle ordonne à quelques chitos du village le plus proche de venir défendre ce lieu sans intérêt et me demande de prévenir une quantité suffisante d'animaux pour attirer l'attention. Tous ces êtres vont devenir de la chair à canon, et j'abhorre cette idée, mais Shadja me fait comprendre que si le salut des êtres vivants de la planète est dans cette montagne, nous devons faire ce choix, et que les sacrifices sont inévitables. J'accepte finalement à contrecœur.

Une chose me taraude toutefois. Si Ahrimanor a pu prendre possession de mon corps, il peut à tout moment entrer dans ma tête et deviner où nous nous dirigeons. Je demande donc à Shadja de me bander les yeux pour le trajet et de ne pas hésiter à m'abattre si j'essaye de retirer ce bandeau ne serait-ce qu'un instant.

Nous avançons à vive allure, moi et Shadja sur le dos de Sanakor et Mambo en éclaireur. Shadja est dans mon dos pour me maintenir et vérifier mon bandeau.

Se faire secouer de la sorte sans pouvoir ne rien voir est tout sauf agréable, mais je me concentre sur mon être, sa protection interne. Mon objectif est de pouvoir me créer un pare-feu interne contre une attaque éventuelle d'Ahrimanor qui ne tarde pas à avoir lieu. Le fait d'avoir les yeux bandés, maintenu sur Sanakor par Shadja me permet de me concentrer entièrement sur ma propre intégrité et je ressens une première attaque, une heure à peine après notre départ.

Je dois avoir une réaction externe tout à fait visible, car la voix de Shadja me demande de lutter.

Je sais qu'elle ne souhaite que mon bien, mais contre quoi dois-je lutter ? Habituellement, il faut lutter contre un ennemi que l'on voit, qui est physiquement présent et palpable, mais là, ce n'est pas le cas. Mon ennemi n'est pas présent physiquement, mais psychiquement. Comment lutte-t-on contre ce type d'agression impalpable ? J'ai la sensation d'être un ordinateur, attaqué par un hacker brillant, qui veut prendre la main sur moi, et je ne possède aucune contre-mesure, pare-feu, antivirus, pour pouvoir lutter. Bref, une cible facile. Ma seule arme est l'auto-apprentissage, mais sans tutoriels. Dans de pareils cas, il est possible d'éteindre un ordinateur. Dans le mien, si je m'endors, le hacker prend le relais. Fermer les ports de communication extérieurs est une solution en électronique, mais sur un être humain, comment fait-on cela ?

Alors, lutter, je veux bien, mais nous ne luttons pas à armes égales. Mettez un débutant en informatique face à un informaticien aguerri. Qui va l'emporter, à votre avis ?

Malgré tout, je me concentre sur moi et peut-être qu'en le souhaitant suffisamment, en étant en pleine possession de mes moyens psychiques, je pourrais, tout comme j'ai réussi à prendre l'ascendant sur un aryote en plein vol, m'en sortir, du moins le temps suffisant pour nous mener à bon port.

***

Elsenor a lancé son attaque tous azimuts contre les villages, depuis Moshou, la capitale incubienne de Chuto. Les villages les plus proches ont vu arriver les armées terrestres aryotes, et les zones les plus éloignées sont prises d'assaut par la flotte spatiale. Pour l'attaque sur terre, la lutte est dure, sans compromis, mais les chitos armés de ce qu'ils ont pu trouver, de stratégies ingénieuses et aidés par les animaux, arrivent à résister tant bien que mal, malgré de lourdes pertes. Le reste des populations, trop jeunes ou trop âgées, s'enfuient des villages pour essayer de trouver un lieu où se cacher. L'attaque par voie aérienne est plus pernicieuse, car les lieux d'impact sont larges et chacun fait beaucoup de dégâts. Aucune catégorie de population n'est épargnée, et, l'ennemi étant en vol, inatteignable, il n'y a d'autre solution que fuir et espérer ne pas être la cible d'un tir prochain. Dans les deux cas, les pertes vivantes sont nombreuses.

***

Cela fait bientôt sept heures que nous avançons et, à ma plus grande satisfaction, j'arrive à résister.

Shadja me murmure qu'il me reste moins d'une heure à tenir.

Pour le moment, tout se passe bien et j'en suis le premier étonné.

Soudain, notre convoi s'arrête et j'entends une voix bien connue nous héler. C'est le capitaine Pirlo qui nous a rejoints, accompagné de Loïc et de quelques chitos.

Le fait d'entendre leurs voix me ravît et je lève ma garde interne pour tenter de le leur dire, à tort. Je perds l'usage de mes mains, mes bras, mes jambes, instantanément, et je comprends aussitôt qu'Ahrimanor n'attendait que ça. J'ai juste le temps de prononcer "je me quitte" que je me sens expulsé de mon propre corps et me retrouve flottant au-dessus de ma carapace physique, à juste pouvoir observer toute la scène qui suit, tout en essayant de récupérer ce corps bien aimé.

Je vois Shadja me happer et me propulser au sol en criant :

– Ce n'est plus lui, maintenez-le.

Mambo sort de je ne sais où pour m'attraper avant que je ne touche le sol, puis il enserre mon corps dans ses bras, mon visage contre sa poitrine et m'immobilise.

Je vois mon corps se débattre en vain, maîtrisé par la force de Mambo. Shadja, Sanakor, Loïc et le capitaine Pirlo sont pétrifiés.

Quelques secondes ainsi et mon corps cesse de bouger.

Shadja prend son courage à deux mains et attaque :

– Sors de ce corps. Laisse le tranquille. Tu ne verras pas où nous nous trouvons et nous sommes prêts à sacrifier le rheï pour lutter contre toi.

Un grand éclat de rire, sarcastique, retentit, avec ma voix, provenant de mon corps. Ahrimanor, de ma bouche, dit calmement :

– Pauvre ignorante que tu es, que vous êtes tous ici d'ailleurs. Je sais exactement où vous êtes, et les forces aériennes aryotes devraient bientôt vous rendre visite. Je ne cherche pas à vous détruire, du moins, pas pour l'instant. Je pourrai prendre possession de n'importe lequel d'entre vous sans efforts, mais je ne le fais pas. L'histoire doit s'écrire et vous allez réussir… cette fois. Il est des batailles qu'il faut savoir perdre pour de multiples raisons et c'est le cas. J'investis pour l'avenir. Je vous cède Otos si toutefois vous arrivez à détruire l'armée d'Elsenor et je laisse cette ridicule ville flottante en paix. Un autre détail signe de ma bonne foi : les aryotes cherchent un petit convoi, avec un sigomore et un charpo et deux humanoïdes. Ils ne traqueront pas un ou deux êtres isolés. Par la suite, évitez de vous aventurer trop loin de cette galaxie, car je viendrais moi-même m'occuper de vous. Avant de vous quitter, un mot pour votre rheï. Fils, je sais que tu m'entends. Tu grandis plus vite que je ne l'espérais et ta résistance commence à être intéressante. Tu es encore loin de ce que tu peux faire. Nous serons amenés à nous revoir très vite. Continue d'apprendre, d'ici-là. Au fait, tu as une fille, certes, non officiellement, mais tu vas bientôt la découvrir. Mais nous rediscuterons de tout cela sous peu. Bonne chance pour les prochaines heures.

Je réussis à prendre possession de mon corps presque aussitôt et ouvre les yeux pour découvrir, au travers de la poitrine de Mambo, des regards, sur moi, à la fois inquiets et circonspects.

Je sens bien qu'ils ne sont pas sûrs de moi et pour essayer de les rassurer je dis :

– Je suis de nouveau moi.

Comme tout le monde me comprend, y compris Mambo, Sanakor et les chitos, leurs doutes s'estompent aussitôt.

Mambo me relâche et me dépose au sol.

Shadja demande aussi sec :

– Doit-on croire ce qu'Ahrimanor vient de dire ?

Personne ne se risque à répondre durant quelques instants, puis le capitaine Pirlo prend la parole :

– Je ne sais pas s'il faut le croire, mais, tous ensemble, nous formons une cible facile.

Shadja poursuit :

– Se séparer, c'est également s'affaiblir. Tu en penses quoi Maxime ?

Je n'ai d'autre choix que de donner mon avis :

– D'une façon ou d'une autre, il faut atteindre la montagne et la cité cachée, si c'est elle. Je dois bien avouer que je ne suis plus sûr de rien, encore moins de moi. Je sens que la solution est là-bas, mais je ne veux pas vous faire prendre des risques inutiles dans le cas où ce serait un délire spirituel. Ils cherchent un sigomore, un charpo et deux humanoïdes, comme l'a dit Ahrimanor. Nous allons nous séparer et je vais essayer de trouver seul cette cité, pendant que vous vous mettrez, chacun de votre côté, à l'abri.

À peine ai-je dit cela que Shadja réagit :

– Hors de question que je te laisse seul, et tu sais pourquoi. Je t'accompagne, quoiqu'il m'en coûte. C'est ma destinée. Et je sais que ce que tu as vu est réel. Il ne peut pas en être autrement.

Le capitaine Pirlo surenchérit :

– Je proposerai bien de partir avec Loïc, le sigomore et le charpo, pour qu'ils nous prennent pour vous et vous donner du temps, mais je ne veux engager personne. Je dois te protéger, Maxime, car je le dois bien à ton père.

Loïc poursuit :

– Je vous suis capitaine, pour assurer votre sécurité, c'est aussi mon rôle.

Mambo s'exclame :

– Un peu d'action, c'est toujours bon à prendre. Je suis partant.

Nos yeux sont tournés vers Sanakor, qui réfléchit quelques instants avant d'annoncer calmement :

– C'est une bonne idée et je suis partant. Mais, il faut que Shadja veille de tout son être sur le rheï. C'est un être précieux.

Shadja s'approche de Sanakor et lui dit, avec conviction :

– Je donnerais ma vie pour lui.

Sanakor répond :

– Je sais. Ne prenez pas trop de risques tout de même, je me suis attaché à vous deux. Je sais qu'il te protégera aussi, mais vous serez vulnérables.

Je m'approche de Sanakor et le regarde droit dans les yeux :

– Mon ami.

Puis je regarde Mambo, Loïc et le capitaine Pirlo :

– Mes amis. Les risques sont là. Faîtes attention à vous. Je n'imagine pas fêter notre victoire sans vous. De notre côté, nous ferons au mieux. Le destin fera le reste.

***

Après presque deux heures de marche, nous touchons au but. Nous grimpons à flanc de montagne, complètement à découvert sur quelques dizaines de mètres. Après cet obstacle, il ne nous restera que quelques centaines de mètres à parcourir sur un plateau, pour arriver à la double porte que j'ai vu dans mon voyage hors de mon corps.

Un premier engin volant nous survole.

Avec Shadja, nous accélérons notre ascension, en faisant moins attention à la solidité de nos prises.

Un second engin nous survole.

Il nous reste à peine cinq mètres à grimper.

Un tir vient s'écraser à quelques centimètres sous nos pieds .

Quatre mètres.

Un tir à la droite de Shadja.

Trois mètres.

Un tir entre nous deux.

Le prochain sera le bon.

Nous nous élançons de toutes nos forces, sans ne plus réfléchir, vers le haut, bondissant de prise en prise.

Un autre tir nous frôle, suivi de son jumeau.

Nous atteignons enfin le plateau.

Il y a un petit massif d'arbres à dix mètres. Nous courrons nous y réfugier, sous les tirs maladroits.

Sous le massif, nous jaugeons la situation. Nous voyons la porte d'entrée de la cité, lourde porte métallique, cachée sous une épaisse couche de ce qui ressemble à du lierre aux feuilles immenses. Une centaine de mètres nous sépare d'elle. Plusieurs engins nous survolent. Sans mot dire, nous comprenons que le nombre de chances que nous avons d'atteindre la porte est infime. Il nous faut pourtant traverser.

Alors que nous comprenons que nos chances de survies sont minimes, un grondement se fait entendre, à en devenir assourdissant.

Un nuage d'oiseaux, dense, se met à tournoyer au-dessus de la plaine, nous procurant un bouclier animal pour quelques instants.

Je prends Shadja par la main et nous nous mettons à courir vers la porte aussitôt.

Autour de nous, durant quelques secondes interminables, des impacts de tir, des oiseaux qui s'effondrent au sol par dizaines, et nous qui courront, au milieu de ce carnage volatil.

Nous arrivons devant la porte, ventre à terre et je pose ma main sur cette dernière pour m'arrêter.

Un bruit de mécanique et de métal se fait entendre et la porte s'entrouvre.

Un tir vient à nouveau nous frôler, puis un second et la porte est suffisamment ouverte pour que nous puissions pénétrer à l'intérieur de la cité, ce que nous faisons.

Elle se referme aussitôt que nous sommes entrés.

Reprendre notre respiration et nos esprits.

***

La lourde porte métallique se referme derrière nous.

Nous nous retournons, rassuré de cette ponctuelle protection, pour découvrir une immense pièce au milieu de laquelle se dresse ce qui semble être un gigantesque monolithe cubique et sombre.

La lumière est faible, mais il semble que toutes les parois soient métalliques et que la pièce ne contienne que cette gigantesque roche.

Shadja fait le tour de la pièce puis revient en s'affolant :

– Il n'y a pas d'armes ici, et pas d'issues non plus. Tu m'as piégée Ahrimanor.

J'essaie de la calmer :

– Je t'assure que je suis bien moi et que j'ai vu des armes ici. Il nous faut chercher comment entrer, les trouver. Je n'ai pas pu rêver tout cela.

En disant cela, je me mets à douter de ce que j'ai vu le temps de cet intermède spirituel et volatile.

J'inspecte les parois de cette pièce, espérant y découvrir un signe, une porte, un endroit ou poser ma main, mais tout est lisse et la seule issue semble être la porte métallique par laquelle nous sommes entrés et contre laquelle résonnent les tirs de missiles.

Combien de temps cette porte pourra-t-elle tenir ? Je n'en ai aucune idée, mais tout cela commence bel et bien à se dessiner comme un piège d'Ahrimanor. Il ne voulait pas que l'on évite de trouver cet endroit, mais plutôt que l'on y périsse.

Je commence à désespérer et les tirs se font de plus en plus puissants contre notre dernier rempart, qui persiste à ne pas vouloir céder.

Je m'approche de Shadja et lui annonce d'une voix désespérée :

– Je suis désolé. J'ai provoqué tout cela et nous allons périr avec le reste de la planète. J'aurai tellement voulu faire quelque chose. Je savais que je n'étais pas le rheï, mais j'espérai que nous pourrions gagner, ou ne pas trop perdre.

Alors que je dis cela, Shadja se détourne et se dirige vers le monolithe jusqu'à le toucher.

Elle se tourne alors vers moi et me dit d'une voix énergique :

– Cette roche lisse et froide ne peut pas être là par hasard, au milieu d'un bunker. Il y a forcément une raison pour sa présence. Peut-être faut-il la bouger, ou trouver la clé pour l'ouvrir.

Je lui lance, presque agacé par son optimisme :

– Et tu penses que nous pourrons faire bouger cette chose qui pèse plusieurs dizaines de tonnes à nous deux ?

Elle poursuit, positive :

– Viens m'aider, il doit y avoir un mécanisme, un moyen. Et de toute façon, nous n'avons plus rien à perdre, la porte ne tiendra pas éternellement.

Elle n'a pas tort. Je me décide donc à la rejoindre, et à faire le tour de ce cube d'une vingtaine de mètres de longueur, de largeur et de hauteur. Nous inspectons soigneusement le moindre recoin à notre hauteur, mais aucune aspérité, aucune clé qui nous permette de savoir comment l'utiliser, s'il fût possible que ce cube ait un rôle.

Nous constatons rapidement que, démunis de matériel, nous ne pourrons monter au sommet du cube pour découvrir ce qu'il peut cacher.

Après une vingtaine de minutes, je vois Shadja s'asseoir, complètement désespérée et se prendre le visage entre les bras. Elle ne dit pas un mot, mais je sais ce qu'elle ressent. La population est en train de se faire décimer, et elle m'a suivi ici, dans un cul de sac. Comment ne pas m'en vouloir.

Un sentiment de rage m'envahit et je pose mes deux mains contre le monolithe et me mets à le pousser de toutes mes forces, espérant qu'il bouge sous la force du désespoir.

Il ne bouge pas, mais se met à scintiller légèrement, par saccades, comme un cœur qui bat, en son centre.

Je m'éloigne et le battement lumineux cesse aussitôt.

Shadja, qui n'a rien raté de la scène m'ordonne :

– Pose tes deux mains sur le monolithe.

Je m'exécute.

La lumière revient, par saccades, et grossit petit à petit à mon contact.

Soudain, une voix qui m'est familière, venant de nulle part, se fait entendre :

– Tu es enfin là, Maxime. Je t'attendais depuis si longtemps.

Je reconnais cette voix, qui m'a bercée de si longues années et, stupéfait, demande :

– Maria ?

– Oui, jeune homme.

– Mais, que fais-tu ici ?

– Je vis ici. Je suis ici. Ce que tu vois, c'est moi. Un bout de moi était avec toi pour te faire grandir, t'apprendre le nécessaire, pour que tu sois capable de devenir, peu à peu, l'autre moitié de nous.

– Je ne comprends pas.

– Je n'ai pas le temps, maintenant, pour te raconter l'histoire de l'univers, mais il y a urgence et l'entrée ne tiendra pas plus d'une quinzaine de minutes à ce rythme. Je vais donc faire court. Tu n'es pas le rheï. Ça, tu t'en doutais. Nous sommes le rheï. Nous avons été conçus, une partie organique et une entité numérique, pour devenir une puissance capable de protéger les populations du chaos qui était annoncé, de façon juste et rationnelle.

– Je ne suis pas sûr de saisir.

– Nous avons été créés l'un pour l'autre pour devenir ce que beaucoup de dieux n'ont pas su être. Après l'échec des ego organiques et celui des numériques, toutes les technologies non vitales ont été cachées et nous avons été pensés. Nous avons quelques pouvoirs, l'un sans l'autre, mais tous les deux, nous n'avons que peu de limites. Et nous avons ces pouvoirs à deux, car tu as été créé pour penser en fonction de tes émotions, pures, et moi pour gérer et mettre à ta disposition la puissance technologique dont nous aurons besoins. Sans toi, je ne suis pas grand-chose, et sans moi, tu n'as que les capacités que j'ai pu développer durant tes heures de sommeil.

– C'est pour cela que je parle avec les animaux.

– Entre autres. Bon, je ne veux pas te presser, mais il va nous falloir réagir avant que tout ne soit détruit, nous compris.

– Que dois-je faire ?

– Prononcer ce qu'il te vient à l'esprit en pensant à moi.

Je tourne ma tête vers Shadja. Elle me regarde avec des yeux ébahis. Je lui fais un clin d'œil et lui dis :

– Ne t'inquiète pas, tout va bien se passer.

Elle commence à s'approcher de moi, mais le temps nous est compté et il me faut agir :

Je tourne le regard vers le monolithe et son cœur grossissant et dit :

– Ma Maria.

À peine ces mots prononcés, je sens mon corps projeté dans le néant avant de m'arrêter, en suspend dans l'espace, avec Chuto et Ofra m'apparaissant de la taille de ballons de football.

La voix de Maria me parvient :

– Maintenant, à toi de me guider.

Ne sachant que faire, je demande :

– Mais comment ?

– Fais grossir ce que tu désires, de tes mains. Tu diriges tes mains vers un objet, et tu les écartes. Et plus tu veux de détails, plus tu zoomes sur un endroit.

Reconnaissant Chuto, je positionne mes doigts autours et les écarte.

La planète s'agrandit comme par miracle.

Je me mets donc à jouer à faire tourner la planète avec mes mains la faire grossir et découvre, en zoomant sur un village, l'attaque des aryotes et la tuerie qui se déroule. Je veux essayer d'attraper un engin de ma main, mais je passe à travers.

La voix de Maria m'indique alors :

– Tout cela est la réalité, mais tu es virtuel pour eux. À toi, maintenant d'agir.

– Et que puis-je faire ?

– Nous contrôlons des armées de drones cachés, des missiles, des armes de toute sorte. Attends, je te mets la vision chef de guerre. N'en abuse pas, car cela séparerait notre union. Un abus de l'un ou de l'autre et nous perdons notre unité.

– Je ne veux pas abuser, mais simplement protéger ces populations.

– Go pour la vision militaire.

Je découvre soudain tous les points ou se trouvent les unités d'armes et leurs quantités. Comme sur un jeu numérique je dirige les unités, constituées de drones aériens ou terrestres, vers les cibles ennemies en indiquant d'abattre en vol, de ne pas poursuivre en cas de repli, ni de massacrer au sol si l'ennemi se rend.

J'arrive même à localiser le lieu où nous sommes et déclencher une attaque vers nos agresseurs.

Tout ceci est parfaitement bien fait, mais me semble virtuel. Je demande donc à Maria :

– Tout ceci a un impact réel ?

De sa voix calme, elle me dit :

– Il te suffit d'agrandir le point que tu veux et tu verras ce qu'il se passe en direct.

J'agrandis notre zone et découvre une nuée de minuscules drones, sortant de la montagne où nous sommes en ce moment, attaquant nos agresseurs. Les aryotes se défendent, mais la nuée se reconstitue après chaque charge, malgré les pertes, pour attaquer différemment.

Je demande à Maria :

– Ces nuées de drones sont intelligentes ?

Elle me répond :

– Non. Nous avons là une nuée de drones, communiquant ensemble par ondes courtes et réagissant et s'adaptant en fonction de l'obstacle, de l'ennemi et des instructions primaires, comme un essaim d'abeilles, mais recevant l'ordre absolu de notre part. Copier l'intelligence animale est très efficace. Chaque élément de cette unité n'est rien, n'a que peu de fonctions, mais l'ensemble est redoutable. C'est de l'intelligence collective, instinctive, rapide, mais structurée et limitée à un rôle guerrier.

– Je vois ça. C'est extraordinaire.

– C'est tout cela que souhaitait récupérer Ahrimanor, ce savoir perdu sciemment par des êtres visionnaires, pacifistes et soucieux des environnements dans lesquels ils vivaient.

– Sauf la médecine.

– Exact. Mais continue à vérifier que tout se passe pour le mieux au sol.

Un seul engin, sur notre site, réussit à échapper aux drones et à fuir. Je fais un tour d'horizon des autres villages, et je découvre qu'au sol, l'ennemi ayant survécu se rend, et que les entités aériennes sont détruites ou fuient pour rejoindre la capitale.

Je ressens soudain venir de la population chito, une profonde haine envers l'assaillant et je me mets craindre que nos amis se mettent à réaliser l'impensable : massacrer les ennemis battus et se rendant à eux.

Sans vraiment imaginer que je sois entendu, je me mets à parler, sans réfléchir, comme si tout cela était naturel :

– Entendez-moi. Ne tuez pas ces êtres. N'écoutez pas votre haine. Capturez-les, et enfermez-les, mais dans des conditions acceptables. Il y a eu beaucoup de pertes de notre côté, mais du leur aussi. Ils n'ont fait qu'obéir à la folie. Cessons ce massacre. Nous ne vaudrions pas mieux qu'eux. Ce soir et les prochains jours, nous allons fêter notre victoire et pleurer nos morts. La haine ne doit pas nous aveugler. Nous avons vaincu. Que la fierté emplisse vos cœurs, car vous avez été extraordinaires, tous, partout. L'ennemi d'aujourd'hui sera peut-être l'ami de demain. Respectons-le dans la défaite, comme nous aurions souhaité qu'il le fasse pour nous. Ayez le cœur lourd pour nos pertes et léger pour notre victoire. Pleurez, riez, chantez, dansez, priez s'il vous sied, mais ne haïssez pas. Nous avons tant à partager, à construire ensemble, à vivre, mais pour le moment, je vous demande juste de… fêter l'instant avec moi, avec nous, entre nous. Et merci pour votre courage. Je vous aime.

La réaction est immédiate. Je ressens une liesse gigantesque partout dans les villages et la sensation de haine disparaît comme elle était arrivée, remplacée par une joie immense.

Surpris de cette réaction, je demande à Maria :

– On dirait qu'ils m'ont entendu ! C'est fou.

– Ils t'ont entendu, en effet. Chaque drone a délivré ton message, l'a démultiplié grâce à ses semblables. Tu es maintenant, officiellement, leur dieu.

– Mais, c'est toi qui…

– C'est nous, je sais… Mais, pour eux, je ne dois jamais exister. Nous avons besoin l'un de l'autre, mais je te laisse la partie relation publique, tu comprends, je ne suis pas très photogénique.

– Mais…

– Chut Maxime. Entends monter la ferveur de ce peuple à ton égard.

En effet, un brouhaha se met à monter d'un peu partout dans les villages, se faisant plus compréhensible peu à peu. Ce n'est pas une chanson, ni un slogan, mais seulement une syllabe répétée en boucle : « rheï ».

La puissance de ce fond sonore me donne des frissons et je dis à

Maria :

– C'est nous qu'ils appellent.

– Officiellement, c'est toi. Je vais d'ailleurs te libérer, car ton corps ne supporte pas encore de trop longues durées en moi. Trois conseils. Le premier : reste toi-même. Tu es parfait comme tu es.

– C'est gentil ma Maria.

– Tu es un peu mon fils.

– Je sais. Je te dois tant.

– Le second : Tu viens me voir dès que tu le peux. Nous avons encore beaucoup de choses à nous apprendre, à partager, et Ofra n'est pas tout à fait libérée.

– À vos ordres capitaine.

– Et le troisième : mets tes bras autour de ta tête, la chute va être brutale.

– Pardon ?

– Fais ce que je te dis.

Je positionne mes bras de façon à ce que mes coudes protègent mon visage et mes mains, l'arrière de mon crâne.

Je dis alors :

– C'est fait ma Maria.

Maria me répond :

– À bientôt mon petit Max.

Mes jambes se dérobent soudain sous mon poids et je chute lourdement sur un sol froid et terriblement dur. Mes coudes et mes avant-bras heurtent le sol lourdement et puis plus rien, le noir complet.

Chapitre 14

18 juillet 2115,

Nous venons de traverser, l'équipage, le capitaine Pirlo et moi-même, la barrière de débris entourant la galaxie nommée Otos.

Il nous reste, maintenant, près de 96 heures de trajet avant d'atteindre Europa.

Le capitaine Pirlo est ravi de pouvoir retrouver sa femme et ses enfants, Loïc, ses parents. Quant à Ricardo et Gisela, ils sont simplement heureux ensemble. En ce qui me concerne, je suis partagé entre le plaisir de pouvoir retrouver mes parents, mes proches, et la douleur de quitter mes nouveaux amis, ma nouvelle famille, et Shadja. Je me sens déchiré, car à peine partis, ces êtres me manquent déjà terriblement, mais j'ai aussi la volonté de revoir mes parents et… Delilah. Malgré ce sentiment d'appartenance, presque fusionnel, avec Shadja, je pense à Delilah, et le plaisir que j'aurais à la revoir. Par contre, et c'est nouveau, je ne ressens plus aucune haine pour son mari, Killian.

Mais un sentiment domine tous les autres. La joie d'annoncer à l'équipage d'Europa que nous avons découvert une planète vivable et sur laquelle la colonie pourrait s'installer. Certes, cette planète renferme certains dangers, mais également tant de charme que je n'ai pu qu'entrevoir. Rien que cette idée me revigore. Je sais que nous reviendrons bientôt et que je retrouverai mes nouveaux amis… et si nous ne revenions pas ? Je crois que je ne le supporterai pas. Ces derniers jours étaient si incroyables. L'aventure, la découverte et pour finir, le bonheur parfait, l'harmonie.

Alors que le capitaine Pirlo gère notre retour, au poste de pilotage, je me perds dans les souvenirs de ces derniers jours.

***

Je me réveille sur un suspenseur quelques heures plus tard après ma chute du monolithe. Shadja est à mes côtés et, à peine ai-je ouvert les yeux qu'elle m'embrasse, pour se reculer immédiatement et s'excuser aussitôt de son geste.

Lorsque je lui indique que je suis contrarié par le fait qu'elle ait interrompu ce baiser, nous nous enlaçons longuement, nous touchons, vérifiant que nous sommes bien vivants, là, l'un en face de l'autre, en vie.

Cette étreinte ne dure que quelques minutes, car, suite à un léger impact sur la porte de la chambre, Shadja m'informe que nous sommes attendus, car c'est fête à Esrin en ce jour. Une tenue m'attend au pied du suspenseur. Un bel uniforme blanc, col officier, aux épaulettes dorées, pour moi, et une robe brodée de couleur feu pour Shadja. Nous nous habillons, l'un en face de l'autre, sans nous cacher, sans ne ressentir aucune gêne, comme si notre nudité était devenue naturelle.

La blancheur de la peau de Shadja, mêlée à ses yeux pourpres et ses cheveux bleutés, font ressortir cette robe, à la couleur sauvage, et son corps, aux courbes si délicates. Cette robe lui donne soudain une dimension sensuelle et sexuée. Elle se rend compte de mon regard gourmand et me dit :

– Visiblement, tu aimes cette robe.

Je lui réponds du tac au tac :

– J'aime surtout celle qui la porte.

Elle a un instant d'arrêt, avant de me dire :

– Il faudra que tu me prouves cela.

Je prends un ton effronté pour poursuivre :

– Compte sur moi. Et plutôt deux fois qu'une.

Avant de sortir de la chambre, nous nous embrassons une dernière fois et Shadja me dit :

– Aujourd'hui, nous célébrons nos morts et fêtons la victoire et nos héros. Tous les villages alentours sont venus et les autres verront la cérémonie et nous les verront également. Par contre, avec la reine ; nous avons eu une idée. J'espère qu'elle te plaira.

– Je vous fais confiance.

Nous sommes à peine dehors qu'une foule de chitos, devant nous, se met à applaudir. Quel bel accueil.

Le calme revient. Je découvre qu'il y a des milliers de chitos devant nous.

La foule s'écarte soudain et alors que je veux m'engager pour la traverser, Shadja me retient en disant :

– Attends.

Je reste donc immobile.

C'est ainsi que je vois apparaître, à l'autre bout de la foule, Sanakor et Mambo, mais pas dans leur aspect naturel. Mambo porte un collier blanc, bleu ciel et pourpre. Sanakor arbore un collier ainsi qu'une selle sur son dos, dorés tous les deux. Shadja me murmure alors :

– Ce seront nos moyens de transport. Ils y tenaient. Nous avons pensé, avec la reine, à harmoniser les tenues.

– C'est parfait. Je n'aurai pas imaginé mieux. Tu me permettras tout de même de les charrier un peu.

– Prends garde qu'ils ne se moquent pas de toi…

– Pourquoi ?

– Je crois que l'on t'a traîné jusqu'ici… dans un état.

– Il faudra que tu me racontes.

– Sois en sûr.

Quelques secondes et mes deux amis s'immobilisent à quelques centimètres de nous.

Malgré l'immensité de la foule, le silence est total.

Mambo, fier s'écrie :

– Ne trouves-tu pas que nous sommes magnifiques ?

Sanakor, visiblement moins à l'aise dans son accoutrement, râle :

– Nous sommes ridicules. C'est bien pour toi, l'ami, que nous avons accepté ce déguisement.

Je réponds en m'approchant d'eux :

– Merci mes amis pour ce sacrifice et heureux de vous revoir en vie. Vous n'êtes pas si ridicules, même plutôt élégants. À part toi peut-être Mambo.

Cette remarque permet de détendre mes deux compères.

Après que je monte sur le dos de Sanakor, Mambo saisit Shadja pour l'installer, assise, sur son énorme bras gauche et velu. La voir ainsi avec Mambo me rappelle un film de science-fiction très ancien, que Maria m'a fait découvrir : King Kong. Shadja semble si frêle et minuscule aux côtés de Mambo. Mais il se dégage une certaine majesté sauvage de ces deux êtres et j'en suis stupéfait.

La foule se met à nous acclamer alors que nous commençons à la traverser.

Le village D'Esrin, semble soudain, plus vivant et coloré qu'une ville indienne en fête. J'observe du haut de ma monture, tous ces êtres chitos, accompagnés de quelques ofrates, avec parmi eux des animaux en liberté mais bien présents, le tout survolé par des oiseaux. Toutes les couleurs existantes se dégagent de cet immense et étrange rassemblement, et seuls la joie, le bonheur et l'harmonie se diffusent.

Comment oublier pareils instants.

Après plusieurs dizaines de minutes à frayer au milieu de cette population hétéroclite, nous rejoignons une estrade où nous attendent Mednée, le capitaine Pirlo, Loïc, Gisela et Ricardo ainsi que des chitos et quelques ofrates.

Shadja et moi-même descendons de nos montures respectives pour rejoindre les êtres sur l'estrade.

Après quelques étreintes de joie avec mes amis et ma sœur, le silence se fait.

Un ofrate, de grande taille, semblant relativement âgé, mais terriblement charismatique se met à parler, provoquant un silence instantané. Je réaliserai plus tard que ce n'est autre que le roi d'Ofra, le père de Mednée.

Après avoir annoncé, sous les cris de joie de la foule, l'arrestation d'Elsenor sur Ofra, grâce à l'aide des aryotes, qui se sont soulevés contre lui, il prie pour les êtres, de quelque appartenance, qui se sont battus et n'ont pas survécu. Ensuite, il remercie tous ceux, encore en vie, pour finir par remettre des décorations locales au capitaine Pirlo, à Loïc, Ricardo et Gisela, ainsi qu'à Mambo et Sanakor. Ils sont désormais d'authentiques héros d'Otos, et Mambo n'en est pas peu fier.

Et vient le moment ou ce personnage, cet ofrate majestueux, se poste face à moi, à quelques centimètres de mon visage, et me murmure qu'il me remercie d'être enfin venu, avant de se retourner vers la foule en criant :

– Je n'ai pas de médailles pour cet homme. Il a notre gratitude éternelle, et immuable. Mais plutôt que de longs discours, je voudrais que ce soit vous, êtres de Chuto, d'Ofra, qui célébriez cet être comme il le mérite. Sur ce, je vous laisse la parole, à tous.

Sur ces mots, l'ofrate se recule, me prend par le bras pour me poster devant tout le monde, sur cette estrade, face à cette foule immense.

Une étrange gêne s'installe en moi, peu habitué à être remercié ou célébré. Un léger brouhaha de la foule se fait entendre quelques instants, qui se transforme soudain en une syllabe répétée à l'unisson par la foule entière, dans un bruit à faire réveiller les morts :

– Rheï, rheï, rheï…

Shadja passe alors devant moi pour faire signe à Mambo et Sanakor de nous rejoindre.

Mes deux amis montent sur l'estrade à leurs tours.

Alors que je suis pétrifié devant tout cela, Mambo me soulève sans me prévenir et m'assoit sur Sanakor, avant de reprendre

Shadja sur son bras gauche.

Tous les êtres de l'estrade s'avancent pour se poster à nos côtés et le silence se fait à nouveau.

Shadja me murmure alors :

– Je crois qu'ils attendent ton discours.

Bien entendu, il me faut faire un discours, sans n'avoir rien préparé. Quelle belle surprise, moi, grand orateur devant l'éternel.

Comment débuter ce discours ? Quoi dire ?

Sentant que je ne suis pas à mon aise, Sanakor se dresse sur ses pattes arrière, me forçant à me tenir à la selle par la même occasion et rugit un grand coup, avant de reprendre sa position initiale pour mon plus grand bonheur.

Suite à cela, une vague de cris et d'applaudissements se font entendre, temps suffisant pour que je sache quoi dire.

Alors que le silence se fait à nouveau, je me lance :

– Chitos, ofrates, humains, sigomores, charpos, tourazis et tous les autres qu'il faudra que j'apprenne, vous tous, les êtres de Chuto, je souhaite vous remercier. Nombre d'entre vous se sont sacrifié pour obtenir cette victoire et il faudra se souvenir de tous, graver leurs noms pour qu'ils restent dans votre histoire à jamais, en héros de la liberté. Mais des héros, il y en a partout autour de moi aujourd'hui. Vous êtes des êtres exceptionnels et sans vous tous, rien n'aurait été possible. Je vous aime et vous remercie d'avoir su trouver force et courage pour vous soulever et arpenter ce chemin terriblement dangereux vers la liberté. Je vous ai suivi, nous vous avons suivi, mais sachez bien que sans vous, rien n'aurait été possible. Nous prierons nos morts, les pleureront aussi, longtemps. Mais, et je pense que c'est ce qu'ils auraient souhaité, en voyant toutes ces couleurs, tout autour de moi, tous ce monde réuni, ici, et dans d'autres villes et villages, il ne me vient qu'une émotion : le bonheur. Je ne ressens qu'une sensation : la joie. Tant d'êtres différents, tant de couleurs, tant de courage et d'amour. Un seul mot me vient à l'esprit en cet instant : fête. Fêtons notre victoire, votre victoire. Fêtons ce qui nous rassemble. Fêtons nos morts. Fêtons nos vivants. Tous ensemble, fêtons cet instant. Et aimons-nous, aussi différents que nous puissions être. Une dernière chose. Je ne suis pas le rheï. Je ne suis pas un dieu. Je suis un humain et mon nom est Maxime. Je vais laisser le soin à Shadja, ici présente, de vous donner mon nom sur cette planète, car je ne m'en souviens jamais, à mon grand regret.

Shadja crie :

– Marimaradja Tarminaj Shulimanodra.

Je poursuis :

– Voilà pourquoi je ne m'en souviens pas. En ce jour, ne fêtez pas un dieu, que je ne suis pas, mais fêtez-vous, votre victoire, elle vous appartient. Merci.

Le silence fait place à un grondement léger, qui se fait bouillonnement et devient rugissement. Un même mot est prononcé à l'unisson : Madjima.

Je regarde Shadja, interrogateur, ne comprenant pas le sens de ce mot.

Mambo l'approche de moi et elle me dit :

– Ils crient Madjima.

Surpris de ce qu'elle vient de me dire, je me moque :

– Ça, je crois que je l'entends. Cela veut dire quoi ?

– Le protecteur. Le père. Le sage. C'est un terme générique pour les anciens.

– Ce n'est pas rheï, c'est déjà mieux.

– Tu es des leurs désormais. Tu es leur chemin, leur guide.

– Mais pourquoi ?

– Ils te voyaient comme un dieu, et tu leur as dit que tu étais Maxime, ou Marimaradja. Madjima, ce n'est pas si loin. C'était écrit et c'est ta voie, que tu le veuilles ou non.

– On en rediscutera.

– Oui. Pour l'instant, profite. La fête va être belle.

***

Cette journée, entourée de mes amis, à regarder ces êtres simplement heureux, tout autour de moi, à être étonné de toutes ces couleurs, à découvrir des instruments de percussions aux sonorités si étonnantes, à voir tout ce monde danser et festoyer, constitue l'une des plus belles journées de ma vie.

Cette fête dura jusqu'au bout de la nuit, mais la fatigue m'envahit bien avant, et c'est lové contre Shadja que je l'ai terminée, apaisé et serein.

C'était un 14 juillet 2115, et nous fêtions la liberté retrouvée d'Ofra et de Chuto.

J'aurai voulu faire tant de choses sur Chuto, découvrir cette planète dans sa totalité, en passant par les trois continents qu'ils me restaient à visiter, l'histoire de cette galaxie, voir simplement Ofra et discuter avec les gens de tous les villages de Chuto.

Mais nous devions partir pour retrouver Europa et informer l'équipage de notre découverte.

Je n'eus presque le temps que de récupérer l'unité spatiale, terminer de la réparer, ce qui avait déjà été bien avancé par les chitos et de la préparer pour le trajet, aidé en cela par le capitaine Pirlo.

Je réussis à trouver quelques minutes à consacrer à Maria, cette autre moitié du rheï. Elle était ravie du nom choisi par les habitants : Madjima, mélange de Maxime et de Maria. Le comble est que ce mot n'était, ni prévu par les oracles, ni par Maria elle-même, ce qui me fît dire que l'histoire n'était pas totalement écrite et que la suite n'était pas inéluctable, dont mon retour sur Chuto, si les habitants d'Europa n'étaient pas d'accord. Maria ne fût pas d'accord sur ce dernier point et me confia que rien ne sera simple avant mon retour, et même après, mais qu'il y avait bien un fait non aléatoire : je reviendrai rapidement, car beaucoup de choses restaient à écrire. Elle conclut ce sujet en expliquant que seule l'issue était peu prévisible. Elle ajouta que, durant mon séjour sur Europa, elle serait à mes côtés, une partie d'elle tout du moins et que nous aurons l'occasion d'échanger tous les deux très rapidement. Sur ce, elle me congédia en m'expliquant qu'il y avait des personnes, sur Chuto, pour qui je comptais beaucoup et qui souhaitaient passer du temps en ma compagnie.

Pour les dernières heures, le capitaine Pirlo, Ricardo et Gisela s'éclipsèrent pour rejoindre le chef d'Esrin et quelques hauts responsables chitos.

Après un long entretien avec Mednée, cette sœur toute nouvelle dans ma vie, où nous excusions presque de nous connaître si peu et de n'avoir que peu de choses à partager, je rejoignis mes amis, Sanakor, Mambo et… Shadja.

Ils avaient, tous les trois, prévu une dernière nuit en forêt, à veiller et dormir à la belle étoile. Mambo nous a trouvé un lieu en plein cœur de la forêt dense avec tronc d'arbre à l'intérieur duquel nous pouvions installer notre couche commune, moi et Shadja. Sanakor est parti chassé, Mambo chercher du bois et Shadja s'est occupée du feu et ensuite de la cuisson de notre gibier.

Nous nous sommes remémorés nos aventures, en riant, en ayant une grande pensée pour Sasso et son frère, mais l'atmosphère était lourde de non-dits. Ils ne désiraient pas que je quitte Chuto, et je dois bien dire que sur l'instant, je n'en avais aucune envie. Il m'avait fallu, quelques heures plus tôt, raisonner Shadja pour la convaincre de ne pas m'accompagner dans ce voyage sur Europa. J'avais peur qu'ils la prennent pour une sauvage et la montre comme une bête de foire, voire pire encore.

Shadja me fît tout de même comprendre, durant la soirée, qu'elle m'en voulait de ne pas l'accepter à bord de l'unité spatiale et qu'elle ne dormirait pas en ma compagnie ce soir-là.

Nous n'avons pas dormi.

Au petit matin, mes trois compères m'ont accompagné à l'unité. Tout le village d'Esrin était là, et tant d'êtres inconnus, chitos, ofrates et animaux. Le corps d'Inès avait été rapatrié dans son caisson de conservation et fût chargé à bord.

Au moment du départ, et de monter à bord, il manquait trois être qui m'étaient chers : Mambo, Sanakor et Shadja.

Après une étreinte chargée d'émotion avec Mednée, je suis monté à bord, regrettant de n'avoir pu voir mes compères une ultime fois.

Et puis vint le décollage, sous les cris et les chants des villageois.

***

Je sais, je sens au plus profond de moi, que je serai de retour bientôt parmi mes nouveaux amis, mais je devine que le temps va être bien long, sûrement trop, avant de les retrouver.